D1985790

Mikael Lundt

EX|EO

Das Kamtschatka-Experiment

Science-Fiction-Thriller

MIKAEL LUNDT
AUTOR & SELFPUBLISHER

FSC
www.fsc.org
MIX
Papier aus verantwortungsvollen Quellen
Paper from responsible sources
FSC® C105338

Bibliografische Information der Deutschen Nationalbibliothek:
Die Deutsche Nationalbibliothek verzeichnet diese Publikation in der Deutschen Nationalbibliografie; detaillierte bibliografische Daten sind im Internet über dnb.dnb.de abrufbar.

Impressum:

Korrektorat: Myra Frost
Covergestaltung: Michael Gückel
Bildnachweise: Adobe Firefly

Verlag:
BoD · Books on Demand GmbH, Überseering 33, 22297 Hamburg, bod@bod.de

Druck:
Libri Plureos GmbH, Friedensallee 273, 22763 Hamburg

Kontakt: mikael@mikael-lundt.de
Im Netz: www.mikael-lundt.de

ISBN:978-3-8192-0248-3

1

London, England, 27. November 2024

Mit elegantem Schwung aus dem Handgelenk warf Denise Garner die Tür der Mikrowelle zu und drückte den Startknopf. 4:30 Minuten bis zum Abendessen: Pizza Diavolo aus dem Kühlfach – Klassiker.

Sie schnappte sich das Handy von Küchentresen und wählte die Nummer, die sie jeden Abend wählte. Es klingelte dreimal, dann nahm ihre beste und älteste Freundin Sarah Sullivan ab und sprudelte sofort los.

Denise genoss den Smalltalk – selbst wenn sie oft nur mit halbem Ohr zuhörte. Das war ihr Mittel, um runterzukommen, nach dem anstrengenden Tag im Forschungsinstitut, nach den Extraschichten für ihr Projekt und vor allem heute, nach diesem merkwürdigen Vorfall auf dem Nachhauseweg. Sie ging hinüber zum Schreibtisch, stellte das Telefon auf Freisprechen und legte es ab.

„Sag mal, hörst du mir überhaupt zu?", ertönte Sarahs vorwurfsvolle Stimme aus dem Lautsprecher. „Oder tippst du schon wieder irgendwelche Formeln in deinen Computer?"

„Bin noch dabei, ihn anzuschließen", sagte Denise, zog ihren Laptop aus der Tasche und stellte ihn auf den Schreibtisch.

„Du machst dir zu viel Druck!", tadelte Sarah sie.

„Ja, das weiß ich doch selbst, aber ich spüre einfach,

dass ich an etwas Großem dran bin. Und meine Zeit wird knapp!“ Denise stöpselte den Rechner an den Monitor und an die externe Festplatte an. „Ich weiß, du kannst das nicht nachvollziehen, weil es eben theoretische Physik ist, aber …“

„Hör mal, Denise“, unterbrach Sarah sie, „wenn du in drei Wochen zurück in den Staaten bist, dann werde ich dich auf einen Wellness-Trip schleppen, ohne Computer, ohne Handy und vor allem ohne dieses verfluchte Quantenzeug!“

Denise seufzte. „Ach, Sarah. Das wäre wirklich schön. Ich verspreche dir, dass wir das machen. Aber erst muss ich meine Arbeit hier beenden.“

Das Klingeln der Mikrowelle signalisierte, dass das Abendessen fertig war. Denise schnappte sich ihr Handy und kehrte zur Küchenzeile zurück, dort zog sie die Pizza samt Teller aus der Mikrowelle und machte sich damit wieder auf den Weg zu ihrem Arbeitsplatz in der engen Zweizimmerwohnung im Londoner Norden.

„Ich will nur nicht, dass du einen Burn-out bekommst oder so etwas. Zu viel Stress macht die Leute krank, sie fangen an zu spinnen. Ich hoffe, du achtest wenigstens auf deine Ernährung“, ermahnte sie Sarah.

Denise sah zwischen Pizza und Laptop hin und her. „Ja, sicher. Ich esse in diesem Augenblick einen großen gemischten Salat“, log sie und lud die Ergebnisse ihrer heutigen Extraschicht am Quantencomputer auf den Bildschirm. Sie wusste, dass es eigentlich nicht gestattet war, Daten aus dem Forschungszentrum mit nach Hause zu nehmen, aber so konnte sie immer noch ein paar Stunden mit der Auswertung verbringen. Sie war es nach den elf Wochen hier schon gewohnt, beinahe nahtlos weiterzuarbeiten, musste aber zugeben, dass

Sarah wieder einmal recht hatte. Sie spürte, wie die Arbeit an ihr zehrte, der Stress, die eigenen Erwartungen. Und sie spürte die psychische Belastung.

Denise seufzte tief. „Weißt du, Sarah, manchmal denke ich wirklich, ich fange an zu spinnen“, sagte sie plötzlich, ohne dass sie das geplant hatte.

„Ha! Sag ich’s doch. Hör auf, dich kaputtzumachen. Das mit dem Salat kaufe ich dir übrigens auch nicht ab.“

Denise stand auf und ging zum Fenster, das nach vorn zur Somerville Road lag. Sie zog den Vorhang beiseite und sah hinunter auf die Straße. Gegenüber stand immer noch der graue Van. „Ich werde das Gefühl nicht los, dass man mich verfolgt“, erklärte Denise.

„Wie bitte, man verfolgt dich? Um Himmels willen! Ist es ein Stalker, ein Perverser?“

„Ach Quatsch, Sarah! Da ist seit drei Tagen dieser Lieferwagen auf der Straße. Ich komme mir schon total bescheuert vor, dass ich dir das erzähle. Der steht auf der anderen Straßenseite, so, als würde mich jemand beschatten.“

„Das ... also, Süße, du solltest wirklich weniger arbeiten.“

Denise ging nicht darauf ein, sondern berichtete weiter. „Heute Abend, als ich aus dem Institut raus bin, war dieser Wagen auch da. Auf dem Parkplatz. So, als hätten die auf mich gewartet. Ich habe dann einen Umweg über den Supermarkt gemacht. Als ich nach Hause kam, war der Van schon da.“

„Sitzt jemand drin?“, wollte Sarah wissen.

„Ich hab niemanden gesehen, die Scheiben sind getönt. Und als er am Forschungszentrum stand, war er zu weit weg. Das Nummernschild konnte ich nicht erkennen.“

„Wahrscheinlich gehört der Wagen einem Nachbarn. Graue Vans gibt es doch wie Sand am Meer“, beruhigte sie Sarah.

„Ja, vermutlich hast du recht. Ich erzähle das nur, weil du eben meintest, vom Stress fangen die Leute an, durchzudrehen.“

„Was damit bewiesen wäre!“

Als Denise zurück zum Schreibtisch kam, meldete der Laptop eine abgeschlossene Auswertung. Sogleich öffnete sie die Datei und überflog die enthaltenen Daten.

Die Erkenntnis traf sie wie ein Faustschlag in die Magengrube. Fast hätte sie vergessen, zu atmen. Der Rechner zeigte genau die Ergebnisse an, die sie seit Monaten suchte. Mehr noch: Alles passte zusammen, die neuen Gleichungen fügten sich perfekt in ihre bisherigen ein, die fehlenden Puzzlestücke waren wie durch Zauberhand ins Gesamtbild eingesetzt worden – und erst in diesem Augenblick begann Denise allmählich zu begreifen, was sie da vor sich hatte.

„Hallo? Bist du noch da?“, fragte Sarah aus dem Lautsprecher.

„Ich ... Tut mir leid, der Computer hat gerade ... Sarah, du ... es ist alles korrekt! Meine Theorie, sie stimmt. Das wird unsere Sicht auf die Physik für immer verändern.“

„Denise, geht es dir wirklich gut?“

„Ich muss den Professor anrufen! Nein, nein, zuerst muss ich das noch mal überprüfen.“

„Ich mache mir ernsthaft Sorgen, Denise!“

„Musst du nicht. Jetzt nicht mehr. Alles ist gut. Ich habe endlich gefunden, was ich gesucht habe! Das ist ...“

Ein lauter Knall schnitt ihr das Wort ab, als ihre

Wohnungstür mit voller Wucht eingetreten wurde. Denise riss den Kopf herum und sah, wie drei Männer in schwarzer Kampfmontur hereingestürmt kamen.

Sie sprang vom Stuhl auf und stieß einen spitzen Schrei aus. Der Teller mit der halb aufgegessenen Pizza zersplitterte auf dem Boden.

Denise machte ein paar Schritte in Richtung Badezimmer, aber einer der Männer trat ihr blitzschnell in den Weg. Ein zweiter packte sie von hinten und drehte ihr schmerzhaft die Arme auf den Rücken. Das Handy fiel ihr aus der Hand und landete polternd auf dem Boden.

„Was wollt ihr Scheißtypen?“, kreischte Denise und versuchte, sich aus dem eisernen Griff des Mannes zu befreien. Er drückte umso fester zu und schwieg beharrlich.

Der zweite begann, die Wohnung abzusuchen, während der dritte Eindringling ihren Laptop und die Festplatte vom Schreibtisch nahm und einpackte.

„Hey, das ist meine Forschung!“, protestierte sie. Nun spürte sie einen Stich am Hals. „Was soll das?“, rief sie noch, dann merkte sie bereits, wie sich Benommenheit über sie legte und ihre Knie weich wurden.

Während sie die Männer aus der Wohnung schleiften, hörte sie dumpf die Stimme ihrer Freundin Sarah, die hysterisch aus dem Handy schrie. Dann waren da nur noch Stille und Dunkelheit.

2

Universität von Stanford, USA,
10 Monate später – 16. September 2025

„Ich möchte Sie heute bitten, mir auf einen ungewohnt philosophischen Pfad zu folgen“, begann Professor William Markinson die heutige Vorlesung vor seinen Studenten. Die Reaktion blieb verhalten. Das Auditorium war wie immer am Mittwochnachmittag bestenfalls zur Hälfte gefüllt, aber das hatte Markinson gar nicht anders erwartet. Physikstudenten waren auch nur Menschen und es gab weiß Gott andere Prioritäten, die man als junger Mensch setzen konnte.

„Wir wollen uns nun die Frage stellen, ob jegliche Materie, die in ein Schwarzes Loch hineingesaugt wird, für immer verloren ist. Was geschieht mit der Information, die darin enthalten ist? Was passiert im Augenblick der Überquerung des Ereignishorizonts?“

Markinson ließ die Fragen einen Moment wirken. „Wer von Ihnen hat sich darüber schon Gedanken gemacht? Oder sind Sie alle nur an der mathematischen Beschreibung dieses Phänomens interessiert? Ich glaube nicht! Ich hoffe es zumindest nicht. Denn die Neugier des Menschen zwingt uns dazu, hinter den Vorhang blicken zu wollen. Und wer möchte widersprechen, dass ein Schwarzes Loch der ultimative Vorhang ist?“

Markinson öffnete auf seinem Laptop ein Bild und

vergewisserte sich, dass es auch auf der großen Leinwand hinter ihm angezeigt wurde.

„Sie kennen das hier sicher. Es wurde ein immenser Aufwand getrieben, um dieses erste, verschwommene Bild eines Schwarzen Lochs anzufertigen. Zugegeben: Man erkennt darauf nur wenig Konkretes, aber es beweist dennoch, dass das Phänomen offensichtlich den bisherigen Vorstellungen entspricht. Genau dies wollen wir als Forscher: Erkenntnisse, Gewissheit, Überprüfbarkeit, belastbare Theorien. Trotzdem bleibt es eines der größten Mysterien, mit denen man sich als Wissenschaftler, speziell als Astrophysiker, befassen kann."

Markinson ließ seinen Blick wieder über die Reihen schweifen, um zu prüfen, ob seine Worte Resonanz bei den Studenten hervorriefen. Dabei sah er, dass weit hinten am oberen Ende des Saals langsam eine Tür geöffnet wurde. Zwei ihm unbekannte Personen traten ein, ein Mann in einem grauen Anzug und eine Frau im schwarzen Kostüm. Sie stellten sich neben die Tür und warteten dort. Markinson bezweifelte, dass es sich hierbei um Studenten oder Uni-Kollegen handelte. Schnell schob er die Gedanken daran beiseite.

„Zurück zur Philosophie, werte angehende Spitzenforscher", sagte Markinson und räusperte sich. „Was also geschieht mit der Information, die das Schwarze Loch der sichtbaren Welt entreißt? Wird sie vernichtet? Transformiert? Vielleicht sogar gespeichert? Oder aber glaubt man an die These, dass sie in ein paralleles Universum geschleudert wird? Und noch eine Frage ist für den Menschen in Anbetracht unseres Forscherdrangs von Bedeutung. Könnten wir als sterbliche Wesen diese Grenze überwinden und einen

Blick hineinwerfen? Ich weiß, es ist blanke Theorie. Das nächstgelegene Schwarze Loch, das wir kennen, ist Gaia BH1 in einer Entfernung von rund 1.560 Lichtjahren von der Erde. Damit ist es im kosmischen Maßstab nur einen Katzensprung entfernt, aber dennoch für einen Menschen unerreichbar. Selbst wenn ein Astronaut mit Lichtgeschwindigkeit reisen könnte, wäre er zwanzigmal zu Staub zerfallen, bevor er dort ankäme. Gaia BH1 taugt also bestenfalls, um die sterblichen Überreste unseres tapferen Astronauten zur letzten Ruhe zu betten. Aber!"

Markinson machte erneut eine kurze Pause. „Nehmen wir einen Moment an, das ginge. Der Astronaut gelangt bis dorthin und überquert den Ereignishorizont, ohne in seine Atome zerlegt zu werden. Wem könnte er davon erzählen, wenn es kein Entrinnen gibt? Das Schwarze Loch ist das perfekte Sinnbild für den Tod. Die ultimative Grenze, der letzte Vorhang, hinter den niemand blicken kann."

In der ersten Reihe ging nun ein Finger hoch. Markinson erkannte, dass es Peter Cunningham war, einer der begabtesten und gleichzeitig kritischsten Studenten. Cunningham hinterfragte alles, was Markinson sagte, und er war sich noch nicht ganz sicher, ob er diese Eigenschaft an dem Studenten mochte oder hasste. Vermutlich beides.

„Ja, Peter?", rief Markinson ihn auf. „Haben Sie eine Frage?"

„Ehrlich gesagt, Professor, finde ich, dass Sie jetzt schon genug Fragen gestellt haben. Wie wäre es mal mit ein paar handfesten Antworten? Sie sagten zwar, dass es ein philosophischer Exkurs werde, aber ganz offen gesagt bin ich nicht hier, um den Sinn des Lebens zu finden, ich studiere Physik."

„Sehen Sie, Peter, das war ein gutes Beispiel. Sie sagen, Sie wollen Physik lernen und Philosophie interessiere Sie nicht. Aber beides entspringt dem gleichen Bedürfnis. Wir Menschen wollen Dinge verstehen. Wir möchten wissen, wie wir als intelligente Lebewesen funktionieren und welche Rolle wir in diesem Universum spielen. Darin sind wir uns, glaube ich, einig. Aber gut, ich erkenne an, dass noch nicht alle bereit sind, diese Disziplinen zu verbinden." Er bedachte Peter Cunningham mit einem fragenden Blick. Der zuckte mit den Schultern und verzog die Mundwinkel nach unten.

„Gut, dann zum harten wissenschaftlichen Kern. Einigen von Ihnen wird vielleicht die Theorie des sogenannten ‚Soft Hair' am Rand eines Schwarzen Lochs etwas sagen. Falls nicht, bringe ich Sie nun auf den neuesten Stand. Und keine Angst, es kommen nur Physiker darin vor. Fangen wir mit Stephen Hawking an …"

Den Rest seiner Vorlesung hielt sich Markinson enger an seine Aufzeichnungen und streute nur hier und da einige geisteswissenschaftliche Aspekte ein. Dennoch fand er, dass es unbedingt notwendig war, den Horizont zu erweitern, wenn man über das bisher Bekannte hinausgehen wollte. Wer sollte das tun, wenn nicht diese neue Generation von Wissenschaftlern? Auf den ausgetreten Pfaden würden sie kaum Entdeckungen machen.

Allmählich näherte er sich dem Ende seines Vortrags und er überlegte, ob er diesen mit einer neuen These beschließen sollte. Ob er den Studenten noch etwas mitgeben durfte, über das sie nachdenken konnten. Aber ein Blick ins Auditorium zeigte ihm, dass sie wohl nicht so weit waren. Und er hatte keine Lust, nach der Vorlesung noch eine entnervende Diskussion mit Cunningham darüber zu führen, dass seine Eltern der Universität sicher nicht derart viel Geld gespendet hatten, damit er sich absurde Theorien anhörte.

„Ich entlasse Sie heute hoffentlich mit einigen neuen Impulsen. Diejenigen, die sich den mathematischen Theorien näher fühlen, bearbeiten als Hausarbeit bitte die Frage, ob sich Stephen Hawking mit seinen Theorien über Schwarze Löcher geirrt hat. Ob es die postulierte Hawking-Strahlung tatsächlich geben kann. Wem das zu unbequem oder langweilig ist, der befasst sich bitte mit der Frage, was hinter dem Ereignishorizont liegt. Genauer, ob ein Schwarzes Loch in sich selbst ein neues Universum sein kann. Bitte, spekulieren Sie!“

Es ertönte ein Gong und die Studenten erhoben sich mit viel Geraschel und Gemurmel. Während sie hinausströmten, klappte Markinson seinen Laptop zu und stopfte ihn zusammen mit einigen Unterlagen in seine Tasche.

In diesem Moment postierten sich die beiden Fremden vor seinem Pult, die während der Vorlesung hereingekommen waren und die er fast schon wieder vergessen hatte. Markinson sah auf und musterte die beiden flüchtig. Der Mann war wohl Anfang vierzig, kurzes braunes Haar, unreine Haut. Die Frau war blond und groß gewachsen, hatte einen Pferdeschwanz und trug eine Brille mit goldenem Metallgestell. Markinson schätzte sie auf ungefähr sein Alter – Anfang fünfzig.

Noch konnte er nicht genau sagen, woher der plötzliche Gedanke kam, aber er war sich so gut wie sicher, dass diese beiden in irgendeiner Form für die Regierung arbeiteten.

„Prof. Markinson, haben Sie eine Minute für uns?“, erkundigte sich der Mann.

„Kommt drauf an“, sagte Markinson scherzhaft. „Nicht, wenn Sie vom Finanzamt sind.“

Ohne darauf einzugehen, streckte der Mann ihm die Hand hin. „Ich bin Severin Lucas.“ Sie schüttelten die Hände. „Und das ist Anita Grey.“ Er deutete auf die blonde Kollegin. Auch ihr gab Markinson nun die Hand.

„Eigentlich begrüßt man aus Höflichkeit zuerst die Dame“, meinte Markinson. „Aber das bestärkt nur meine Vermutung, dass Sie beide sich in irgendeiner hierarchischen Beziehung zueinander befinden.“

„Wir arbeiten zusammen“, erklärte Grey.

Markinson wartete einen Moment, ob noch etwas folgen würde, denn er wüsste zu gern, woran die beiden zusammen arbeiteten, doch Grey blieb die Erklärung schuldig. Dann wandte er sich wieder an Lucas. „Und wie kann ich Ihnen nun helfen?“

„Ihre Theorien zu Schwarzen Löchern sind sehr faszinierend, Professor. Speziell die eher unkonventionellen Aspekte“, sagte Lucas. „Was würden Sie davon halten, wenn wir Ihnen die Möglichkeit bieten würden, sich eingehender damit zu befassen?“

„Das tue ich doch.“

„Ich meine nicht nur theoretisch“, erwiderte Lucas.

Markinson sah ihn einen Moment wohl ziemlich verdutzt an, denn Lucas beeilte sich, zu ergänzen: „Das Ganze ist natürlich vertraulich. Wir besprechen die Einzelheiten besser an einem weniger öffentlichen Ort.“

„Von welcher Behörde kommen Sie, hatten Sie das zufällig schon erwähnt?“, hakte Markinson nach.

„Nein, das hatte ich nicht erwähnt“, sagte Lucas trocken. Er griff in die Innentasche seines Anzugjacketts und zog eine braune, lederne Ausweishülle hervor.

Markinson erblickte unter der Jacke ein Holster mit einer Pistole darin.

Lucas klappte die Ausweishülle auf und legte sie wortlos vor sich auf dem Tisch ab.

„DIA?“, fragte Markinson. „Was ist das?“

„Im Prinzip das Gleiche wie die CIA, nur militärisch. Ich unterstehe dem Verteidigungsministerium“, erklärte Lucas.

Markinson zog die Augenbrauen hoch und sah dann zu Anita Grey. „Ist das ein Witz? Was könnte das Verteidigungsministerium von mir wollen? Ich bin theoretischer Astrophysiker, ich baue keine Bomben.“

Sie legte den Kopf schief und warf Lucas einen fragenden Blick zu, bevor sie antwortete. „Es ist besser, wenn wir erst einmal nach draußen in den Wagen gehen. Wir brauchen Ihre Hilfe, Prof. Markinson.“

„In welchen Wagen, bitte?“, hakte Markinson nach. „Sie erwarten, dass ich hier alles stehen und liegen lasse?“

Ohne auf die Frage einzugehen, sagte Lucas: „Falls Sie sich Sorgen wegen der weiteren Vorlesungen machen, wir haben das schon mit dem Dekan geklärt. Er wird Sie beurlauben.“

„Beurlauben?“, wiederholte Markinson wie automatisch. „Wozu?“

„Damit Sie uns in einer Angelegenheit der nationalen Sicherheit beraten können, die zufälligerweise Ihres Fachwissens bedarf.“

„Das ist doch ...“, setzte Markinson an und wusste selbst nicht, wie er den Satz sinnvoll beenden sollte.

„Bitte, es ist alles arrangiert“, meinte nun Grey.

„Das merke ich“, erwiderte Markinson. „Ich kann nur nicht behaupten, dass mir das sonderlich gut gefällt.“

„Es wird Ihnen bald schon besser gefallen“, versprach Grey und setzte ein Lächeln auf. „Ich würde gern mit Ihnen zusammenarbeiten, ich bin auch Physikerin, müssen Sie wissen.“

„Wollen wir dann?“, fragte Lucas.

„Nein“, erwiderte Markinson. „Erst muss hier noch einen ganzen Haufen Dinge erledigen. Kommen Sie in einer Stunde in mein Büro, dann reden wir in Ruhe.“

„Negativ“, wiegelte Lucas ab. „Ich muss darauf bestehen, dass Sie uns sofort begleiten.“ Er legte unauffällig seine rechte Hand auf das Jackett – genau an jene Stelle, unter der sich die Pistole befand. Offenbar hatte er seinen Blick auf die Waffe vorhin bemerkt.

„Bitte, machen Sie keine Umstände, Professor“, warf Grey ein.

„Ich hätte große Lust dazu! Aber so wie es aussieht, habe ich kaum eine Wahl. Seien Sie gewarnt, Mr. Lucas. Ich kann nachtragend sein, wenn man versucht, mich zu verarschen.“

„Niemand versucht das“, versicherte Lucas. „Wir stehen nur unter einem gewissen Druck. Kommen Sie, wir erklären Ihnen alles auf dem Weg.“

Markinson stieß ein unwilliges Stöhnen aus, schnappte sich dann jedoch seine Tasche und ging um das Pult herum. „Bitte, nach Ihnen“, sagte er und deutete auf den Ausgang.

Draußen hing die Sonne schon recht tief über den sanft geschwungenen Hügeln der Santa Cruz

Mountains. Ein goldener Schleier legte sich über die terrakottafarbenen Dächer und die breiten, palmengesäumten Wege des Stanford-Campus. Zwischen dem Hoover Tower und dem Hauptgebäude der Naturwissenschaften rauschte der Wind durch Eukalyptusbäume, die Schatten tanzten auf den cremefarbenen Mauern der Fakultätsgebäude.

William Markinson trat aus dem Physikgebäude, die Aktentasche locker in der Hand, die Stirn in Falten gelegt. Neben ihm ging Anita Grey, einige Schritte hinter ihnen folgte Severin Lucas, der Gang straff, die Augen ständig in Bewegung, fast als erwarte er, dass hinter dem nächsten Busch ein Angreifer hervorspringen würde.

Sie überquerten den von jungen Menschen gesäumten Main Quad, vorbei an einer Studentin, die auf einer Bank saß und mit einer Drohne experimentierte, während auf der nächsten eine Gruppe junger Leute hitzig über das Abendprogramm diskutierte.

„Sie holen mich also einfach aus meiner Vorlesung und erklären mit keinem Wort, was das alles soll“, sagte Markinson trocken und musterte Grey von der Seite. „Was genau geht hier vor?“

„Das erfahren Sie, sobald wir am Ziel sind“, kam Lucas einer Antwort zuvor. „Bis dahin bitte ich um Geduld.“

Markinson blieb stehen, zwang die beiden ebenfalls zum Innehalten. „Mir gefällt diese Überrumpelungstaktik überhaupt nicht. Ich habe nicht die geringste Lust, für das Militär zu arbeiten.“

Grey seufzte. Ihre Stimme war weich, fast entschuldigend, als sie antwortete: „Es ist streng genommen ein ziviles Programm. Und wie wir schon angedeutet haben, geht es um Ihre Arbeit, Professor. Ihre Theorien zu Schwarzen Löchern und Singularitäten. Aber ...“ Sie zögerte, sah zu Lucas und fuhr dann fort. „Nun, es gibt mehr als nur Theorie.“

„Was soll das heißen?“, hakte Markinson nach, während sie weitergingen.

Lucas unterbrach sie nun: „Nicht hier, nicht jetzt. Wir sind noch auf offenem Gelände.“

Der Weg führte sie zum Parkplatz West 4, wo ein dunkler SUV mit getönten Scheiben bereitstand. Der Motor lief bereits. Ein unauffälliger Mann im Jackett saß schweigend am Steuer, den Blick hinter einer Sonnenbrille verborgen.

Als die Türen ins Schloss fielen und der Wagen langsam vom Parkplatz rollte, warf Markinson noch einen Blick durch die Heckscheibe auf die verspielte Architektur des Campus. Er seufzte. „Was immer es ist ..., es muss bedeutend sein, wenn sie einen solchen Aufwand betreiben.“

Grey nickte und setzte ein Lächeln auf. „Das kann ich auf jeden Fall schon bestätigen. Sie werden erstaunt sein“, sagte sie freudig.

Lucas konnte das nicht erheitern, er verzog nur freudlos das Gesicht. „Wir betreiben diesen Aufwand, weil es nötig ist. Und weil die Zeit drängt.“

3

Geheime Forschungseinrichtung „Orel-8“,
Halbinsel Kamtschatka, Russland,
16. September

Ein Wummern flutete die alten Vulkanhöhlen tief unter der Erde. Seine Frequenz war so niedrig, dass es vom menschlichen Ohr kaum wahrgenommen wurde, doch gleichzeitig war es von einer geradezu schmerzhaften Intensität, die erbarmungslos tief in den Körper eindrang. Den zuweilen Panik auslösenden Infraschallschwingungen konnte man nirgends in dieser Basis entgehen, daran hatten sich die meisten hier gewöhnt, doch so schlimm wie heute waren die Schallwellen bisher nie gewesen. Auch Dr. Arina Tschevtschenko, die mit einem Laptop unter dem Arm den Korridor in Richtung Kontrollzentrale entlang eilte, konnte nur mühsam ihren durch die Vibrationen befeuerten Fluchtinstinkt unterdrücken. Sie spornte sich an, noch etwas schneller zu laufen, und redete sich ein, dass sie auf dem Weg in Richtung Freiheit wäre. In der Tat war das genaue Gegenteil der Fall, sie steuerte das Zentrum der Anlage an.

Die Luft hier im innersten Technik-Sektor war dick, elektrisch geladen, durchzogen vom metallisch-stechenden Geruch von Ozon – wie am Rand eines kochenden Schwimmbads, nur ohne Hitze. Ohne Klimatisierung blieb die Temperatur in den äußeren

Gängen der Forschungsanlage „Orel-8“ auf der russischen Halbinsel Kamtschatka fast das ganze Jahr über ziemlich konstant bei 11 Grad Celsius. Das war mit der richtigen Kleidung erträglich, aber dennoch kühl genug, um den Atem sichtbar zu machen, sobald man schwer atmete. Und das tat Arina Tschevtschenko angesichts der kritischen Situation schon eine ganze Weile.

Die Basis war eine groteske Mischung aus schroffem, porösem Vulkangestein und glatt polierten Hightech-Oberflächen. Rohre verliefen wie Adern durch die dunklen Tunnelwände, mattes Schwarz stieß auf silbergraue Verkleidungen. Und über allem lag seit wenigen Minuten eine gelbliche Notbeleuchtung, die die Basis wie eine Mischung aus Alienraumschiff und Bärenhöhle wirken ließ.

Bewaffnete Soldaten standen stumm an jeder Tunnelkreuzung, regungslos wie in Stein gehauene Statuen, mit Nachtsichtoptiken auf den Helmen und Sturmgewehren vor der Brust. Tschevtschenko kannte das. Sie hatte sich an die immerwährende Präsenz bewaffneter Militärs gewöhnt.

Endlich erreichte sie das Kontrollzentrum tief im Kern der Anlage, wo ihre Wissenschaftlerkollegen in kleinen Gruppen beieinanderstanden, flüsterten, auf Displays tippten oder sich einfach nur besorgte Blicke zuwarfen. An der Hauptsteuerkonsole flackerte ein roter Warnhinweis:

„REAKTORSTABILITÄT ABNEHMEND“.

„Wo ist die Amerikanerin?“, brüllte der Kommandant der Basis, Kirill Borissow, über das hektische Gemurmel der Wissenschaftler hinweg. „Wenn ich herausfinde, dass sie die Anlage sabotiert hat, drehe ich ihr eigenhändig den Hals um“. Der militärische Befehlshaber von Orel-8 war kein Freund der Geduld. Ein Bär von einem Mann, kantiges Gesicht, schlohweißes Haar und eine rot geäderte Nase, die verriet, dass ihm der Wodka immer noch zu gut schmeckte. „Bekomme ich jetzt einen Bericht oder muss ich erst jemanden aufknüpfen lassen?“

Dr. Arina Tschevtschenko trat vor, zögernd. Ihre Hände zitterten leicht, während sie den Laptop aufklappte und dabei einen Stapel Papiere zu Boden fallen ließ, die sie sich ebenfalls unter den Arm geklemmt hatte. „Ich ..., entschuldigen Sie ... ich komme gerade aus der Reaktorkammer. Es scheint ..., also, ich denke, dass es keine der üblichen Instabilitäten ist, alles ist viel stärker und ... dieses Phänomen hat ... ich meine ...“

„Gibt es hier jemanden, der sich klar ausdrücken kann?“, brauste Borissow auf und ließ Dr. Tschevtschenko zusammenzucken.

„Es ist der Gravitationskern selbst!“, platzte sie nun heraus „Er pulsiert. Aber nicht periodisch. Es ist ... chaotisch.“

„Was meinen Sie mit chaotisch?“, fragte Borissow, seine Augen blitzten. „Mir wurde versichert, dass diese Berechnungen alle ganz präzise seien! War es doch die Amerikanerin?“

„Das kann gar nicht sein“, schaltete sich indessen ein zweiter Wissenschaftler mit Halbglatze und dicker Brille ein, Dr. Juri Saljewitsch, der wissenschaftliche Leiter des Projektes. „Ihre Arbeit ist brillant. Außerdem war sie gar nicht hier, als es angefangen hat. Sie war in der Nachtschicht und ist seit Stunden in ihrem Quartier.“

„Schaffen Sie sie her!“, rief Borissow einem Soldaten zu, der am Zugang zum Kontrollraum Stellung bezogen hatte.

Die Wache nickte zackig, machte kehrt und verließ den Raum.

„Oberst Borissow“, setzte Dr. Saljewitsch wieder an. „Sehen Sie, diese Art von Technologie ist hochexperimentell. Wir haben zu wenig Erfahrung und wir benötigen weitere Daten – und mehr Zeit ...“

Borissow setzte zu einer wütenden Antwort an, wurde jedoch von einem schrillen Alarm daran gehindert. Die Lichter im Kontrollraum flackerten, Unruhe machte sich breit, Wissenschaftler verfolgten aufgeregt die Anzeigen auf ihren Konsolen.

Arina Tschevtschenko sah sich ängstlich um und spürte ihren Fluchtinstinkt wieder voll aufflammen. Sie wollte weglaufen, weit weg von diesem Irrsinnsprojekt, doch sie wusste, dass es unmöglich war. Zu Fuß entkommen zu wollen, wenn dieser Reaktor außer Kontrolle geriet, war sinnlos.

Mit einem Mal herrschte Totenstille im Raum. Das ewige Wummern war verklungen, ebenso das Surren der Apparate und sogar der Alarm. Alles war wie eingefroren, doch bei Weitem nicht reglos. Um eine der an die Wand montierten Steuerkonsolen formte sich in Zeitlupe eine schimmernde, transparente Halbkugel, die beinahe wirkte wie eine Seifenblase, jedoch viel größer und unwirklicher. Sie dehnte sich aus, umschloss die Konsole und den daran sitzenden Wissenschaftler Pawel Korenkow. Seine Augen zuckten Hilfe suchend umher. Doch niemand schien fähig zu sein, sich zu rühren, als ob diese Blase eine unüberwindbare Grenze darstellen würde.

Dann verflüssigte sich das Innere der Sphäre, wie schmelzendes Glas, das in einen Strudel geriet. Korenkows Körper wurde auseinandergezogen wie Kaugummi – sein Gesicht spiegelte nackte Panik. Dann fiel es in sich zusammen, der Schädel implodierte, der ganze Körper schrumpfte wie eine Pflaume im Dörrautomaten.

Arina Tschevtschenko wollte den Blick von diesem Grauen abwenden, war aber unfähig dazu. Nicht einmal die Lider konnte sie schließen, so grässlich der Anblick auch war.

Dann riss sie eine Erschütterung zu Boden, die wie die Druckwelle einer Detonation durch den Raum fegte. Im nächsten Moment schnellte die bis eben noch fast stillstehende Zeit zurück wie ein straff gespanntes Gummiband, das man plötzlich losließ. Die Lichter der Kontrollzentrale blitzten wie Stroboskope in einer Diskothek, bevor sie sich allmählich beruhigten.

„Medizinisches Team!“, schrie jemand.

„Was zur Hölle war das?“, hörte sie Borissow bellen.

Tschevtschenko richtete sich auf und sah sich um. Nur langsam legte sich die Aufregung unter den Wissenschaftlern und Soldaten.

„Ich will einen Bericht, ihr Eierköpfe!“, forderte Borissow, und Tschevtschenko meinte sogar, eine Spur Furcht in seiner Stimme zu hören.

„Wie konnte so etwas passieren? Die Gleichungen waren einwandfrei“, kommentierte Dr. Saljewitsch fassungslos.

„Das bezweifle ich!“, knurrte Borissow. „Trotzdem: Wir machen weiter. Bringen Sie das in Ordnung!“

„Aber wir ...“, setzte Dr. Saljewitsch an und verstummte. Er blickte stumm hinüber zur völlig demolierten Konsole und dem zerquetschten Körper Pawels.

Tschevtschenko folgte seinem Blick und konnte sich sehr gut ausmalen, was sich ihr Vorgesetzter gerade dachte.

Borissow ließ der Anblick offenbar völlig kalt. „Darf ich Sie daran erinnern, dass wir eine Frist haben, die unbedingt einzuhalten ist. Wir sind zu nah dran, um jetzt noch zu zaudern. Sie kennen die Direktive. Die Forschung darf nicht gestoppt werden."

„Oberst, mit Verlaub, wir können das nicht kontrollieren. Die Feldfluktuationen sind nicht vorhersehbar. Wenn wir weiter ...", versuchte Saljewitsch einzuhaken.

„Dann schirmen Sie den Reaktor besser ab!", schnitt ihm der Oberst das Wort ab. „Sofort!"

Ein weiterer Wissenschaftler, ein grauhaariger Spezialist für Quantendynamik namens Dr. Valerij Karelin hob warnend die Hand. „Man kann Gravitation nicht abschirmen. Das ist keine Strahlung. Das ist eine inhärente Kraft des Universums selbst."

Borissow trat näher an ihn heran. „Dann sorgen Sie dafür, dass sie uns nicht mehr durch den Schädel pulsiert!"

„Sie verstehen nicht, dass Sie da Unmögliches verlangen."

„Ich verlange Ergebnisse", antworte Borissow ebenso knapp wie frostig.

Wieder wummerte der Infraschall durch den Raum. Das altbekannte, kaum wahrnehmbare Grollen aus der Tiefe war zurück und sofort überkam Tschevtschenko wieder das quälende Ziehen in der Magengrube.

Dann war ihr erneut, als falle die Welt in Zeitlupe.

Geräusche wurden dumpf, langgezogen. Die Menschen um sie herum standen still, doch nur scheinbar. Es gab sehr wohl Bewegung, aber nur als eine Art Zerrbild, das rückwärtslief – eine Choreografie sich überlagernder Dimensionen, die verschmolzen und wieder auseinander glitten. Tschevtschenko sah zum zweiten Mal die transparente Blase, die Pawel verschluckt hatte, und die sich ineinander krümmende Konsole. Ein beklemmendes Déjà-vu ergriff sie.

Tschevtschenko konnte nicht begreifen, was hier geschah. „Wir haben ... das schon erlebt ...“, war alles, was sie denken konnte. Dann schoss ihr ein weiterer Gedanke in den Kopf. „Zeitdehnung. Die Gravitation ... verkrümmt die Zeit.“

Und schließlich – als hätte jemand einen Schalter umgelegt – war das Phänomen vorbei.

Tschevtschenko stand inmitten der Kontrollzentrale und versuchte, sich zu orientieren.

Die Steuerungssysteme sprangen wieder an und signalisierten normale Parameter, das Licht war stabil, sogar das Wummern blieb auf erträglichem Niveau.

„Was ...?, setzte Valerij Karelin an, verstummte aber sofort wieder. Stattdessen deutete er mit zitterndem Finger auf eine der hinteren Arbeitsstationen.

Dort saß Pawel.

Lebendig und unverletzt.

Er tippte gelassen auf seinem Display herum, als wäre nie etwas geschehen. Er sah auf, bemerkte die Stille um ihn herum – und runzelte die Stirn. „Was ist?“, fragte er. „Warum starrt ihr mich so an?“

Niemand antwortete.

„Pawel ..., du bist ... gestorben“, flüsterte Tschevtschenko.

Er lachte nervös. „Sehr witzig."

Borissow trat langsam vor, prüfte den jungen Wissenschaftler mit kaltem Blick. Dann drehte er sich zu Saljewitsch. „Was haben wir da gerade erlebt?"

„Ich kann nur spekulieren. Aber theoretisch kann – wenn die Gravitation stark genug ist – die Raumzeit extrem verzerrt werden. Dann ist so gut wie alles möglich, eine Art lokaler Zeitkollaps."

Karelin trat hinzu. „Oder es entsteht ein Spalt in den Dimensionen. Wir sind möglicherweise in einer Parallelwelt gelandet, in der Pawel nicht gestorben ist."

„Schluss mit dem Unsinn!", ordnete Borissow an. „Bringen Sie den Reaktor in Ordnung, dann machen wir weiter nach Plan."

„Aber wir müssen wissen ...", wollte Karelin einhaken, wurde jedoch von einem wütenden Blick des Obersts zum Schweigen gebracht. Der Wissenschaftler nickte nur und trat dann an eine der Konsolen.

Tschevtschenko näherte sich ihm und sah ihm über die Schulter. Die Anzeigen meldeten eindeutig, dass die Gravitationswellen zurück waren. Schwächer vorerst, aber bereits ansteigend und immer noch chaotisch pulsierend.

„Wir machen wirklich weiter?," flüsterte Tschevtschenko ihrem Kollegen zu.

Der nickte so quälend langsam, dass sie fast glaubte, sie wäre bereits in der nächsten Zeitdehnung gefangen.

4

Unterirdische US-Forschungseinrichtung,
Irgendwo in der Wüste Nevadas,
17. September

Die Türen des Fahrstuhls glitten mit einem fast lautlosen Zischen auseinander. Professor William Markinson trat in den kargen, fluoreszierend beleuchteten Korridor hinaus, seine Schritte hallten unnatürlich laut auf dem blank polierten Betonboden. Sie befanden sich nun fünf Stockwerke unter dem Wüstenboden Nevadas, wenn er die Anzeige des Aufzugs richtig interpretiert hatte – in einer ebenso geheimen wie unbehaglichen militärischen Basis, deren genaue Bezeichnung er nicht einmal kannte.

Neben ihm ging Agent Severin Lucas, wortlos, wie fast die gesamte Reise bis hierher – anders als versprochen, hatte er ihn noch nicht in die Hintergründe seiner spontanen „Entführung“ eingeweiht. Anita Grey hatte sich gleich nach der Ankunft mit dem Hinweis entschuldigt, dass sie noch dringend etwas vorzubereiten habe.

„Wenn Sie mir jetzt endlich erklären würden, was das hier soll“, unternahm Markinson erneut einen Anlauf, mehr zu erfahren. Er konnte den genervten Unterton in seiner Stimme nun selbst hören.

Lucas hob nur leicht die rechte Augenbraue, ohne den Schritt zu verlangsamen. „Gleich.“

Nach wenigen Momenten erreichten sie eine

weitere Sicherheitsschleuse. Sie waren zwar schon einmal am oberirdischen Zugang zum Aufzug kontrolliert worden, aber hier schien man auf Sicherheit höchsten Wert zu legen.

Zwei bewaffnete Wachen nickten Lucas zu, der seinen Dienstausweis präsentierte. Dann streckte der Soldat die Hand in Markinsons Richtung aus. „Ihr Handy bitte, Sir!“

Markinson zögerte, dann reichte er widerwillig sein Smartphone herüber. Es verschwand in einer stählernen Kassette, die mit einem metallischen „Klack“ verriegelt wurde.

„Was soll denn das? Ich bin doch kein Terrorist.“

Lucas drehte sich mit einem milden Lächeln zu ihm um. „Nein, Professor. Aber Handys stellen ein Risiko dar. Diese Maßnahme ist nichts Persönliches, nur Vorschrift.“

Die Wachen ließen sie passieren und Lucas öffnete eine Tür am Ende des Ganges. Sie betraten einen nüchternen Raum, grauer Boden, weiße Wände. In der Mitte ein Tisch mit vier Stühlen und ein kleiner Servierwagen mit Kaffeekanne und Tassen. In zwei der Raumecken befanden sich Überwachungskameras und an der Wand prangte ein großes gold-rotes Symbol, das Markinson nicht zuordnen konnte – es wirkte wie ein militärisches Abzeichen irgendwo zwischen Luftwaffe und geheimer Spezialeinheit. Er war sich ziemlich sicher, es nie zuvor gesehen zu haben. Lucas wies auf die Stühle und Markinson nahm in aller Ruhe Platz.

Ein dritter Mann betrat nun den Raum. Mittleres Alter, glatt rasierter Schädel, stechender Blick. Er trug Tarnuniform, aber selbst wenn er in Hawaiihemd erschienen wäre, hätte er nicht verbergen können, dass jede Faser an ihm militärischen Drill genossen hatte. „Professor Markinson, mein Name ist Commander Frank Raines. Ich leite diese Einrichtung und bin für die sicherheitsrelevante Bewertung zivil-wissenschaftlicher Kontakte in Hochrisikoprojekten verantwortlich.“ Er legte einen Ordner auf den Tisch und schob ein Formular herüber. „Lesen. Unterschreiben. Ohne das Papier sprechen wir nicht weiter.“

Markinson nahm das Dokument. „Verpflichtung zur unbedingten Geheimhaltung“, las er die Überschrift vor. „Lassen Sie mich raten, ich darf kein Wort verlieren über diesen Ort, diesen Raum, oder irgendetwas, das ich hier erfahre?“ Er sah auf. „Und wenn ich nicht unterschreibe?“

Raines lächelte kühl. „Dann fahren Sie morgen zurück nach Hause. Doch ohne Zugang zu weiteren Forschungsgeldern. Und mit einer stark angekratzten akademischen Reputation.“

Markinson seufzte schwer. Das war im Grunde Erpressung. Schlagartig wurde ihm wieder bewusst, warum er alle Brücken zum Militär abgebrochen hatte. Wenn sie etwas wollten, nahmen sie keinerlei Rücksicht auf Befindlichkeiten. Da er das sehr gut wusste, zögerte er nicht länger und unterschrieb die Vereinbarung. Außerdem musste er zugeben, dass seine Neugier endgültig geweckt war.

Raines nickte zufrieden, nahm das Papier an sich und öffnete nun den Ordner. „Sie haben vor zehn Jahren eine Theorie zu Quantenfluktuationen in rotierenden Schwarzen Löchern veröffentlicht. Sogenannte subdimensionale Korridore.“

Markinson nickte vorsichtig. „Sie war ... umstritten.“

„Einige meinten, es sei gefährlicher Unsinn“, erwiderte Raines.

„Und andere nannten es einen Vorstoß in neue Dimensionen der Physik.“ Markinson lehnte sich zurück. „Aber ja. Sie war nicht haltbar. Die Gleichungen liefen ins Chaos.“

Raines legte einige Ausdrucke auf den Tisch und drehte sie so, dass Markinson sie lesen konnte. „Kommen Ihnen diese Rechnungen bekannt vor?“

Markinsons Augen huschten über die Seiten. Seine Stirn legte sich in Falten. Ja, er kannte diese Terme. Er erkannte auch die Handschrift. Sie wirkte vertraut, beinahe schmerzlich vertraut.

„Denise“, sagte er leise.

Lucas, der etwas abseits an der Wand lehnte, griff den Namen sofort auf. „Denise Garner. Ihre ehemalige Studentin. Ihre Assistentin. Ihre ..., wie würden Sie sie bezeichnen, Professor?“

„Brillant. Kompromisslos. Und ja – mir nahe. Sie war die Einzige, die damals an die Theorie glaubte. Aber auch sie musste einsehen, dass sie nicht aufging.“

Lucas trat einen Schritt vor. „Sie hat die Theorie weiterentwickelt. Zumindest ganz wesentliche Teile davon. Wir konnten Fragmente ihrer Arbeit wiederherstellen. Aber große Abschnitte sind gelöscht.“

Markinson runzelte die Stirn. „Warum?“

Lucas zuckte mit den Schultern. „Sie ist offenbar seit letztem November verschwunden. Zuletzt lebte sie in London, aber eines Tages kam sie nicht mehr zur Uni.“

Markinsons Augen wurden weit. „Aber ... was meinen Sie damit? Man verschwindet nicht einfach spurlos.“

Raines beugte sich vor und fixierte Markinson mit seinen eisblauen Augen. „Es besteht die Möglichkeit, dass Ihre ehemalige Studentin die Seiten gewechselt hat."

„Die Seiten gewechselt? Welche Seiten? Das klingt, als redeten Sie von einer Doppelagentin. Aber ich versichere Ihnen, Denise ist die Letzte, die sich für irgendeine Art von politischem oder militärischem Zirkus hergeben würde."

„Zirkus?", wiederholte Raines in ätzendem Ton.

Nun setzte sich Lucas endlich und hob beschwichtigend die Hand. „Immer mit der Ruhe, das ist nur eine der Hypothesen, die manche von uns in Betracht ziehen. Wahrscheinlicher ist aber, dass Miss Garner entführt worden ist. Das alles riecht nach einer russischen Operation, höchstwahrscheinlich durch eine Abteilung des militärischen Geheimdienstes."

Markinson konnte kaum glauben, was er da hörte. „Sie sagen, Denise wurde entführt? Warum? Wegen ... dieser Theorie?"

„Weil jemand glaubt, dass sie sich in eine Richtung entwickelt hat, die für strategische Zwecke nutzbar ist. Und nach allem, was ich davon verstanden habe, scheint es interessante Anwendungen zu geben."

Markinson verstand jetzt sofort. Es ging hier nicht um reine Forschung, es ging um Waffentechnik. Das, was als mathematische Hypothese begonnen hatte, war offenbar in Windeseile zur potenziellen Bedrohung geworden. „Und Sie glauben, ich kann die fehlenden Teile rekonstruieren?"

„Niemand kennt die Theorie besser als Sie."

Markinson schüttelte den Kopf. „Ich bin Wissenschaftler. Ich arbeite nicht für das Militär. Ich dachte, das wäre Ihnen klar."

Raines schob weitere Blätter über den Tisch. „Wir reden nicht von Bomben. Wir befinden uns in einem Wettrennen. Ihre Theorie könnte bereits in Russland in die Praxis überführt worden sein. Wenn wir zu langsam sind ..."

„Dann haben die Russen eine mathematische Theorie, mit der sie vielleicht das Verhalten von Schwarzen Löchern korrekter erklären können. Oder auch nicht." Markinsons Ton war jetzt kühl. „Das alles ist doch Unsinn."

Lucas beugte sich vor. „Wir wissen, dass Denise Garner ihre Arbeit niemandem freiwillig gegeben hätte. Sie hat aber gegenüber einer Freundin angedeutet, dass sie beobachtet wurde. Jemand hatte ernsthaftes Interesse daran und schreckte nicht davor zurück, sie aus ihrer Wohnung mitten in London zu verschleppen. Das ist Fakt und kein Unsinn."

Markinson sah wieder auf die Gleichungen. Teile davon erschienen ihm wie Fragmente seiner alten Arbeit – aber verändert, neu skaliert, weitergedacht. Womöglich hatte Denise geschafft, was ihm nie gelungen war – Kohärenz herzustellen. „Was genau erwarten Sie von mir?"

„Zunächst vervollständigen Sie das, was sie begonnen hat, rekonstruieren Sie, was fehlt", bat Lucas. „Helfen Sie uns, diese Arbeit zu verstehen – bevor jemand anderes es tut."

„Und wenn ich das nicht möchte?"

Statt Lucas antwortete nun Commander Raines. „Dann werden Sie womöglich feststellen, dass wissenschaftliche Freiheit keine Konstante ist, sondern eine Variable."

Markinson schwieg. Er kannte diese Art von

Drohung. Und er wusste, dass dies mehr als leere Worte waren. Für eine Sekunde flackerte Denises Gesicht in seinem Gedächtnis auf – jung, klug, voller Trotz. Er hatte nicht die geringste Lust, sich zur Marionette des Militärs zu machen. Doch andererseits ... wenn es stimmte, dass Denise in den Händen der Russen war ... Er schüttelte den Gedanken ab und räusperte sich. „Ich möchte vollständigen Zugriff auf ihre Arbeit. Nicht nur Fragmente."

Raines nickte zögerlich. „Wie wir schon sagten, ist das nur teilweise möglich. Aber wir geben Ihnen alles, was wir haben."

„Und was ist, wenn ich nach eingehender Prüfung zu dem Schluss komme, dass diese Arbeit zu gefährlich ist, als dass sie jemals jemand praktisch nutzen sollte?"

Raines lächelte schmal. „Dann sagen Sie es uns. Und wir entscheiden, was das bedeutet."

Markinson lief ein Schauer über den Rücken. Der Raum wirkte plötzlich enger. Kälter. Er glaubte Raines keine Sekunde lang, dass er und seine Militärs im Ernstfall Besonnenheit vor Machtgewinn stellen würden. Aber ihm blieb nicht viel anderes übrig, als mitzuspielen.

„Gut", sagte er leise. „Ich werde mir das ansehen. Aber eines ist klar: Ich bin nicht Ihr Werkzeug."

Raines stand auf. „Natürlich nicht, Professor."

„Was ist mit Denise? Wie befreien wir sie aus den Händen der Russen?"

„Alles zu seiner Zeit", sagte Lucas gelassen. „Wir arbeiten daran. Kümmern Sie sich um die Theorie und lassen Sie uns die Praxis übernehmen." Auch der Agent erhob sich. „Kommen Sie, Grey wird Ihnen unten die Wissenschaftler vorstellen, die schon länger mit dem

Projekt betraut sind. Den einen oder anderen kennen Sie bereits."

***

Die Fahrstuhltüren schlossen sich wieder hinter William Markinson, als er mit einem mulmigen Gefühl seinen Abstieg in die Tiefen der Anlage fortsetzte. Statt Severin Lucas begleitete ihn nun Anita Grey, die sich ihm bereits bei ihrem ersten Treffen an der Uni als Physikerin vorgestellt hatte. Das passte vortrefflich zu ihrer Erscheinung, die eine Mischung aus strammer Disziplin und forensischer Präzision ausstrahlte. Nicht unbedingt jemand, mit dem Markinson abends gern ein Bier trinken gehen würde, aber vermutlich die geeignete Person, um ihn durch eine hochgeheime, unterirdische Forschungsanlage mitten im Nirgendwo zu führen.

„Also, was ist Ihre Aufgabe hier?", fragte Markinson frei heraus, während der Fahrstuhl in die Tiefe glitt. Das kleine, leuchtend rote Display über den Tastenfeldern zählte stumm weiter: Sublevel 6. Sublevel 7. Sublevel 8 ...

„Ich bin die führende Kernfusionsexpertin dieser Anlage. Und Ihre Führerin in den Kaninchenbau."

Markinson nickte. „Das klingt ja ... vielversprechend."

„Warten Sie's ab."

„Wie tief fahren wir eigentlich noch runter?", murmelte Markinson. Es war mehr eine rhetorische Frage, die er sich selbst stellte, als eine, die er von Grey beantwortet bekommen wollte.

„Weit genug, um die bekannten Grenzen der Realität hinter uns zu lassen", meinte Grey kryptisch.

Prompt stoppte der Aufzug mit einem leichten Zittern. Die Anzeige über der Tür meldete, dass sie sich auf der Ebene -10 befanden. Als sich die Türen öffneten, schlug ihnen ein kühler Luftzug entgegen. Am Ende des beleuchteten Ganges wartete ein älterer Mann, locker aufgestützt auf einen schwarzen Gehstock. Sein weißes Haar war zu einem akkuraten Scheitel gekämmt, die Augen hinter der randlosen Brille blitzten wachsam.

„William!“, rief der Mann erfreut. Seine Stimme klang tief und warm. „Mein Gott, du bist wirklich hier.“

Markinson brauchte einen Moment, um sich zu sammeln, und hätte beinahe vergessen, aus dem Fahrstuhl zu steigen. „Professor Mannheimer?“, fragte er irritiert und trat endlich einen Schritt vor. „Ich dachte, Sie seien längst im Ruhestand.“

„Bin ich auch. Aber sie haben mich zurückgeholt. Manchmal braucht es einen alten Hund, um die Spur zu halten. Besonders, wenn es um die ganz großen Fragen der Wissenschaft geht!“ Er holte in einer theatralischen Geste weit mit den Armen aus, um seine Worte zu unterstreichen. Dann trat er näher, musterte Markinson eindringlich. „Du hast dich kaum verändert. Noch immer dieser skeptische Blick.“

„Und mein alter Professor pflegt noch immer einen Hang zur Dramatisierung.“

„Es ist keine Dramatisierung, wenn man weiß, was auf dem Spiel steht.“ Charles Mannheimer bedeutete, ihm zu folgen. Sie durchquerten einen langen Korridor mit schalldämmenden Paneelen, vorbei an Stahltüren mit kryptischen Abkürzungen und allgegenwärtigen Überwachungskameras, deren Präsenz Markinson zwar nicht verwunderte, aber dennoch beunruhigte.

„Wir stehen an der Schwelle zu etwas Großem,

William. Größer, als du es dir vorstellen kannst. Deine Arbeit – sie war nie nur Theorie. Denise hat sie weiterentwickelt, ja, aber wir haben entdeckt, dass sie dichter an einer praktischen Anwendung war, als du je geahnt hast."

„Ich halte das noch immer für eine physikalische Sackgasse", murmelte Markinson.

„Oh nein! Selbstverständlich gibt es große Hindernisse und noch sind wir nicht am Ziel, aber ...", meinte Mannheimer und warf Anita Grey einen Blick zu. „Na ja, du wirst es gleich sehen."

Sie betraten eine Halle mit gewölbter Decke. In der Mitte thronte eine raumgreifende, sphärische Konstruktion, umgeben von einem filigranen Gerüst aus polierten Titanstreben, die sich in komplexen geometrischen Mustern wölbten. Weiter außen fand sich eine ringförmige Laufbrücke, auf der man die Anschlüsse und Bedienelemente erreichen konnte. Zwischen den Titanstreben verlief ein dichtes Geflecht aus supraleitenden Spulen, deren Legierung das Licht in irisierendem Gold und tiefem Violett reflektierten. Die Spulen selbst waren in spiralförmigen Schichten übereinandergelegt, was das Ganze wirken ließ wie einen übervollen Teller Spaghetti. Nur benötigten Spaghetti üblicherweise nicht mehrere Kühlsysteme, deren mattschwarze Kühlleitungen wie Adern in das technische Herz führten. Dort im Zentrum verbarg sich ein milchglasüberzogener Kern, dessen Innenleben neugierigen Blicken verborgen blieb. Der ganze Apparat war nicht nur ein technisches Meisterstück, sondern gleichzeitig ein futuristisches Kunstwerk.

„Unser Reaktor", sagte Anita Grey trocken. „Wir nennen ihn PETE."

Markinson trat näher, musterte die Maschine genau. „Pete, hm? Wieso nicht Jack oder Bob?“ Er blickte zu Professor Mannheimer. „Was haben Sie hiermit versucht? Die subdimensionalen Korridore in Schwarzen Löchern zu simulieren? Null-Punkt-Energie anzapfen?“

„Nicht direkt, nein. Wie Sie sicher sehen können, ist der Reaktor nicht in Betrieb. Das war er nie“, erklärte Grey.

„Aber was hätte Pete tun sollen?“, hakte Markinson nach.

„Es handelt sich um den Prototyp eines Singularitätsreaktors“, sagte Mannheimer. „Ein künstlich erschaffenes Schwarzes Loch wird in einem Eindämmungsfeld gehalten, während es zerstrahlt und kontrolliert Energie abgibt.“

„Das ...“ Markinson zögerte.

„... funktioniert nicht?“, vervollständigte Grey seine Bedenken.

Markinson nickte.

„Doch, es müsste funktionieren. Und in Ihren und Garners Gleichungen steckte der Ansatz dazu.“

Mannheimer übernahm nun. „Wir haben Hinweise, dass die Russen ein ähnliches System zum Laufen gebracht haben. Irgendwo in Kamtschatka, laut Geheimdienstinformationen in einem Labor namens Orel-8.“

Markinson drehte sich zu ihm. „Und unsere Militärs fürchten, dass die Russen diese neuartige Energiequelle zu ihrem Vorteil nutzen?“

Mannheimer seufzte schwer. „In erster Linie fürchten wir, dass die den Prozess womöglich nicht kontrollieren können und die Risiken unterschätzen.“

„Deshalb sind Sie hier“, ergänzte Grey. „Ihre Aufgabe ist es nicht nur, zu verstehen, was Denise getan hat. Sondern zu verhindern, dass dieses Wissen für die falschen Zwecke missbraucht wird.“

„Wenn Denise tatsächlich von den Russen entführt wurde und Sie außerdem sagen, dass die bereits einen derartigen Reaktor gebaut haben, dann wüsste ich nicht, was mein Studium der Gleichungen jetzt noch ausrichten soll.“

„William“, sagte Mannheimer leise, „über Theorien sind wir längst hinaus. Das Treiben der Russen könnte genauso gut nicht der Schaffung einer neuen sauberen Energiequelle dienen, sondern der Entwicklung neuartiger Waffensysteme.“

Markinson nickte bedächtig. Ein ähnlicher Gedanke war ihm in den letzten Minuten ebenfalls gekommen – schließlich war hier offenkundig das Militär involviert. „Nun, theoretisch reden wir dann von etwas, das existenzielle Risiken birgt – einer Technologie, die das Gefüge von Raum und Zeit bedroht.“

Die in den Decken eingebauten Lautsprecher knackten und ein lauter Gong unterbrach die Diskussion. „Achtung, alle Projektverantwortlichen umgehend in Konferenzraum Theta.“

Grey sah Markinson an. „Damit sind ab sofort auch Sie gemeint. Gehen wir, es scheint Neuigkeiten zu geben.“

Ohne ein weiteres Wort eilten sie den Korridor entlang zurück in Richtung Aufzug.

5

In der Wildnis Kamtschatkas, im Morgengrauen

Die strenge Kälte eines frühen Winters kroch über die kahlen Felsen des Berghanges, als Humayun, der letzte Schamane seines Stammes, langsam den steinigen Pfad hinaufstieg. Sein dicker Pelzmantel sollte ihm eigentlich genügend Schutz gegen den Wind und die klamme Kälte bieten, doch mit dem Alter änderte sich so manches. Nun fuhr dem Schamanen viel schneller der Frost in die Glieder, als es früher einmal der Fall gewesen war. Trotzdem musste er diesen Aufstieg wagen, wenn er eine Vision von den Geistern empfangen wollte. Dies duldete keinen Aufschub, weder wegen des Wetters, das in den vergangenen Tagen immer schlechter geworden war, noch wegen seiner allzu menschlichen Gebrechlichkeit.

Humayun erreichte das kleine Hochplateau, auf dem er seit Jahrzehnten die Weisheit der Götter erbat und bisher noch nie enttäuscht worden war. Sein Blick glitt hinab ins Tal, wo einige Kilometer entfernt die russische Militärbasis lag – mit ihren Baracken, Hangars und Landebahnen, die das Land verschandelten. Der Wind trug die Geräusche ihrer Maschinen bis hierher – LKWs, Generatoren, Flugzeugturbinen. Dahinter schloss sich das weitläufige Raketentestgebiet an, in dem unzählige Einschläge das Land dermaßen zerpflückt hatten, dass von Natur kaum noch die Rede sein konnte.

Am anderen Ende des weiten Tales thronte schroff und düster der erloschene Vulkankrater des Utschinskaja Sopka. Dies war ein Ort, der laut den Legenden seines Stammes weit größere Macht barg, als die Menschen ahnten, vor allem die unseligen Narren dort unten in der Militärbasis.

Schon seit Wochen hatte Humayun dunkle Vorahnungen – ein Unheil braute sich tief in der Erde zusammen. Die Alten seines Volkes hatten einst von der Dunkelheit gesprochen, die in den Bergen schlief und wartete. Bereit, alles zu verschlingen, sobald man ihre Macht entfesselte.

Humayun setzte sich auf einen flachen Stein, seine Finger umklammerten die geschnitzte Holzfigur eines Adlers. Der Gedanke an die alten Prophezeiungen bescherte sogar ihm eine Gänsehaut – der Dämon, der Welten zerstören konnte, sollte aus dem Innersten der Erde auferstehen.

Der Schamane schloss die Augen und tauchte, begleitet von rituellen Gesängen, immer tiefer in die Trance.

Die Nebelschwaden in seinem Geist lösten sich allmählich auf und die Vision bekam Kontur. Humayun spürte ein Knistern in der Luft, schwer und voller Energie füllte sie das Tal. Die Erde unter ihm vibrierte zuerst kaum merklich, dann immer heftiger. Nun spaltete ein Riss das Land, zog sich quer durchs Tal, mitten durch die Militärbasis, und verschluckte Mensch und Maschine, bevor er sich weiter auf den Utschinskaja Sopka zubewegte.

Humayun fürchtete, nun würde der seit Ewigkeiten schlafende Vulkan ausbrechen und eine glühende, tödliche Fontäne ausspeien, die sein Dorf und seine

Lieben vernichtete. Doch dies geschah nicht. Stattdessen erblickte der Schamane etwas, das wahrlich nicht von dieser Welt zu sein schien.

Oberhalb des Kraters bildete sich eine halbtransparente Kuppel, flirrend, pulsierend, als bestünde sie aus reinem Licht. Sie schwoll an, wurde größer und schillerte in allen Farben wie eine Seifenblase. Das Grollen in der Tiefe blieb und wurde sogar noch unerbittlicher.

Ein Schauer lief Humayun über den Rücken. Diese Vision war realer und zugleich bedrückender als jede andere zuvor.

Doch das Schlimmste kam erst noch. Jetzt schien die Zeit stillzustehen. Die Wolken erstarrten, der Wind verstummte, nur das Innere dieser unwirklichen Kuppel bewegte sich noch. Als hätte die Welt ihre ureigene Kraft verloren, stülpte sich die Erde nach innen – wie ein Strudel in einem wilden Bachlauf verkrümmte sich das Land, die Berge stürzten ein, und der Himmel zerfloss in schmutzigem Regen. Und dann, als alles bis zur Unkenntlichkeit miteinander verschmolzen war, gab es einen Moment der absoluten Erstarrung. Das tiefste Schwarz aus dem Erdinneren manifestierte sich dort, wo einst der heilige Berg gewesen war und wo nun nichts als undurchdringliche Finsternis lauerte.

Der Schamane wollte sich befreien, diese Vision abschütteln, doch sie hielt ihn gefangen. Bis schließlich alles in einem unermesslichen Feuerball aufging und die Welt zerbarst. Humayuns Schrei wurde im Keim erstickt.

Keuchend riss er die Augen auf. Sein Körper zitterte, doch längst nicht mehr vor Kälte, sondern vor Grauen. Hektisch sah er sich um. Der Berg stand noch, die gespenstische Kuppel war verschwunden. Die Erde vibrierte nicht, Himmel und Wolken waren an ihrem Platz. Plötzliche ein Donnern, das ihn zusammenzucken ließ. War das Ende so nah?

Dann rasten mehrere Kampfjets dicht über ihn hinweg. Ihre stählernen Körper waren wie Speere, die die Luft zerschnitten. Noch nie war Humayun so froh gewesen, diese Flugzeuge zu sehen. Denn sie bedeuteten, dass er endgültig zurück in der Realität war.

Doch das beklemmende Gefühl der Vision steckte ihm noch in den Knochen. Der Schamane wusste: Etwas hatte heute hier begonnen, etwas wahrlich Unheilvolles.

***

Geheime US-Forschungseinrichtung, Nevada

Der Konferenzraum Theta, in den vor Kurzem alle leitenden Wissenschaftler gerufen worden waren, machte auf William Markinson einen noch bedrückenderen Eindruck als der Rest der geheimen Basis. Nun saß er in einem abhörsicheren Raum mit meterdicken Betonwänden und verriegelten Stahltüren, noch dazu viele Stockwerke unter der Erde, ohne Tageslicht, ohne frische Luft und ohne genau zu wissen, was hier eigentlich vorging.

Der Raum wirkte wie ein technologisch bestens ausgestatteter Bunker im Miniaturformat. Ein breiter, ovaler Tisch dominierte die Mitte. Ein halbes Dutzend Bildschirme war in die Wände eingelassen, auf dem Tisch standen flache Mikrofone und kleine Fläschchen mit stillem Wasser.

Um den Konferenztisch verteilt saßen William Markinson, Dr. Anita Grey und Professor Charles Mannheimer zusammen mit Severin Lucas und Commander Raines, der in seiner wie maßgeschneidert wirkenden Uniform wirkte, als hätte man ihn direkt aus einem Propagandaposter ausgeschnitten.

Neben Markinson nahm nun eine schmale Frau Platz, dunkle, streng nach hinten gebundene Haare, heller russischer Akzent. „Dr. Tanja Kusmina", stellte sie sich kurz vor. „Russland-Analystin, zuständig für strategische Technologien. Ich habe zuletzt in einer Taskforce gearbeitet, die sich mit anomalen seismischen Aktivitäten auf Kamtschatka befasst."

„Ich nehme an, das erwähnen Sie nicht ohne Grund?", meinte Markinson, der das Gefühl hatte, immer noch drei Schritte hinter den anderen zu sein.

Kusmina setzte ein schwaches Lächeln auf und nickte. „Ich erläutere Ihnen gern ..."

Weiter kam sie nicht, denn plötzlich flackerte einer der Bildschirme auf. Ein Kontrollton piepte, dann erschien ein Gesicht auf dem Hauptmonitor – ein älterer Mann mit kantigen Gesichtszügen und silbergrauem Haar. Er trug ein Headset, hinter ihm waren Bücherregale zu sehen und die Fahne der Vereinigten Staaten.

„Guten Abend, Sir", begrüßte Commander Raines den Mann und erklärte: „Professor Markinson ist nun ebenfalls mit uns anwesend. Sie wurden ja darüber in Kenntnis gesetzt."

„Saul Harper, Sicherheitsberater des Präsidenten", stellte sich der Mann auf dem Monitor vor und musterte Markinson einige Sekunden lang schweigend, so, als ob er sich nicht sicher sei, ob es ihm gefiel, dass ein weiterer Zivilist mit am Tisch saß. „In Ordnung, dann fangen wir an“, sagte Harper knapp. „Vor etwa 45 Minuten registrierten drei unabhängige Observatorien in Nordamerika und Europa Gravitationsanomalien, die mit einem Zwischenfall im östlichen Russland korrelieren.“

Kusmina schaltete sich direkt ein. „Ich habe die Daten bereits überflogen. Die Muster deuten auf absichtliche Raumzeitmanipulationen hin. Da keine natürlichen astrophysikalischen Quellen in Reichweite sind, müssen wir von künstlich erzeugten Gravitationswellen ausgehen.“

„Das stimmt mit der Meinung der anderen Experten überein“, erwiderte Harper.

Markinson schüttelte ungläubig den Kopf. „Mit dem größten Respekt, das ist unmöglich. Es gibt nichts auf der Erde, das messbare Gravitationswellen erzeugen könnte.“

„Eben das ist das Erschreckende“, sagte Mannheimer leise. „Wenn es sich nicht um einen Fehler handelt – und wir können ein Systemversagen ausschließen, wenn drei unabhängige Instrumente das Gleiche registrieren –, dann hat jemand genau das geschafft.“

„Nicht irgendjemand“, stellte Harper mit unverhohlenem Ärger in der Stimme klar. „Ausgerechnet die verdammten Russen! Dabei war es Ihre Aufgabe, Professor Mannheimer, als Erster erfolgreich zu sein.“

Markinson beobachtete, wie Mannheimer und Grey vielsagende Blicke austauschten, aber nichts direkt erwiderten. Unbehagliche Ruhe senkte sich über den Raum.

Harper ergriff nun wieder in nüchternem Ton das Wort. „Wie dem auch sei, unsere Geheimdienstanalysten glauben, dass die Russen dabei sind, ein neues Waffensystem zu testen.“

„Verzeihen Sie, Mr. Harper“, mischte sich Markinson nun ein. „Was für eine Art Waffe könnte das sein?“

Harper fixierte Markinson mit durchdringendem Blick. „Wieso sagen Sie mir das nicht, Dr. Markinson? Immerhin scheint all dies auf Ihrer Arbeit zu beruhen.“

„Ich ... meine Forschung war rein theoretisch!“, verteidigte sich Markinson. „Ich hatte nie an eine praktische Nutzung gedacht. Nicht in Form eines Reaktors und schon gar nicht als Waffe!“

„Ihre ehemalige Studentin Denise Garner hatte womöglich dergleichen im Sinn, als sie die Theorie weiterentwickelt hat. Oder aber sie ist zufällig darauf gestoßen.“

„Ich hatte noch keine Zeit, ihre Fortschritte genauer zu analysieren“, gab Markinson zu. „Aber ich kann mir nicht vorstellen, dass Denise an der Entwicklung einer Waffe gearbeitet hat.“

Nun ergriff Commander Raines das Wort. „Sie ist inzwischen seit Monaten in der Gewalt der Russen. Und wir müssen davon ausgehen, dass man sie – nun, formulieren wir es freundlich – entsprechend motiviert hat, in ihrem Sinne mitzuarbeiten.“

„Korrekt“, stimmte Harper zu. „Neueste Berichte aus Russland lassen den Schluss zu, dass Miss Garner in genau jener Region gefangen gehalten wird, aus der nun diese Gravitationswellen stammen.“

„Kamtschatka ist eine abgelegene, dünn besiedelte Halbinsel im Osten“, warf Kusmina ein. „Dort befinden sich schon immer militärische Stützpunkte und die ganze Region war 50 Jahre lang Sperrgebiet. Seit den 90ern ist sie zwar wieder zugänglich, sogar für Touristen, aber dennoch ist es ein idealer Standort, um eine geheime Anlage zu verstecken."

„Tourismus ist das Letzte, was uns interessieren sollte", warf jetzt Severin Lucas ein. „Wenn es wirklich stimmt, dass die Russen dort an einer neuen Waffe arbeiten, dann sind die empfangenen Gravitationswellen vielleicht die Geburtswehen einer strategischen Technologie, die keine Verteidigung erlaubt. Keine Mauer, kein Schild, keine Zeit zur Reaktion."

„Ihre bildhafte Ausdrucksweise ist wie immer zum Kotzen", erklärte Raines. „Aber in der Sache haben Sie sicher recht. Wir müssen reagieren."

„Ganz recht! Was schlagen Sie vor?", fragte Harper.

Raines räusperte sich. „Ein Aufklärungsteam. Klein, wendig, spezialisiert. Wir infiltrieren das vermutete Gebiet, lokalisieren die Anlage, dokumentieren und – falls nötig – sabotieren."

Harper nickte langsam und bedächtig. „Ich bin Ihrer Meinung, und ich habe ein derartiges Vorgehen bereits mit dem Präsidenten abgestimmt. Es war abzusehen, dass das friedliche Getue von Bolshakov nur Fassade war. Der Mann ist ein Hardliner durch und durch."

Markinson ertappte sich dabei, wie er bei diesen Worten unweigerlich nicht nur an den russischen, sondern auch an den US-Präsidenten denken musste, dessen eigenes Gebaren von dem eines Hardliners nicht weit entfernt war. Gregory Taft war ein Hitzkopf, kein besonnener Diplomat, und damit in Markinsons Augen angesichts der weltweit immer stärkeren politischen Spannungen eine grandiose Fehlbesetzung im Weißen Haus.

„Also, Raines! Wer soll die Mission führen?“, wollte Harper lautstark vom Commander wissen.

„Ich schlage Colonel Ruth Baxter aus meinem Stab vor. Ich habe sie persönlich ausgebildet, sie ist eine der Besten, nicht nur kampferprobt, sondern vor allem clever und pragmatisch“, antwortete Raines. „Ich habe sie bereits in Bereitschaft versetzt und gebeten, zu uns zu kommen.“

Severin Lucas stimmte zu. „Eine gute Wahl. Sie ist Spezialistin für asymmetrische Einsätze und war zuletzt in Grönland stationiert. Führte Operationen in arktischer Umgebung durch und hat ein sehr solides technisches Grundverständnis.“

Harper nickte. „Einverstanden. Wer begleitet sie?“

„Wir sollten nicht mehr als fünf oder sechs Personen schicken, alles andere wäre zu auffällig“, erklärte Lucas. „Ich werde persönlich mitgehen und den Einsatz im Sinne des DIA koordinieren. Da wir aber nicht wissen, was uns dort erwartet, werden wir auch technische Spezialisten benötigen.“ Er warf einen Blick in die Runde, blickte von Kusmina zu Grey, dann zu Mannheimer und schließlich zu Markinson.

Bevor er weitersprechen konnte, kam ihm Raines zuvor. „Sie glauben doch nicht, dass ich diese Einheit mit kampfunerfahrenen Laborratten und betagten Professoren belaste und so das Leben meiner Soldaten gefährde?“

„Ich kann mitgehen“, schlug Markinson vor, ohne sich vorher genau überlegt zu haben, was das für ihn bedeutete.

Harper musterte Markinson. „Ich muss zugeben, Sie überraschen mich! Aber ich weiß nicht recht. Ihre Aufgabe sollte es sein, die Theorie zu vervollständigen. Sie könnten uns im Wettlauf einen strategischen Vorteil verschaffen."

„Das ist Unsinn", sagte Markinson sofort. „Wenn Sie denken, dass die russische Anlage wirklich auf meiner Arbeit basiert – oder Denises Weiterentwicklung –, dann brauchen Sie jemanden, der versteht, was dort vor sich geht. So wenig mir das selbst gefällt, ich bin die einzig logische Wahl."

Ein kurzer Moment der Ruhe kehrte ein, während alle die Worte Markinsons wirken ließen.

„Sie sind kein Feldagent", warf Raines schließlich ein.

„Ich war bei der Navy, wie Sie sicher wissen", entgegnete Markinson. „In meiner Jugend. Ich kenne Kälte. Ich kenne Entbehrungen. Ich kenne Angst. Und wenn Denise da draußen ist, dann werde ich sie holen."

„Das ist keine Rettungsmission", stellte Lucas klar. „Das ist eine strategische Operation."

„Sehen Sie es einfach als Sekundärziel", sagte Markinson. „Und wenn Sie wollen, dass ich überhaupt weiter an diesem Projekt arbeite – dann nur, wenn ich als wissenschaftlicher Beobachter mitkomme."

Alle sahen nun fragend zu Harper auf dem Bildschirm.

„Sir?", fragte Raines zögerlich. „Letztlich ist das Ihre Entscheidung."

Harper seufzte. „Wir könnten ihn wirklich brauchen. Wenn das dort draußen eine Anwendung seiner Theorie ist, dann ist er unser bester Mann. Ich genehmige seine Teilnahme."

Raines schüttelte den Kopf, schwieg aber.

Ein leises Klopfen ertönte, dann öffnete sich die Tür. Eine große Frau mit kurz geschorenem Haar trat ein. Ihre Augen musterten die Runde mit kalter Präzision.

„Colonel Ruth Baxter", meldete sie sich zur Stelle. „Ich wurde angefordert, um ein Team zu leiten?"

„Ganz recht. Setzen Sie sich", meinte Raines.

Baxter nahm Platz und sah sich am Tisch um. „Wenn ich fragen darf, was machen die Zivilisten hier?"

„Ihre Kenntnisse sind für den Erfolg der Mission unerlässlich", erklärte Lucas.

„Dr. Markinson wird Sie nach Kamtschatka begleiten", sagte Harper über den Lautsprecher. „Direkte Anweisung."

Baxter verzog keine Miene. „Ich leite keine Babysitter-Tour."

„Das versteht sich von selbst. Markinson war eine Zeit lang bei der Navy", sagte Lucas. „Und wir werden sein Wissen vor Ort brauchen."

Sie sah Markinson an, als müsse sie ihn auf physische und mentale Tauglichkeit scannen.

„In Ordnung", sagte sie schließlich und sah ihm direkt in die Augen. „Aber wenn Sie mir im Weg stehen, lasse ich Sie im Schnee zurück."

Markinson nickte. „Dann sollte ich wohl besser Schritt halten."

„Die Ausrüstung wird innerhalb der nächsten Stunde bereitgestellt", erklärte Raines. „Sie fliegen unverzüglich, ein ausführliches Briefing folgt unterwegs."

Saul Harper meldete sich erneut zu Wort. „Es steht viel auf dem Spiel. Dies ist keine einfache

Erkundungsmission. Der Ausgang der Operation könnte sehr wohl darüber entscheiden, wie sich die globalen Machtverhältnisse in Zukunft gestalten. Wir brauchen Gewissheit, was dort vor sich geht, und wie es um die Sicherheit und die Stabilität bestellt ist. Bringen Sie mir Antworten. Und sorgen Sie dafür, dass das – was immer die Russen dort treiben – nicht von Erfolg gekrönt ist. Raines, halten Sie mich auf dem Laufenden!“ Die Verbindung wurde beendet und der Bildschirm wurde schwarz.

Kusmina stand langsam auf. „Ich hoffe, Sie wissen, worauf Sie sich da einlassen, Dr. Markinson. Russland ist ein hartes Pflaster.“

Markinson nickte. Er zweifelte nicht im Geringsten daran. Aber ebenso wenig zweifelte er an seiner Entschlossenheit. Die gründete sich weiß Gott nicht auf Harpers melodramatischer Ansprache, sondern auf dem eisernen Willen, Denise zu retten. Er wusste, dass sie noch lebte und sich in großer Gefahr befand.

6

Auf dem Weg zur Yokota Air Base, Japan,
Mitten über dem Pazifischen Ozean
23:18 Uhr

William Markinson war dankbar für den Komfort des kleinen, wendigen Düsenjets, den Severin Lucas über seine Kontakte zur CIA organisiert hatte. Es hätte wahrlich schlimmer kommen können, wenn sie eine der üblichen militärischen Transportmaschinen hätten nehmen müssen, die zwar beispiellos geräumig, aber auch sagenhaft laut und unbequem waren.

Dieser Jet, der Platz für ein Dutzend Personen bot, war das exakte Gegenteil. Komfortabel, erstaunlich leise und schnell. Es wäre wohl ratsam gewesen, wenn Markinson die Gelegenheit genutzt hätte, um zu schlafen und Kraft für die anstehende Mission zu tanken, aber er konnte sich jetzt nicht hinlegen. Es gab zu viel zu tun und zu viele Dinge, über die er sich klar werden wollte, am besten noch bevor sie in Japan landeten.

Also saß er nun schon seit knapp vier Stunden auf dem hellbeigefarbenen Ledersitz an einem kleinen Tischchen und brütete über den Daten, die das US-Militär aus Denises Forschungsarbeit rekonstruiert hatte. Hinzu kamen die Dokumentation der Arbeiten am Versuchsreaktor PETE, die Mannheimer ihm überspielt hatte und einige streng geheime Dossiers, die Severin Lucas ihm zur Ansicht überlassen hatte. Es handelte sich dabei um Dokumente, die in den letzten Monaten von Agenten aus dem russischen Forschungsministerium beschafft worden waren. Das meiste waren Originale in kyrillischer Schrift, die Markinson nicht sonderlich weiterbrachten, aber es gab glücklicherweise auch übersetzte Abschriften der Inhalte. Wie präzise und vollständig diese Übersetzungen angesichts der hochkomplexen technischen Themen waren, konnte er leider nicht beurteilen. Er hoffte jedenfalls, dass sie halbwegs akkurat waren.

Wenn stimmte, was darin stand, konnte er allmählich eine plausible Vermutung anstellen, was in der russischen Forschungsanlage versucht wurde.

Wie aufs Stichwort setzten sich Severin Lucas und Ruth Baxter ihm gegenüber auf die Sitze. Markinson sah vom Laptop auf und merkte, dass beide ihn erwartungsvoll ansahen.

„Und?“ Severin Lucas klang ungewohnt angespannt. „Kommen Sie voran?“

Markinson massierte sich die Stirn. „Das Puzzle fügt sich langsam zusammen. Und obwohl mir nicht sonderlich gefällt, was darauf zu sehen ist, muss ich zugeben, dass es Sinn ergibt.“

Baxter, die Arme vor der Brust verschränkt, musterte ihn kühl. „Von was genau reden wir hier eigentlich?“

Markinson lehnte sich zurück und ließ die Worte bewusst langsam fallen. Er konnte Baxter nicht besonders leiden und hatte zunehmend Mühe, das zu verbergen. „Ganz knapp zusammengefasst: von künstlichen Schwarzen Löchern.“

Baxter zog die Augenbrauen zusammen.

Für Lucas war dies keine neue Erkenntnis, aber auch er nickte langsam.

„Wenn ich Mannheimer richtig verstanden habe, arbeiten wir selbst schon seit einiger Zeit an etwas Ähnlichem“, fuhr Markinson fort. „Aber es ist uns bislang nicht gelungen, die Theorie in die Praxis zu überführen. Die Russen – oder besser gesagt eine bestimmte Forschergruppe innerhalb ihres militärisch-industriellen Komplexes – scheint nun genau das geschafft zu haben.“

Er tippte auf eines der Dossiers. „Aber anders als bei unserem Versuchsreaktor, bei dem es um Energieerzeugung ging, verfolgen sie womöglich ein anderes Ziel: eine völlig neuartige Waffentechnologie auf Basis von künstlichen Singularitäten.“

Baxter runzelte die Stirn. „Waffen? Aus Schwarzen Löchern, wie soll das gehen?“

Markinson wiegte den Kopf hin und her. „Ja, es klingt nach Science-Fiction. Ich hielt diese Mikro-Singularitäten bisher auch für zu instabil, um sie für länger als ein paar Augenblicke zu studieren. Laut Theorie müssten sie sofort wieder zerstrahlen.“

Lucas hob eine Hand. „Offenbar ist es den Russen gelungen, sie zu stabilisieren. Zumindest lang genug, um sie dann gezielt kollabieren zu lassen – entweder auf Knopfdruck oder nach einem programmierten Zeitplan.“

„Bomben?“, fragte Baxter kühl. „Reden wir davon?“

Markinson nickte ernst. „Höchstwahrscheinlich. Singularitätsbomben – ausreichend klein, um unentdeckt transportiert zu werden, vermutlich kaum größer als ein Tennisball. Aber dennoch mächtig genug, um ganze Städte zu verschlingen. Ohne klassische

Explosion. Keine Strahlung, keine Rückstände. Nur ein Loch, das alles mit sich reißt."

Lucas seufzte. „Das verändert alles. Aber es passt ins Bild, wenn man sich die Radikalisierung in der russischen Führung ansieht. Anscheinend haben wir es hier mit der neuzeitlichen Kreml-Variante des Manhattan-Projekts zu tun."

Baxter fluchte leise. „Ein Albtraum bei den chaotischen Zuständen dort drüben. Hardliner an der Macht, rivalisierende Extremisten in Separatistengruppen überall im Land, korrupte Beamte, unkontrollierbare Militärs. Eine solche Waffe in ihren Händen – das wäre das Ende."

Einen Moment lang sagte niemand etwas. Nur das gleichmäßige Summen des Jets durchdrang die Stille.

„Deshalb müssen wir schnell handeln", sagte Lucas schließlich.

„Unentdeckt eindringen, die Gefahr aufspüren und beseitigen. Effektiv und endgültig. Keine langen Analysen. Keine diplomatischen Spielchen", stimmte Baxter zu.

Markinson hob den Kopf. Seine Stimme war ruhig, aber von Entschlossenheit durchzogen. „Und was ist mit Denise Garner?"

Baxter blickte ihn fast gleichgültig an. „Die Bergung von Personen hat nicht oberste Priorität."

„Für mich schon", erwiderte Markinson sofort.

Ein Funke Zorn glomm in Baxters Augen. „Ich führe diese Operation! Noch können Sie sich entscheiden auszusteigen, Professor."

Markinson lächelte schmal. „Niemals. Sie brauchen mich. Das wissen Sie. Oder haben Sie Angst, ich bremse Sie aus?"

Baxter beugte sich leicht vor, die Stimme nun fast ein Flüstern, aber unvermindert frostig. „Ich habe Angst, dass Sie eine ungenehmigte Extratour machen, alles gefährden – und ich am Ende Ihre Leiche zurücktragen muss."

Markinsons Blick blieb fest. „Ich werde alles tun, was nötig ist, um diese Mission zu einem Erfolg zu führen. Und ich werde Denise nicht zurücklassen."

Bevor sich die Anspannung weiter steigern konnte, knackten die Lautsprecher. Eine Durchsage aus dem Cockpit: „Hier spricht der Kapitän. Wir erwarten in Kürze Turbulenzen. Bitte schnallen Sie sich zu Ihrer eigenen Sicherheit an."

Markinson griff instinktiv nach dem Gurt und klickte ihn ein. Das Licht in der Kabine dimmte sich automatisch. Er spürte, wie das Flugzeug leicht zu schlingern begann, ein kaum merkliches, aber beunruhigendes Flattern in den Flügeln.

Als das erste heftige Rütteln durch den Jet ging, wusste Markinson, dass diese Turbulenzen wohl nur der harmlose Anfang einer ziemlich ruppigen Reise sein dürften.

***

Präsidentenresidenz Nowo-Ogarjowo, Moskau

Das Arbeitszimmer des russischen Präsidenten Anatoly Bolshakov war ein Monument zarengleicher Machtinszenierung aus längst vergangenen Tagen. Es glich mehr dem Audienzsaal eines Fürsten als der Wirkungsstätte eines neuzeitlichen Staatenlenkers: goldverzierte Stuckdecken, marmorne Säulen, schwere

Teppiche mit imperialem Wappen, ein Kamin aus schwarzem Granit, in dem Flammen gemächlich emporzüngelten und den für eine einzelne Person viel zu großen Raum erwärmten. Draußen hinter den schweren, weinroten Vorhängen hatte sich längst Dunkelheit über die Stadt gesenkt. Die Luft war schwanger vom kalten Rauch teurer kubanischer Zigarren.

Der Präsident saß auf einem massiven Sessel aus dunklem Mahagoni, mit Samtbezug und Intarsien aus Elfenbein in der Lehne. In seiner linken Hand hielt er ein halbvolles Glas Wodka, während er mit den Fingern der rechten ungeduldig auf der Armlehne trommelte. Es klopfte und Bolshakov sah auf. Sein Blick traf Dimitri Sowa, Leiter der Sondereinheit V beim Inlandsgeheimdienst FSB, der nun den Raum betrat und sich mit wohl bemessenen Schritten näherte.

„Sehr gut, Sowa! Berichten Sie“, befahl Bolshakov und nahm einen Schluck vom Wodka.

Sowa verbeugte sich leicht. „Herr Präsident, es gab einen erneuten Vorfall auf Kamtschatka – in der Orel-8-Anlage. Und bedauerlicherweise scheinen die entstandenen Anomalien dieses Mal auch von zivilen Einrichtungen registriert worden zu sein – in Petropawlowsk-Kamtschatski ebenso wie von internationalen Observatorien.“

Bolshakovs Blick verengte sich. „Was genau ist vorgefallen?“

„Die Experten glauben, dass die Tests des neuen Systems unkontrollierte Nebenwirkungen erzeugt haben. Die Ursache dafür ist noch ungeklärt, aber ich arbeite daran. Ich muss zudem berichten, dass die Separatisten in der Region zunehmend aggressiv agieren. Es gibt Hinweise, dass sie in der Nähe operieren – vielleicht haben sie etwas gesehen, was sie nicht hätten sehen dürfen.“

Ein leises Knacken erklang, als Bolshakov das Glas fester umschloss. „Wer weiß noch alles von unserem Vorhaben?“, knurrte er.

„Möglicherweise schon zu viele, Exzellenz.“ Sowa senkte die Stimme. „Wir haben Anzeichen, dass interne Informationen über Orel-8 nach außen gedrungen sind, auch Richtung Westen. Ich hatte ja bereits früher den Verdacht geäußert, dass wir ein Leck im Forschungsministerium haben. Nun haben wir Gewissheit.“ Der Geheimdienstchef zog eine dünne Akte aus seiner Ledertasche und hielt sie hoch.

Ein Zucken lief durch Bolshakovs Gesicht. Kein Wutausbruch – kälter, viel gefährlicher. „Holen Sie mir Andrak her.“

„Ich habe das bereits veranlasst und ihn herzitiert.“ Sowa übergab dem Präsidenten die Akte mit den gesammelten Beweisen. Der begann, die Dokumente zu studieren.

Es dauerte keine zwei Minuten, bis Piotr Andrak, der Forschungsminister, den Raum betrat. Sein Anzug war verknittert, sein Gesicht schweißnass, die Angst drang ihm förmlich aus allen Poren. „Herr Präsident, ich ... kann ich irgendwie behilflich sein?“, stotterte er und verbeugte sich tief.

„Setzen Sie sich, Andrak.“ Bolshakov lächelte mild, doch es war das Lächeln eines Mannes, der bereits entschieden hatte.

Andrak ließ sich zögerlich auf einem zweiten Sessel nieder, die Hände auf den Knien, die Finger nervös verkrampft.

„Mir wurde berichtet“, begann Bolshakov beinahe freundlich, „dass Ihr Ministerium gewisse ... Schwächen zeigt. In der Überwachung der Operationen. Besonders im Osten.“

„Herr Präsident, die Lage auf Kamtschatka ist komplex, aber wir haben alles unter ...“, hob Andrak an.

„... unter Kontrolle?“, vervollständigte Bolshakov den Satz. „Wollten Sie das etwa sagen?“ Sein Tonfall war eine Spur drohender geworden. „Projekt Orel-8 ist kein Kinderspielplatz. Es ist das Rückgrat unserer Zukunft. Und dennoch – Fehlfunktionen. Sabotage. Vertuschung. Informationslecks.“ Seine Stimme wurde zunehmend schärfer. „Und all das unter Ihren Augen.“

„Ich ... ich wusste nichts von Lecks, Exzellenz. Ich habe die Berichte persönlich prüfen lassen ...“

„Berichte, die geschönt wurden!“, merkte nun Sowa an. „Wir haben Sie überwacht, Andrak.“

„Aber ...“, setzte der Minister an und wurde jäh unterbrochen, als Bolshakovs Hand heftig auf die Armlehne schlug. Das Geräusch hallte im ganzen Raum wider.

„Ihr Ministerium hat systematisch die Fehlschläge bei Orel-8 vertuscht. Die Destabilisierung des Reaktors heruntergespielt, ebenso die Anomalien, deren Folgen nun öffentlich zu werden drohen. Es kursieren sogar Details in amerikanischen Kanälen!“

Andrak war kalkweiß geworden. „Bitte, ich schwöre, ich war nicht informiert.“

„Nicht informiert?“ Bolshakov stand langsam auf. Er schritt um den Stuhl des Ministers herum wie ein Raubtier, das sich an seine Beute anpirschte. „Ihr Job ist es, informiert zu sein. Ihre Pflicht ist es, jeden Makel zu entdecken, jeden Verräter aufzudecken.“

Sowa trat ebenfalls näher und fixierte Andrak mit kaltem Blick. „Wir haben Zeugenaussagen. Überweisungen. Kommunikationsprotokolle. Und – kompromittierende Kontakte in Petropawlowsk.“

Andrak schloss die Augen. „Es war nicht … Ich habe nur versucht, Zeit zu gewinnen. Den Erfolg zu sichern, bevor … Ich bin immer loyal gewesen.“ Die Stimme des Ministers war schrill geworden.

„Sie wollten Zeit gewinnen? Wozu? Um mich zu täuschen?“, schnitt Bolshakov ihm das Wort ab. Der Präsident beugte sich zu ihm hinunter, legte dem Minister scheinbar väterlich eine Hand auf die Schulter. „Aber keine Sorge, Piotr. Jeder macht mal Fehler“, raunte er. „Wir werden das klären.“

Nun gab er Sowa ein Zeichen – ein kaum merkliches Nicken. „Dimitri, begleiten Sie den Minister. Er hat einen Moment an der frischen Luft verdient.“

„Natürlich, Herr Präsident.“ Sowa lächelte dünn.

Andrak stand taumelnd auf. „Danke, Exzellenz, ich …“, murmelte er, während er rückwärts Richtung Tür torkelte, geführt von Sowas sicherer Hand.

Kaum hatten sie die Schwelle überschritten, packte Sowa ihn mit einer Bewegung, die so schnell war, dass Andrak nicht einmal schreien konnte. Ein schmaler, langer Dolch blitzte auf und glitt mit chirurgischer Präzision über Andraks Kehle.

Ein leiser Röchellaut. Ein dumpfer Aufprall.

Zwei Männer in unauffälligen Uniformen erschienen im Türrahmen und zogen den leblosen Körper fort.

Sowa kehrte ruhig in den Saal zurück.

Bolshakov hatte sein Glas wieder zur Hand

genommen. Er prostete Sowa leicht zu und trank es in einem Zug aus.

„Lassen Sie den Abschaum unauffällig verschwinden“, sagte er tonlos. „Und dann kümmern Sie sich um die verdammten Amerikaner.“

„Verstanden, Herr Präsident. Ich kümmere mich höchstpersönlich darum.“ Sowa verbeugte sich. „Operation Orel-8 wird gesichert. Unsere Feinde werden gar nicht wissen, wie ihnen geschieht.“

Bolshakov nickte, wandte Sowa den Rücken zu und trat an die golden eingerahmten Fenster, hinter denen nun ein heftiger Regenschauer niederging. Bolshakov wusste, dass schon sehr bald eine neue Zeit anbrechen würde. Eine Ära der russischen Vormachtstellung, die nichts und niemand mehr aufhalten konnte. Und dort, weit im Osten, auf Kamtschatka lag der Schlüssel dazu. Weiß Gott, er würde ihn zu benutzen wissen.

7

Über der Wildnis Kamtschatkas,
18. September, 4:05 Uhr Ortszeit

Blaues Schummerlicht verlieh dem Inneren des Kampfhubschraubers, der im Tiefflug über die Wildnis Kamtschatkas raste, eine unheimliche Atmosphäre. Die Rotoren dröhnten, während draußen im Mondlicht die rauen Bergketten und flache Täler vorbeihuschten.

William Markinson saß angeschnallt auf einem der Hartschalensitze, eingepackt in einen nanofaserverstärkten Kampfanzug der neuesten Generation. Die vernetzte Innenhaut des Anzugs maß unablässig seine Vitaldaten – Körpertemperatur, Herzschlag, Sauerstoffsättigung – und spiegelte sie in einem kleinen Display an seinem linken Unterarm wider. Er spürte die Sensoren auf seiner Haut, die kühle Umarmung des Hightech-Gewebes.

Für einen akademischen Forscher wie ihn fühlte sich der Anzug wie eine erzwungene Metamorphose an – eine Verwandlung zurück in einen Soldaten. Und mit diesem Gefühl kamen schmerzhafte Erinnerungen hoch, die er längst hinter sich gelassen glaubte.

Er versuchte, seinen Atem ruhig und seine Gedanken strukturiert zu halten. Doch immer wieder blitzten Gedankenfetzen auf, Bilder aus seiner Zeit bei der Navy. Nachtflüge über dem Persischen Golf. Evakuierungsmanöver in feindlichem Gelände.

Damals war er jung gewesen, kraftstrotzend und überzeugt, dass die Welt sich mit genug Einsatz ändern ließe. Jetzt kam er sich vor wie ein Mann, der zu lange in seiner eigenen Blase eingesperrt gewesen war – und nun gezwungen wurde, wieder Teil einer unbarmherzigen Realität zu werden.

Doch es war an der Zeit anzuerkennen, dass sich vieles seit damals verändert hatte: die Ausrüstung, die Waffen, er selbst – und natürlich die Weltlage, die zunehmend düsterer geworden war.

Er hob den Kopf. Auf der gegenüberliegenden Seite saß Ruth Baxter, kühle Entschlossenheit in jedem Winkel ihrer Miene. In ihren Händen hielt sie ein Tablet, auf dem die Missionsdaten flimmerten – Höhenprofile, Radarabschirmungen, taktische Optionen. Ihr Gesicht wirkte unwirklich im matten Widerschein der Displaybeleuchtung.

Sie bemerkte offenbar Markinsons Blick und sah auf. Eine Weile sah sie ihn stumm an, dann ergriff sie das Wort und schwor die Anwesenden mit militärisch-hartem Ton ein. „Was uns dort draußen erwartet, ist keine gewöhnliche Mission. Wir brauchen Konzentration, Koordination und im Ernstfall schnelle Entscheidungen. Eine klare Kommandostruktur entscheidet über Leben und Tod. Ich stehe bei dieser Operation ganz oben, ich hoffe, das ist jedem hier klar!"

Sie sah der Reihe nach in die Gesichter: Severin Lucas, der mit vor der Brust verschränkten Armen und finsterem Blick nickte. Sargent Peter Bauer, dessen Finger unablässig auf den Schaft seiner Waffe trommelten. Major Craig Armstrong, mit Gesichtszügen, die wie in Stein gemeißelt wirkten. Niemand erhob Einwände.

Markinson nickte ebenfalls. Er wusste, dass sie recht hatte. Auch wenn es ihm widerstrebte.

Plötzlich knisterte die Bordkommunikation.

Die Stimme des Piloten klang sachlich, aber alarmiert: „Feindkontakt. Wir wurden von russischen Radaranlagen erfasst. Zwei Abfangjäger im Anflug."

Sofort lief ein Ruck durch die Maschine. Der Helikopter sank abrupt ab, ging in Schlangenlinienflug über, suchte verzweifelt Deckung in den zerklüfteten Schluchten der Berge.

„Wie weit noch bis zum Zielgebiet?", fragte Baxter scharf.

„Zehn Kilometer", meldete der Co-Pilot.

„Landemöglichkeit?"

„Negativ. In den Bergen gibt es nichts. Und jenseits liegt nur offenes Gelände. Dort wären Sie leichte Beute."

Für einen Moment lag eine harte Entscheidung in der Luft.

„Abbruch der Mission? Soll ich …", fragte der Pilot.

Baxter schnitt ihm mit eisiger Stimme das Wort ab. „Nein, sie würden uns auf dem Rückweg noch leichter erwischen. Wir fliegen weiter und finden eine Lösung."

Doch das Schicksal entschied schneller. Ein gellendes Heulen durchschnitt die Nacht.

Markinson riss den Kopf hoch – draußen schossen zwei schwarze Silhouetten heran. Kampfjets.

Raketen blitzten auf.

„Festhalten!", brüllte der Pilot.

Der Helikopter warf sich zur Seite, taumelte im Sturzflug, doch einer der Flugkörper erwischte ihn – ein grässlicher Schlag, Funken und Rauch, das Kreischen zerreißenden Metalls.

Markinson spürte, wie er mit Wucht in den Gurt

gepresst wurde. Die Welt drehte sich. Alarme schrillten. Ein Funkenregen explodierte im Inneren der Maschine.

Der Helikopter trudelte unaufhaltsam gen Boden.

Verzweifelt klammerte sich Markinson an seinen Sitz, während Flammen durch das hintere Kabinensegment leckten. Er hörte Schmerzensschreie, verlor aber jede Orientierung.

Was hatte er sich nur eingebildet, auf diese Wahnsinnmission zu gehen? Er war kein Soldat mehr. Kein Held. Er war ein Wissenschaftler, der an seiner Universität in aller Ruhe Theorien aufstellen sollte.

Ein zweiter Einschlag erschütterte die Maschine. Der Boden kam näher, viel zu schnell.

Markinsons Herz raste, alles drehte sich und er kämpfte mit der Bewusstlosigkeit – nun lag nichts mehr in seiner Hand.

Dann der Aufprall. Eine Welle aus Feuer, Hitze und Schmerz schwappte über Markinson. Etwas riss ihn aus dem Sitz, warf ihn gegen die Wand.

Für den Bruchteil eines Augenblicks sah er Ruth Baxters verzerrtes Gesicht vorbeisausen, bevor alles in ein Flammenmeer getaucht wurde. Hitze brannte ihm auf der Haut. Sein Körper wurde schwer wie Blei, dann leicht wie reine Luft. Die Welt verpuffte und ergab sich in pure Schwärze.

***

„Geben Sie mir einen Statusbericht“, forderte Saul Harper rau. Der Sicherheitsberater des Präsidenten war über einen verschlüsselten Satellitenlink in die Kommandozentrale zugeschaltet, in der Commander Raines, Charles Mannheimer, Anita Grey und Tanja

Kusmina den Fortgang der Mission auf Kamtschatka verfolgten.

Ein Techniker hob den Kopf und blickte zu Raines. „Das Team ist kurz vor Erreichen des Zielgebietes. Keine Anomalien. Flugprofil stabil. Navigationsdaten bestätigen planmäßigen Kurs."

Raines stand wie ein Fels mitten im Raum, alle Anzeigen und Daten auf dem großen Hauptschirm fest im Blick: Drohnenaufnahmen, Satellitenbilder, biomedizinische Telemetrie. Im Zentrum zeigte sich die Karte von Kamtschatka – ein unwirtlicher Albtraum, auf dem winzige Symbole die Bewegungen des Einsatzteams und ihre Umgebung darstellten. Der Commander drehte sich zu Harpers Bild auf dem separaten Videoschirm. „Bisher läuft alles."

Mannheimer verschränkte die Arme vor der Brust. „Es läuft zu glatt. Ich werde das Gefühl nicht los, dass die Russen noch ein Ass im Ärmel haben."

Raines kommentierte die Anmerkung nicht, aber er nickte ganz langsam.

Und prompt blinkte tatsächlich eine rote Warnung auf mehreren Bildschirmen auf.

„Radarerfassung", meldete ein zweiter Techniker. „Abfangjäger! Zwei Maschinen – Su-35, hochgerüstet, starten aus der Basis bei Kljutschi!"

Im Kontrollraum wuchs die Anspannung merklich. Commander Raines quetschte ein leises „Verdammte Scheiße!" zwischen den zusammengebissenen Zähnen hervor.

„Flugabwehrmaßnahmen?", fragte Harper.

„Negativ", erklärte Raines. „Keine Bordabwehrsysteme. Sie mussten den Helikopter fast ausräumen, um höchste Reichweite zu erreichen. Das

Modell ist zudem auf Tarnung ausgelegt, nicht auf offene Gefechte.“

„Wir sind geliefert“, murmelte die Russland-Expertin Tanja Kusmina. „Die Suchoi Su-35 sind mit das Beste, was die Streitkräfte an Kampfjets zu bieten haben“, erklärte sie Mannheimer und Grey, die stumm verfolgten, was sich auf den Bildschirmen tat.

Auf dem Hauptschirm war nun deutlich zu sehen, wie sich zwei Objekte – die russischen Jets – in rasendem Tempo dem Helikopter näherten, der als kleiner, zittriger Punkt durch die Karte Kamtschatkas huschte. Immer wieder verschwand dieser, als der Helikopter in den Schluchten der Gebirgszüge Deckung suchte. Dennoch standen die Chancen dafür nicht gut.

„Sie versuchen auszuweichen“, berichtete einer der Techniker, „gefährlich tiefer Flug, sie könnten gleich vom Schirm verschwinden.“

„Betet, dass sie Glück haben“, sagte Harper düster.

Sekunden verstrichen, quälend langsam.

Dann – erneut Warnmeldungen auf dem Bildschirm. Hitze-Signaturen von Raketenabschüssen wurden erkannt.

„Die Russen haben zwei Raketen abgefeuert!“, rief der Techniker und kurz darauf: „Treffer! Sie trudeln!“

Die Sicht der Satellitenkamera wurde von Rauch und Hitze getrübt.

Ein letztes Flackern des Radarpunktes– dann verschwand der Helikopter vom Schirm und die russischen Jäger drehten ab.

Ein eisernes Schweigen legte sich über den Kontrollraum.

Mannheimer sank schwer auf einen Stuhl. Kusmina schloss kurz die Augen.

Raines ballte die Fäuste so fest, dass seine Knöchel weiß hervortraten.

„Gottverdammt“, sagte Harper leise. „Die Mission ist gescheitert.“ Seine Stimme klang resigniert.

Dann erklang ein Piepen aus den Kontrollpulten.

Telemetriedaten wurden auf einen der Monitore geladen. Ein Techniker riss die Augen auf. „Moment! Wir empfangen wieder Daten!“

Alle wandten sich zu ihm um.

„Wiederholen Sie das“, befahl Raines sofort.

„Lebenszeichen – schwach, aber stabil – von mindestens vier Mitgliedern des Trupps. Das GPS-Tracking hat sie nordöstlich der letzten bekannten Position lokalisiert. Keinerlei Signale von Major Armstrong oder den Piloten. Sie sind vermutlich gefallen.“

Harper atmete hörbar durch, seine Stirn glänzte vor Anspannung.

„Und was tun die Russen?“, fragte Kusmina sofort.

Ein zweiter Techniker prüfte die Radar- und Satellitendaten weiträumig und meldete: „Mehrere Fahrzeugbewegungen von der Basis Kljutschi. Schnelle Landtruppen, wahrscheinlich Such- und Sicherungsteams. Eintreffen am Absturzgebiet in circa dreißig Minuten.“

„Sie haben ein kleines Zeitfenster“, sagte Raines tonlos.

„Also schweben wir zwischen Hoffnung und totalem Desaster“, sagte Harper düster. „Ich muss das dem Präsidenten berichten.“ Er sah in die Kamera, seine Stimme war voller bitterer Ernsthaftigkeit. „Sorgen Sie dafür, dass sie es schaffen. Was immer es kostet.“ Dann beendete er die Verbindung.

„Was zur Hölle glaubt er, dass wir jetzt noch tun können?“, fragte Raines mehr an sich selbst gerichtet als an die anderen.

Allen im Kontrollraum war längst klar: Das Team war auf sich allein gestellt.

***

Irgendwo in der Wildnis Kamtschatkas,
04:56 Uhr Ortszeit

Eisige feuchte Kälte riss William Markinson ins Bewusstsein zurück. Was er durch seine tränenden Augen sah, war eine unwirkliche Mischung aus raucherfüllter Finsternis, glimmenden Brandherden und schneegesprenkeltem Waldboden.

Er hustete, rang nach Luft, doch überall stank es nach verbranntem Plastik und Kerosin.

Er hörte Schritte, knackende Äste, Stimmen.

„Markinson! Auf die Beine mit Ihnen!“, bellte Ruth Baxter. Sie packte ihn unsanft von hinten und zog ihn auf die Füße.

Er taumelte, als ihm das Blut in die Beine sackte. Doch nach wenigen Sekunden kam sein Kreislauf in Schwung und auch seine Sicht wurde langsam klarer. Dennoch war ihm schwindelig, vermutlich hatte er sich eine Gehirnerschütterung zugezogen.

Zögerlich sah er sich um. Sie waren nur wenige Meter vom völlig zerstörten Hubschrauberwrack entfernt. Dort lag nur noch ein Trümmerfeld: zerborstene Metallteile, verkohlte Rotorfragmente, Flammen, die an den Resten emporkrochen. Wie war er nur lebend daraus entkommen? Er hätte schwören können, dass der Absturz sein Ende wäre. Aber offensichtlich hatte ihn der Hightech-Anzug vor dem Schlimmsten bewahrt.

„Professor! Mitkommen!“ Die Stimme von Ruth Baxter war scharf, fordernd. Sein Körper wurde unsanft weitergezogen. Er stolperte über den gefrorenen Boden durch den Wald, über dem sich ein Himmel aus glitzernden Sternen spannte.

Baxter schleppte ihn mit unerbittlicher Härte aus der Gefahrenzone zum Sammelplatz, an dem Sargent Peter Bauer und Severin Lucas warteten. Beide waren wie Markinson selbst nur leicht verletzt – Prellungen, Schürfwunden, eine blutende Stirn, nichts Lebensbedrohliches.

Major Armstrong dagegen schien schwer getroffen zu sein: Er lag reglos am Boden, ein Schrapnell steckte in seiner Hüfte, der Schnee unter ihm war dunkel vom Blut.

„Was ... wie in aller Welt ...“, setzte Markinson an und versuchte, seine Gedanken zu ordnen.

„Keine Zeit für lange Erklärungen“, wiegelte Lucas ab. „Pilot und Co-Pilot sind tot. Und wenn wir nicht bald hier wegkommen, ist es der Rest von uns auch.“

„Scheiße“, fluchte Baxter leise und beugte sich über Armstrong. „Er braucht medizinische Hilfe – oder er verblutet.“

Lucas kniete sich neben sie. „Er wird uns verlangsamen, wir müssen Prioritäten setzen.“

„Vergessen Sie's!“, fuhr Baxter ihn an. „Wir lassen ihn nicht hier zurück!“

„Na schön“, meinte Lucas. „Wie weit sind wir vom Ziel entfernt?“

„Keine Ahnung“, knurrte Baxter. „Unsere gesamte

Navigation ist Schrott." Sie deutete auf die rauchenden Reste der Ausrüstung.

Markinson spürte, wie ihm übel wurde und der Schwindel zunahm. Er ging in die Hocke und versuchte, einen klaren Kopf zu bekommen. Kälte kroch ihm in die Knochen. Er hoffte nur, dass er nicht doch innerlich schwerer verletzt war, als es den Anschein hatte.

Aber das war vielleicht bald schon bedeutungslos. Sie waren hier gestrandet. In der Wildnis, auf feindlichem Gebiet. Ohne die Möglichkeit, Hilfe zu rufen, und ohne Orientierung. Und irgendwo da draußen, wahrscheinlich keine 30 Kilometer entfernt, schwärmten sicher gerade russische Soldaten aus.

Baxter rappelte sich auf. „Bewegung! Bevor noch eine Drohne vorbeikommt oder ein Suchtrupp auftaucht."

Bauer und Baxter nahmen Armstrong zwischen sich und schleppten ihn mit.

Sie gingen los, so schnell es unter diesen Bedingungen möglich war und entfernten sich von der Absturzstelle, hinein in den eisigen, dunklen Wald.

Markinson kam es wie eine endlose Tortur vor, sich zwischen knorrigen Bäumen und dichtem Gestrüpp hindurch einen Weg zu bahnen. Sie stiegen über halb gefrorene Bäche hinweg und über Felsen, ein Ende des Waldes immer noch nicht in Sicht.

Markinson stolperte mehrmals, biss die Zähne zusammen. Sein Herz polterte in der Brust. Die Minuten wurden zu Stunden.

Die Kälte stach wie kleine Nadeln durch die beschädigten Anzüge, trotz aller Technologie.

Armstrong röchelte immer schwerer.

Markinson wusste: Ohne medizinische Hilfe würde der Major die Nacht nicht überleben.

Dann – ein Geräusch.

Zuerst kaum wahrnehmbar.

Knacken. Flüstern. Schritte.

Alle erstarrten. Die Waffen von Bauer und Baxter gingen hoch.

Gestalten tauchten aus dem Zwielicht auf. Drei, vier, fünf Männer – Fellmäntel, Pelzstiefel, gezeichnete Gesichter, hart vom Leben in der Wildnis.

Doch keine Uniformen. Keine russischen Abzeichen. Keine Waffen, außer langen, kunstvoll geschnitzten Speeren und Jagdbögen.

Der Älteste der Männer trat einen Schritt vor. Seine Haut war lederartig, von Falten durchzogen, seine Augen dunkel und klug.

Er sprach in einer fremden, singenden Sprache – dann wechselte er in akzentgefärbtes Russisch: „Ihr seid nicht von hier."

Baxter hob langsam die Hände. „Wir brauchen Hilfe", sagte sie vorsichtig.

Die Männer blickten einander an, dann wieder zu ihnen.

Der Anführer nickte langsam. „Kommt! Wir bringen euch in Sicherheit."

Lucas schüttelte den Kopf. „Das ist keine gute Idee!", flüsterte er Baxter zu.

„Hören Sie auf zu klugscheißen", schnitt ihm Baxter das Wort ab. „Vor allem, wenn Sie keinen besseren Plan haben."

Die Fremden in den archaischen Gewändern wandten sich um und gingen langsam voran.

Zögerlich, ohne bessere Wahl, folgten sie ihnen. Markinson spürte, wie seine Beine etwas leichter wurden, sein Kopf ein wenig klarer. Irgendwo tief in seinem Inneren flackerte neue Hoffnung auf, die ihm Kraft gab. Vielleicht hatten sie noch eine Chance. Eine Chance, die Mission zu einem Erfolg zu führen – und eine Chance, Denise zu finden.

8

In der Nähe der Absturzstelle,
05:29 Uhr Ortszeit

Die Schneeflocken tanzten träge im Schein der Scheinwerfer, als ein Konvoi aus drei in grün-braunem Tarnmuster lackierten Geländewagen vor dem noch schwach rauchenden Wrack des Helikopters zum Stehen kam.

Die Wagen machten halt und FSB-Agent Dimitri Sowa stieg als Erster aus. Er zog seinen langen grauen Mantel enger, um sich gegen das nasskalte Wetter zu schützen.

Neben ihm sprangen Soldaten in voller Wintertarnung aus den Fahrzeugen und sicherten den Bereich, während sich ein Team aus Technikern um die Überreste des Helikopters kümmerte.

Der Gestank von Kerosin und geschmortem Kunststoff hing in der Luft. Der Boden war aufgewühlt, überall Asche, verkohlte Trümmerteile.

Ein Offizier trat an Sowa heran, salutierte knapp. „Zwei Leichen im Cockpit, Herr Kommandant. Keine Überlebenschance."

„Wo steckt der Rest der Besatzung?", fragte Sowa im Befehlston.

„Niemand sonst ist in unmittelbarer Nähe zu finden."

Sowa kniff die Augen zusammen. „Auf wie viele Sitze war dieser Helikopter ausgelegt?"

„Nach unseren Informationen standardmäßig zwölf. Das könnte bedeuten …“

„… dass mindestens fünf bis sechs, wenn nicht sogar zehn noch leben könnten und auf der Flucht sind“, beendete Sowa den Satz selbst. Seine Stimme war jetzt messerscharf.

Einer der Soldaten winkte nun. „Kommandant, hier drüben sind Blutspuren!“

Sowa wandte sich vom Helikopter ab und trat neben ihn. Rote Flecken, halb vom Schnee bedeckt, führten von den Trümmern weg, hinein in die Schatten der Bäume. Fußabdrücke – teilweise verschmiert, einige schlitternd, als sei jemand getragen worden.

„Sie sind verletzt. Aber definitiv mobil“, sagte Sowa. Es klang weder überrascht noch erfreut. Es war eine ungerührte Feststellung.

Die Spur führte jenseits einer kleinen Lichtung weiter in den dichten Wald hinein. Sowa und eine Handvoll Soldaten folgten ihr schweigend, die Gewehre im Anschlag.

Immer wieder knisterte der Funkverkehr. Die ausschwärmenden Trupps tauschten sich aus und fragten Informationen von zentral gesteuerten Drohnen ab. Doch nichts und niemand meldete Sichtkontakt.

Nach knapp 20 Minuten standen sie am Rand eines kleinen Flusses, kaum drei Meter breit, aber schnell fließend und von unbekannter Tiefe. Hier verloren sich die Spuren.

Ein Soldat fluchte leise. „Jede Wette, dass sie hier durch sind, um ihre Spuren zu verwischen. Sie könnten überall auf der anderen Seite herausgekommen sein.“

Ein weiterer Soldat murmelte: „Es kann ewig dauern, bei diesem Licht alles abzusuchen. Wir sollten auf Tageslicht warten und Verstärkung holen. Wenn wir Pech haben, spült uns der Fluss weg."

Sowa drehte sich gereizt zu ihm um. „Ihre Einstellung ist geradezu jämmerlich, Soldat! Haben Sie etwa Angst?"

Der junge Mann schluckte. „Kommandant, nein, ich meine nur, dass es besser wäre ..."

Mit einem Mal explodierte Sowa. „Ich will, dass diese Ratten gefunden werden! Wir haben keine Zeit, Däumchen zu drehen und auf besseres Wetter oder mehr Licht zu warten. Wenn wir sie verlieren, weil Sie Angst vor ein bisschen Wasser und Dunkelheit haben, ertränke ich Sie eigenhändig in diesem Fluss wie ein junges Kätzchen, kapiert?"

Der Soldat erstarrte, riss die Hacken zusammen. „Verstanden, jawohl!"

Sowa starrte einen Moment lang in die schwarze Flut. Er zwang sich zur Ruhe. Seine Gedanken rauschten schneller als das Wasser. Er musste sich beherrschen. Tote Feinde waren eine feine Sache – aber in diesem Fall waren sie lebendig wertvoller. Man konnte sie dazu bringen, Geheimnisse preiszugeben, Details ihrer Operation, strategische Pläne. Und vor allem waren sie Druckmittel. Wenn die amerikanische Führung glaubte, ihre Leute seien in Feindeshand, würde das seinen Einfluss stärken.

Er wandte sich wieder den Soldaten zu. „Teilen Sie das Gebiet entlang des Flusses auf", befahl er. „Vier Gruppen suchen die Ufer ab, dazu regelmäßige Drohnenflüge – und sobald es hell wird, will ich Satellitenbilder!"

***

Siedlung der Ewenen,
06:09 Uhr Ortszeit

Eisern kämpften sich Markinson und die anderen durch das Schneetreiben. Ohne die Führung ihrer fellgekleideten Retter wären sie verloren gewesen. Markinson wusste nicht einmal mehr, wie lange sie gelaufen waren – die Dunkelheit schien endlos gewesen zu sein und die Kälte nagte an ihm. Nachdem der Adrenalinspiegel in seinem Blut etwas nachgelassen hatte, spürte er nun überdeutlich, dass ihm der ganze Körper wehtat. Der dumpfe Schmerz in seiner Schulter pochte, beim Atmen stach es in seine Seite und sein linkes Knie sackte immer wieder weg, so, als fehle ihm plötzlich die Kraft.

Endlich verließen sie den Wald und gelangten auf offenes Terrain, wo sich jenseits der verkrüppelten Kiefern und Sträucher eine Ansammlung von Behausungen abzeichnete. Runde, mit Rentierleder bespannte Zelte, die an die Jurten der mongolischen Nomaden erinnerten. Rauch stieg aus einem schmalen Loch in der Mitte. Weiter hinten standen zudem einfache Blockhäuser, aus grob gehauenen Stämmen, die Dächer locker mit Schnee bedeckt.

Das hier war definitiv kein Ort, an dem sich Markinson unter normalen Umständen mit Vergnügen aufgehalten hätte, aber in der jetzigen Situation kam ihm die Aussicht auf einen warmen Platz zum Schlafen paradiesisch vor.

Am Rand der Siedlung wurden sie bereits von einer kleinen Gruppe Männer und Frauen empfangen – die Gesichter wettergegerbt, ernst, die Augen tiefschwarz wie Holundersaft. Die Fremden redeten in ihrer Sprache miteinander. Die Haltung war misstrauisch, zweifelnd, abwartend.

Der Führer der Gruppe, die sie im Wald gefunden hatte, redete leise auf sie ein – in dieser singenden, fast archaischen Sprache, die Markinson nicht einmal ansatzweise verstehen konnte. Nach einer immer hitziger werdenden Debatte trat ein Mann vor, dem Äußeren nach mindestens 70 Jahre alt, aber mit scharfem Blick und einer mysteriösen Aura. Er schien das letzte Wort zu haben. Einen nach dem anderen fixierte er alle Mitglieder des Teams, als wolle er damit in ihre Seelen blicken und prüfen, ob man ihnen vertrauen könne. Schließlich nickte er knapp.

Zwei jüngere Männer gingen zum verletzten und immer noch bewusstlosen Armstrong und trugen ihn in eine der Jurten.

„Okay, sie helfen uns“, sagte Ruth Baxter leise. „Aber wie es aussieht, sind nicht alle glücklich darüber.“

Der alte Mann bedeutete ihnen nun, ihm zu folgen. Während sie durch das Dorf geführt wurden, sah Markinson die Blicke der anderen Bewohner. Argwohn und Furcht – nicht offen, aber klar genug. Eine alte Frau murmelte etwas und spuckte auf den Boden. Eine andere rief ihre Kinder zu sich und verschwand mit ihnen in der Hütte.

Markinson verstand sie. Wer waren sie, dass sie mit ihrer Technologie, ihrem Krieg, ihrem Feuer in diesen Ort kamen wie Vorboten einer Katastrophe?

Ein junger Mann mit scharf geschnittenen Gesichtszügen stellte sich ihnen in den Weg und sprach mit lauter Stimme auf ihren Führer ein.

Markinson verstand die Worte nicht, aber er las die Haltung. Er wollte sie am liebsten fortjagen, wieder hinaus in den Wald. Doch der Alte durchbohrte ihn mit seinem unergründlichen Blick und der Mann beruhigte sich rasch. Zögerlich zog er sich zurück.

Ein Junge von vielleicht 13 Jahren trat zu ihnen. Er schien keine Angst zu haben, sondern eher von Neugier getrieben. Er sah Markinson an. „Sie sagen, ihr bringt Unheil. Dass das Militär zu uns kommen wird – und dann wird es für alle schlecht enden“, erklärte der Junge in ziemlich gutem Englisch.

„Wir bringen kein Unheil, wir brauchen nur Hilfe“, versicherte Markinson.

Sie setzten gemeinsam ihren Weg fort und folgten dem Alten zu einem großen, bunt verzierten Zelt.

„Trotzdem sollten wir spätestens morgen verschwinden“, meinte Bauer.

„Wenn Armstrong bis dahin überlebt“, entgegnete Lucas.

„Wir bleiben nur so lange, wie unbedingt nötig“, erklärte Baxter. „Aber wir werden alles tun, um Armstrong zu retten.“

„Sie werden sich gut um euren Freund kümmern“, versprach der Junge. „Ich bin übrigens Bhaku.“

Nun betraten sie gemeinsam das Zelt, in dessen Inneren ein großes, wärmendes Feuer brannte.

Markinson warf seine Ausrüstung ab und setzte sich so nah ans Feuer, wie er es aushielt. Er wollte den Frost aus seinen Gliedern vertreiben, der sich in den letzten Stunden immer hartnäckiger hineingefressen hatte.

Der alte Mann nahm einen kleinen Kessel vom Feuer und gab mit einer Kelle dampfende Suppe in Schüsseln. Bhaku half, sie an alle zu verteilen.

Markinson schnupperte an seiner Schale und meinte, das Gericht als eine Art Gulasch zu identifizieren, vermutlich aus Rentierfleisch. Er kostete und spürte sofort, wie ihn die würzige Suppe wiederbelebte.

Severin Lucas beäugte den Inhalt seiner Schüssel mit Argwohn.

„Was ist? Essen Sie!“, forderte Baxter. „Oder wollen Sie unhöflich sein?“

Auch Lucas und die anderen probierten von der Suppe.

Zufrieden setzte der Alte ein Lächeln auf und hob die Arme, so, als wolle er sie offiziell in seinem Heim willkommen heißen. Er legte nun die rechte Hand auf seine Brust und sprach: „Humayun.“

„Was will er?“, fragte Bauer im Flüsterton.

„Das ist sein Name, Sie Idiot“, flüsterte Lucas zurück.

„Humayun ist unser Schamane“, erklärte Bhaku.

Der alte Mann legte sich einen Kranz aus Rentiergeweihsplittern um den Hals und zündete einige Räucherstäbchen an. Dann erklang wieder seine sonore Stimme, warm und tief.

„Er hat euch gesehen“, übersetzte Bhaku. „Schon vor drei Monden. In der Vision am großen Berg.“

Bauer seufzte leise und murmelte: „Jetzt auch noch Prophezeiungen.“

Ein strafender Blick von Baxter brachte den Soldaten zum Schweigen.

Als Wissenschaftler hatte Markinson mit Visionen auch nichts am Hut, aber dennoch musste er sich eingestehen, dass die Art, wie Humayun redete, ihn in seinen Bann zog. Oder lag es an den süßlich-harzig duftenden Räucherstäbchen? „Was hat der Schamane gesehen?“, fragte er nun.

Humayun wandte sich ihm zu und blickte ihn direkt an. Das Licht des Feuers ließ zittrige Schatten über sein Gesicht tanzen.

„Ihr seid aus den Flammen gekommen, um gegen die Finsternis zu kämpfen“, übersetzte Bhaku weiter. „Humayun sagt, dass die Dunkelheit ein Loch in die Welt und in den Himmel reißen wird. Keine Sterne, keine Sonne. Nur Finsternis, die alles verschlingt. Und er sah eine Gestalt aus Licht, die in das Herz des Unheils ging – und weinte.“

„Eine Gestalt aus Licht“, murmelte Markinson.

Lucas schüttelte den Kopf. „Was sollen wir mit diesem mystischen Gefasel anfangen? Wir müssen uns ausruhen und dann von hier verschwinden.“

„In dieser Sache bin ich absolut Ihrer Meinung“, stimmte Baxter zu. „Bauer, Sie und ich gehen noch mal raus, die Lage sondieren, bevor wir uns schlafenlegen.“

Baxter erhob sich und verließ gefolgt von Sargent Bauer das Zelt.

„Vielleicht ist es keine Mystik, sondern ein Bild für das, was da draußen wirklich passiert“, griff Markinson die Gedanken wieder auf, von denen er nicht wusste, woher sie gekommen waren. Dennoch spürte er eine merkwürdige innere Logik in dem, was der Schamane gesagt hatte.

„Ich bitte Sie!“, warf Lucas ein.

„Überlegen Sie doch mal: eine Singularität – ein Schwarzes Loch, das kollabiert und womöglich einen Riss in der Raumzeit auslöst. Das klingt nicht so weit hergeholt.“

„Professor, vielleicht haben Sie sich beim Absturz doch stärker den Kopf angeschlagen als gedacht“, kommentierte Lucas.

Humayun stand auf und ging ans Feuer, um Holz nachzulegen. Dann holte er Felle und Decken aus einer Truhe.

Kurz darauf betraten Baxter und Bauer wieder das Zelt und kamen zum Feuer. „Die Lage scheint vorerst sicher“, sagte Baxter. „Keine Drohnen. Keine Fahrzeuge. Noch nicht. Aber uns bleibt nicht viel Zeit. Wir ruhen uns aus – und brechen so früh wie möglich auf. Wenn wir bleiben, bringen wir die Leute hier in Gefahr.“

Markinson nickte langsam. Er wusste, dass sie recht hatte. Dann sah zu Humayun, der ihn nun aus ruhigen, aber wachen Augen beobachtete und einen letzten, traurig klingenden Satz sagte – offenbar direkt an Markinson gerichtet.

„Ihr werdet ins Dunkel gehen“, übersetzte Bhaku die Worte des Schamanen. „Gebt acht, dass sie euch nicht verschluckt.“

9

Russische Forschungsbasis Orel-8,
Südflügel, Isoliertrakt
08:45 Uhr Ortszeit

Die Wände von Denise Garners Quartier – oder besser ihrer Zelle – bestanden aus matt beschichtetem Kunststoff-Aluminium-Verbundwerkstoff in zartem Grau. Dahinter befand sich eine Lage Dämmmaterial und eine diffusionsoffene Folie, die die Wohneinheiten vom rohen Gestein isolierte, in welches die gesamte Anlage hineingebaut worden war. Denise hatte in den letzten Monaten viel Zeit gehabt, sich mit dem Aufbau und den Eigenheiten dieser geheimen Basis vertraut zu machen. Stück für Stück hatte sie akribisch Fragmente technischer Daten und aufgeschnappte Gesprächsfetzen zu einem Mosaik zusammengesetzt, das mittlerweile einen recht guten Überblick über die Struktur und die Prozesse in Orel-8 gab. Sie hatte gehofft, daraus einen Fluchtplan entwickeln zu können, musste aber allmählich zugeben, dass die Sicherheitsmaßnahmen der Russen derart scharf waren, dass kaum Aussicht auf Erfolg bestand.

Und seit sie auf ihr Quartier beschränkt worden war und beinahe 24 Stunden am Tag eingesperrt blieb, hatten sich ihre letzten Hoffnungen verflüchtig wie Nebel im Sonnenlicht. Sie musste sich eingestehen, dass die Russen sie so lange gefangen halten würden, wie es ihnen beliebte – hier, in einer sterilen Blase der

Isolation, inmitten eines uralten Höhlensystems, in dessen Herz man dem technologischen Wahnsinn frönte.

Denise Garner saß seit Stunden auf dem schmalen Bett, den Rücken gegen die glatte Wand gelehnt. Ihre Hände lagen ineinander verschränkt im Schoß. Die Fingernägel waren abgekaut – ein nervöser Reflex, den sie sich seit Kindheitstagen einfach nicht abgewöhnen konnte.

Es war kein Wunder, denn an ihr nagte vehement der Gedanke, dass sie höchstpersönlich mit dafür verantwortlich war, was man hier trieb. Wenn auch nicht direkt oder absichtlich, aber dennoch: Erst ihre Forschung hatte all das hier möglich gemacht.

Sie hatte den Alarm vor einer Viertelstunde gehört und das unwirkliche Dröhnen gespürt, dieses körperzerreißende Wummern, das die Basis zu durchfluten schien, als würde sich die Raumzeit periodisch zusammenziehen und dehnen. Denise wusste nur zu gut, dass das vermutlich die plausibelste Erklärung war.

Dann war eine Welle aus unsichtbarer Kraft gekommen und hatte sie wanken lassen. Dazu dieses seltsame Licht, das kurz durch den schmalen Spalt unter der Tür geflackert hatte – grünlich-türkis, flirrend, wie ein Nordlicht, nur in einer unterirdischen Höhle. Sie konnte sich absolut keinen Reim darauf machen, wie es entstanden sein mochte.

Und ebenso plötzlich, wie es gekommen war, verschwand das Phänomen wieder und Stille kehrte ein. Absolute Stille, wie im luftleeren Raum des Weltalls. Nach einem Moment der völligen Zeitlosigkeit hatte sich Denise desorientiert und mit brummendem Schädel auf ihrem Bett wiedergefunden und bisher nicht die Kraft aufgebracht, sich zu erheben.

Draußen war seit Minuten alles ruhig und Denise wusste nicht, ob das ein gutes oder ein schlechtes Zeichen war.

Schließlich durchbrach ein metallisches Klicken die Grabesstille. Die Tür sprang auf. Zwei Soldaten traten ein – die Gesichter hinter Sturmmasken verborgen. Der eine trug ein Gewehr, das er prompt auf Denise richtete.

„Sie kommen mit", sagte der Bewaffnete.

„Wozu soll das gut sein?", fragte Denise, obwohl sie die Antwort kannte.

„Sie werden gebraucht. Jetzt."

„Ich arbeite nicht mehr für euch", sagte sie kühl. „Ihr habt mich eingesperrt. Erniedrigt. Geschlagen."

„Die Situation hat sich geändert."

„Ich schulde euch gar nichts."

Der Soldat trat näher, seine Augen eisig glitzernd. „Sie werden jetzt mitkommen. Oder Sie erleben, was bei uns wirkliche Erniedrigung bedeutet."

Denise stand langsam auf. Ihre Knie zitterten leicht, doch ihre Stimme blieb ruhig. „Schön, ich komme mit, aber nicht, weil ihr es befehlt. Sondern weil irgendjemand verhindern muss, dass dieses Monster, das ihr gebaut habt, alles mit sich reißt."

Sie war erstaunt darüber, wie fest und durchsetzungsstark ihre Worte auf einmal geklungen hatten, doch innerlich wusste sie: Sie hatte keine Ahnung, wie sie das anstellen sollte, wenn sie längst nicht mehr ganz begriff, was hier überhaupt geschah.

***

Siedlung der Ewenen,
09:33 Uhr Ortszeit

William Markinson fühlte sich wie vom Schneepflug überrollt. Es gab nur wenige Stellen an seinem Körper, die ihm nicht wehtaten, aber er wusste gleichzeitig, dass jetzt nicht die Zeit war, sich auszuruhen. Die kurze Nachtruhe auf dem improvisierten Lager des Schamanen musste fürs Erste reichen. Länger hätte er es zwischen den penetrant nach Vieh riechenden Fellen ohnehin nicht ausgehalten. Es kam sich beinahe selbst schon wie ein Rentier vor.

Der Schnee knirschte unter seinen Stiefeln, als er aus der Jurte hinaustrat und gen Himmel blickte. Irgendwo hinter dieser endlos grauen Wolkendecke musste die Sonne aufgegangen sein. Doch das milchig trübe Licht, das hier unten ankam, reichte kaum, um seine Müdigkeit zu vertreiben.

Das Dorf wirkte fast wie ausgestorben, so, als bleibe der Großteil der Bewohner in ihren Behausungen, um nicht mit ihnen in Kontakt zu kommen.

Er fand die anderen unweit des Zeltes bei den kläglichen Resten ihrer Ausrüstung, die den Absturz überlebt hatte. Markinson hoffte zumindest, dass ein bestimmtes Gerät unbeschädigt war.

Ruth Baxter stand mit vor der Brust verschränkten Armen neben Sargent Bauer, der am Boden hockte und versuchte, eines der beschädigten Gewehre wieder flottzumachen.

Severin Lucas beugte sich ein paar Schritte entfernt über einen kantigen, schwarzen Transportkoffer und machte sich daran, die Verschlüsse zu öffnen. Darin befand sich das Gerät, von dem Markinson hoffte, es sei noch intakt: ein neuartiger, auf Quantentechnologie basierender Gravitationssensor der Firma Q.Star, Modell Devon MK II, speziell modifiziert für ihre Mission.

Markinson näherte sich, während Lucas den Deckel der Box abhob. Gespannt beugten beide sich über das Gerät. „Äußerlich sieht er gut aus", meinte Lucas.

„Tja, das Innenleben ist der empfindliche Teil", stellte Markinson klar und entnahm den Apparat.

Nun kam auch Ruth Baxter hinzu und betrachtete das klobige Gerät, das aussah, als hätte man einen Toaster mit einem Tablet verheiratet. „Was kann das Ding überhaupt?", wollte sie wissen.

„Eigentlich wurde es zur hochpräzisen Analyse der geologischen Substruktur der Erde gebaut. Das Gerät misst kleinste Differenzen in der Gravitation – das eröffnet viele Einsichten in tektonische Spannungen, Materialverdichtungen, Hohlräume. Aber Mannheimer hat es speziell für uns modifizieren lassen. Wir haben vor, es als Ortungsgerät zu verwenden." Er klopfte leicht auf das Gehäuse. „Wenn er funktioniert, kann der Scanner auch die künstlichen Gravitationsanomalien orten, die von den Singularitätsfeldern verursacht werden."

Lucas nickte: „Also mutmaßlich das, was in dieser russischen Anlage erzeugt wird."

„Genau, nur ..." – Markinson schüttelte leicht den Kopf – „niemand weiß, ob es funktioniert. Die Theorie ist dünn. Die Technik noch experimentell. Und nach dem Absturz könnte die empfindliche Sensorik beschädigt sein. Außerdem verbraucht der Apparat Unmengen an Strom, sodass wir bei diesen Temperaturen wohl nur wenige Versuche zur Ortung bekommen werden, bevor der Akku schlappmacht. Und ich habe hier im Dorf nirgends Steckdosen gesehen.“

„Dann verschwenden wir keine Zeit und probieren es aus“, sagte Baxter. „Wenn der Apparat defekt ist, hat es wenig Sinn, ihn weiter mitzuschleppen.“

Markinson aktivierte den Gravitationssensor und ein anschwellendes Summen verriet ihm, dass das Gerät hochfuhr. Die im Inneren liegende Sensorik wurde auf -83 Grad heruntergekühlt, um Störquellen auszuschalten. „So weit, so gut“, meinte Markinson. „Es fährt hoch.“

Das Display zeigte nun eine Karte der Umgebung, doch die erwartete Anzeige des örtlichen Gravitationsfeldes blieb aus. „Bis jetzt keinerlei Werte. Vielleicht dauert es eine Weile, bis er auf die Umgebung kalibriert ist.“

„In Ordnung. Kümmern Sie sich drum. Bauer, Sie verstauen die Ausrüstung. Alles, was uns ausbremst, bleibt hier. Vergraben sie es am besten“, ordnete Baxter an. „Lucas, Sie kommen mit mir, wir sehen nach Armstrong.“

Die Krankenhütte war schummrig und roch nach ätherischen Ölen und Kräutersalben. Der einzige Lichtschein kam von einer schwach brennenden Feuerstelle, über der ein Kessel dampfte.

Armstrong lag auf einem Bett aus Pelzen und Decken, sein Gesicht kalkweiß, der Atem flach.

Die Heilerin – eine alte Ewenenfrau mit Tätowierungen auf der Stirn – sah auf, als sie eintraten, und schüttelte langsam den Kopf. In akzentgefärbtem Russisch sagte sie: „Er ist zwischen den Welten. Ein Fuß dort, einer hier.“

Baxter stieß ein leises Knurren aus. „Verdammt. Er hat's nicht verdient, hier zu verrecken."

„Kann er transportiert werden?", fragte Lucas.

„Nicht über das Gelände, das vor uns liegt", antwortete Baxter. „Das würde ihn wohl umbringen. Der einzige Weg wäre ein Helikopter."

Schweigen legte sich über den Raum.

„Wir könnten ihn mit einer Markierung zurücklassen", schlug Lucas vor. „Ein Notsignal, falls ein Rettungstrupp uns folgt."

„Sie wissen so gut wie ich, dass wir auf uns allein gestellt sind. Es wird keinen Rettungstrupp geben, keine Verstärkung."

„Sie können Ihren Freund hierlassen, wir werden ihn pflegen", erklärte die Heilerin. „Wir tun alles, was in unserer Macht steht, und werden die Götter um Hilfe bitten."

„Wir haben keine Wahl", sagte Baxter langsam und sah zu Armstrong. Schweiß stand ihm auf der Stirn, die Augen zuckten unter den geschlossenen Lidern.

„Wir müssen ihn hierlassen", bekräftigte Lucas. „Die Mission hat Vorrang. Unsere Aufgabe ist es, das wohl größte Risiko der Menschheit zu eliminieren."

„Jetzt werden Sie nicht theatralisch, Lucas. Denken Sie, ich weiß nicht, wie wichtig das ist?", brauste Baxter auf, hatte sich aber sofort wieder im Griff.

Lucas ließ sich nicht beirren. „Wenn Armstrong reden könnte", sagte er leise, „würde er uns sagen, wir sollen gehen."

Baxter nickte. „Es ist das Beste. Selbst wenn die Suchtrupps der Russen ihn finden, ist es besser, als hier zu sterben. Sie werden ihn als Gefangenen am Leben halten wollen. Das ist seine beste Chance."

„Dann gehen wir“, sagte Lucas. „Bevor sie uns auch als Gefangene nehmen.“

Baxter warf einen letzten Blick in Richtung Armstrong, dann wandte sie sich ab. „Ich will, dass in 30 Minuten alle abmarschbereit sind“, sagte sie knapp und verließ die Krankenhütte.

Sie traten nach draußen, wo ihnen der triste Morgen nun gleich viel heller erschien. Aber auch der Wind war stärker geworden, einzelne Schneeflocken trieben durchs Dorf.

Sie fanden Markinson beim Gravitationsscanner, auf dessen Display sich allmählich zittrige Linien ausbreiteten. Der Wissenschaftler blickte in Richtung Norden – dorthin, wo den Einsatzplänen zufolge die geheime Anlage der Russen lag.

Bauer erledigte derweil schweigend die letzten Vorbereitungen – Waffen wurden überprüft, Riemen festgezogen.

Baxter und Lucas traten zu Markinson und beugten sich über den Scanner.

„Und?“, fragte Lucas.

„Die Signale sind ziemlich schwach, nur knapp oberhalb der Fehlertoleranz. Das erlaubt nur eine vage Peilung in Richtung Nord-Nordost, fünf bis zehn Kilometer entfernt.“

„Ziemlich ernüchternd für so ein Hightech-Gerät“, kommentierte Baxter.

Markinson zuckte mit den Schultern.

Das leise Piepen, das der Gravitationssensor bereits die ganze Zeit regelmäßig abgab, wurde jäh durch einen durchdringenden Warnton ersetzt.

Die Anzeige flackerte kurz, stabilisierte sich dann und zeigte plötzlich eine Reihe greller Spitzen, die aus der gleichmäßigen Oberfläche hervorstachen wie Zähne. Markinson beugte sich mit weit aufgerissenen Augen über das Gerät. Er sog zischend die Luft ein.

„Was zur Hölle ist das?“, murmelte Baxter, die einen Schritt nähertrat.

Markinsons Stimme war tonlos, beinahe ungläubig. „Ein Ausschlag dieses Ausmaßes ..., das ist ...“

Ein sanftes Zittern lief durch den Boden, alle hielten unwillkürlich inne. Der Schnee auf den Zeltplanen vibrierte leicht.

„Sie haben das sicher auch gespürt?“, fragte Bauer, der zu ihnen gelaufen kam.

„Ein Beben“, sagte Baxter sofort und wandte sich an Markinson. „Kein Zufall, oder?“

„Sicher nicht! Das hier ...“ Markinson zeigte auf das Display des Sensors, dessen Anzeige nun im Minutentakt neue Spitzen registrierte, die sich verformten, anhoben und wieder verschwanden. „... ist entweder eine massive Instabilität in ihrem Reaktor oder ...“ Er zögerte einen Moment. „... oder ein gezündetes Singularitätsobjekt.“

Lucas blinzelte. „Eine der Bomben, die laut Ihrer Theorie möglich wären?“

Markinson nickte. „Theoretisch. Ich tippe aber eher auf ein fehlgeschlagenes Experiment. In jedem Fall sehen wir hier die Folgen einer extremen Raumzeitverwerfung.“

„Wie weit entfernt ist die Quelle?“, fragte Baxter. „Ich nehme an, Sie können das nun genauer bestimmen?“

Markinson tippte rasch auf dem Touchfeld herum. Die Karte wurde aktualisiert und mit Gravitätsfluktuationen topografisch überlagert. Ein roter, pulsierender Punkt erschien nordnordwestlich ihrer Position.

„6,8 Kilometer Luftlinie“, sagte er. „Offenbar unterirdisch, tief im Fels.“

Baxter hatte bereits den Reißverschluss ihrer Jacke bis zum Anschlag hochgezogen und das Gewehr geschultert. „Dann los. Wir verschwinden hier.“

„Und Armstrong?“, fragte Bauer.

Noch einmal sah Baxter in Richtung der Krankenhütte. Dann schüttelte sie kaum merklich den Kopf. „Wir müssen ihn hierlassen.“

Bauer verzog das Gesicht und machte deutlich, dass ihm dies ganz und gar nicht gefiel, er widersprach aber nicht, sondern schnappte sich wortlos seine Ausrüstung. „Abmarschbereit“, meldete er.

Derweil fuhr Markinson den Gravitationssensor herunter und verstaute ihn. Er sah sich noch einmal im Dorf um. „Sollten wir uns nicht bedanken und verabschieden?“, fragte er.

„Bei wem? Sie meiden uns, falls Ihnen das noch nicht aufgefallen ist“, erklärte Lucas.

Markinson nickte langsam. Er wusste, sie standen tief in der Schuld der Ewenen, aber es blieb keine Zeit für Höflichkeiten.

Mit schnellen Schritten ging Baxter nun voran und die anderen folgten ihr in Richtung Norden aus dem Dorf heraus in die offene Tundra.

10

Kontrollraum von Orel-8,
08:55 Uhr Ortszeit

Denise Garner wurde von den beiden Soldaten durch den schmalen Tunnel geführt, der den Wohntrakt mit dem operativen Teil der Basis verband. Der Gang folgte dem natürlichen Verlauf der unterirdischen Höhlen, schlängelte sich mal links und rechts, stieg dann etwas an oder führte mehrere Meter hinab. An den Seiten zweigten immer wieder Gänge ab. Bei vielen wusste Denise bis heute nicht, wohin sie führten, da sie sich in der Basis nicht allein bewegen durfte. Von einem flüchtigen Blick auf den Lageplan wusste sie, dass einige als Sackgassen irgendwo tief unter der Erde endeten und als Lagerräume verwendet wurden, andere mochten zu Ausgängen und Versorgungsschächten führen oder sonst wohin. Denis stand seit ihrem Eintreffen hier unter Bewachung und hatte keine Gelegenheit gehabt, das offenbar weitverzweigte System zu erkunden.

Sie querten eine der größeren Kreuzungen, an der zwei Wachen postiert waren, und steuerten genau in Richtung des zentralen Kontrollraums, in dem Denise vor ihrer Isolationshaft oft gearbeitet hatte. Sie spürte, dass die Atmosphäre angespannt war, die Soldaten huschten im Eiltempo durch die Gänge und trieben Denise immer wieder an, sich zu beeilen. Nun sah sie einige Wissenschaftler, die mit besorgten Gesichtern durch die Korridore hasteten und dabei tuschelten.

Etwas Ungewöhnliches musste vorgefallen sein, so viel war offensichtlich.

Im Kontrollzentrum herrschte ebenfalls gereizte Betriebsamkeit. Sie hörte die Stimmen von Kirill Borissow, Arina Tschevtschenko und Juri Saljewitsch, die auf Russisch diskutierten. Denise wurde durch die Tür hineingeschoben.

„Ah, die Amerikanerin“, knurrte Borissow. „Wie sich nun herausstellt, waren Sie doch nicht diejenige, die uns sabotiert hat, und ich rehabilitiere Sie hiermit! Jetzt können Sie dabei helfen, die Sache zu retten.“

Denise lag eine saftige Erwiderung auf der Zunge, aber sie hütete sich, etwas zu sagen, denn sie wusste ganz genau, was für ein Typ Mann Borissow war. Kurz zusammengefasst: ein herzloses, fieses Schwein, dem es auch nichts ausmachte, eine Frau zu schlagen. Vermutlich machte dem Kerl so etwas sogar Spaß.

Sie trat näher an das zentrale Display. Es zeigte die neue Gravitationskurve. Die Wellen waren unregelmäßig, chaotisch – und stiegen erneut an.

„Das ist kein Verlauf, wie wir ihn bisher beobachtet haben“, sagte sie. „Diese Spitzen – das scheint mehr als eine technische Instabilität zu sein. Was haben Sie am Aufbau verändert?“

„Wir haben gar nichts verändert“, erklärte Dr. Saljewitsch.

Nun ergriff Arina Tschevtschenko das Wort. „Der Reaktor entwickelt zunehmend ein ...“ Sie stockte.

„Ja?“, hakte Denise nach.

Tschevtschenko winkte ab. „War ein dummer Gedanke. Ich wollte sagen, es wirkt wie eine Resonanz.“

Denise legte die Stirn in Falten. „Eine Resonanz worauf bitte? Dazu müssten wir das Gravitationsfeld stimulieren, was wir aber nicht tun. Mal davon abgesehen, dass ich nicht wüsste, wie."

Dr. Saljewitsch trat vor und deutete auf den Bildschirm. „Hier! Wir verzeichnen Impulse, die den Schluss zulassen, dass die Singularität Impulse aus ihrem Inneren abgibt."

„Das ...", setzte Denise an. „... ist ein sehr merkwürdiges Verhalten. In der Theorie könnte ..."

Nun wurde sie von Borissow unterbrochen. „Ihre Theorie! Womöglich ist sie fehlerhaft?" Seine Stimme klang vorwurfsvoll.

„Hören Sie, ich hatte nie im Sinn, auf dieser Grundlage einen Reaktor zu bauen. Den Irrsinn haben Sie sich selbst zuzuschreiben." Sie bereute fast augenblicklich, dass sie so laut und direkt geworden war.

Borissow starrte sie mordlustig an, rührte sich aber nicht.

„Verzeihen Sie," sagte sie und merkte, wie ihre Stimme etwas zitterte. „Ich habe nicht gut geschlafen, und die Situation macht mir eine Scheißangst."

Ein weiterer Alarm schrillte durch den Raum.

Tschevtschenko rief: „Reaktoreindämmung im oberen Sektor auf Maximum – Energieausstoß ansteigend! Das Feld verformt sich wieder!"

„Die Singularität führt wohl ein Eigenleben", kommentierte Denise.

„Ich will davon nichts hören!", fuhr Borissow sie an.

„Sehen Sie", sagte Denise, die Augen auf das Display geheftet. „Das Gravitationsfeld erzeugt ein Muster."

Ein neuer Bereich wurde eingeblendet: ein Diagramm, das die Raum-Zeit-Krümmung in Echtzeit modellierte. Die Kurve stieg nicht mehr linear, sondern spiralartig.

„Das ist keine zufällige Oszillation, dahinter steckt irgendein System“, flüsterte sie.

„Was zum Teufel soll das heißen?“ Borissow trat näher. „Hat jemand den Reaktor manipuliert?“

„Das glaube ich nicht“, sagte Denise. „Hier wurde etwas erschaffen, das Menschen noch nie zuvor untersucht haben. Das hier könnte alles Mögliche bedeuten, vor allem aber eine ...“

Ein kurzes heftiges Beben unterbrach sie. Dann schwoll das tieffrequente Wummern wieder an, das so vielen in dieser Basis Kopfschmerzen bereitete.

Ein Techniker an einer der Kontrollpulte rief: „Gravitationsfeld im Reaktorkern destabilisiert sich!“

Dr. Saljewitsch schlug alarmiert die Hände auf den Tisch. „Wenn der Reaktor kollabiert ...“

„... dann werden wir gleich in unsere Atome zerlegt“, vollendete Denise den Satz.

Eine Weile sagte niemand etwas.

„Was schlagen Sie vor?“, fragte Saljewitsch schließlich.

Denise schloss die Augen. „Wir sollten versuchen, die Anlage irgendwie herunterzufahren, den Energieausstoß abfedern.“

„Niemand hat Zugang zur Reaktorebene“, sagte Borissow scharf.

„Dann ist es vorbei“, sagte Denise. „Ich kann euch nicht helfen, wenn ihr mir weiter die Hände bindet.“

Einen Moment lang starrte Borissow sie an. Dann nickte er einem der Offiziere zu. „Bringt sie runter. Und gebt ihr, was sie braucht. Tschevtschenko, Sie gehen mit und passen auf!“

***

In der Tundra, unweit von Orel-8
10:12 Uhr Ortszeit

Der Wind pfiff eisig über die endlose Weite der Tundra und drang durch jede Beschädigung in Markinsons Spezialanzug. Die Landschaft war karg, kaum ein Baum oder Strauch fand sich hier, nur schneegesprenkeltes borstiges Gras und scharfkantige Felsen, die wie die Knochen der Erde aus dem Boden ragten. Auffällig waren nur die zahllosen Krater und Löcher, die kaum natürlichen Ursprungs sein konnten.

Ruth Baxter, die die Gruppe anführte, blieb stehen, kniff die Augen zusammen und suchte den Horizont ab. „Das gefällt mir ganz und gar nicht“, knurrte sie. „Wir sind hier zu exponiert. Nicht genügend Deckung. Wenn die Russen uns in diesem Gelände erwischen, sind wir erledigt.“

Lucas trat neben sie. „Das Risiko mussten wir eingehen. Wir wollten schnell vorankommen.“

„Das ist mir selbst klar, Lucas! Aber ich werde das Gefühl nicht los, dass wir die perfekte Zielscheibe abgeben.“

„Das Gefühl trügt nicht. Das hier war mal ein Raketentestgelände, wie man unschwer an den ganzen Einschlaglöchern sehen kann“, erklärte Lucas.

„Keine schlechte Tarnung für einen geheimen Forschungsstandort“, meinte Markinson. „Wer wäre schon so dämlich, freiwillig durch ein Gebiet zu laufen, in dem es womöglich noch von Blindgängern wimmelt.“

Baxter wandte sich ihm zu. Er las Besorgnis in ihrem Blick. „Das ist ein Argument, Herr Professor. Aber leider Gottes sind wir die Idioten, die hier herumlaufen müssen.“

„Den Berichten zufolge wurden hier keine Minen getestet, sondern schwere Mittelstreckenraketen“, stellte Lucas klar.

„Auf Ihre Geheimdienstberichte gebe ich nicht allzu viel“, meinte Baxter.

Sargent Bauer warf derweil einen misstrauischen Blick über die Schulter. „Vielleicht sollten wir kurz stoppen und eine neue Messung machen. Bevor wir uns noch näher ans Ziel schleichen.“

Baxter presste die Lippen zusammen, überlegte kurz und wandte sich dann an Markinson: „Okay. Prüfen Sie, ob wir noch auf Kurs sind. Aber schnell.“

Markinson setzte den Gravitationssensor auf einem flachen Felsen ab und aktivierte ihn. Das vertraute Summen des Apparats breitete sich aus. Alle hockten lauernd um das Gerät, die Blicke schweigend auf das Display gerichtet. „Den Koordinaten zufolge sind wir relativ nah dran“, erklärte Markinson. „Aber die Gravitationsanomalien sind verschwunden. Ich empfange nur noch das schwache Hintergrundsignal.“ Er deutete auf die Anzeige, über die kaum sichtbare Linien zitterten.

Plötzlich mischte sich ein leises Surren mit den Geräuschen des Sensors, es wurde rasch lauter.

„Was ist das?“ Bauer wirbelte herum.

Baxter hob die Hand, alle verstummten. Das Geräusch kam näher. Sie sahen gen Himmel und erkannten ein rhythmisches Blinken über ihnen. Eine kleine, dunkle Silhouette, die man leicht mit einem Vogel hätte verwechseln können, schwebte in der Höhe.

„Drohnensichtung!“, rief Bauer.

„Scheiße!“ Baxter riss Markinson am Arm. „Abbrechen! Wir müssen weg hier!“

Er zögerte, seine Hände immer noch am Gerät. „Ich muss den Detektor …“

„Vergessen Sie es. Los jetzt!“ Baxter zog Markinson auf die Füße und vom Scanner weg.

Sie rannten los, doch nach wenigen Metern hielt Markinson wieder an, drehte sich um.

„Markinson, nein!“, schrie Baxter.

Aber er war schon unterwegs, rannte zurück zum Scanner. Er wusste, dass es leichtsinnig war, aber das Gerät war zu wertvoll, um es aufzugeben. Sie würden es vielleicht noch dringend brauchen.

Baxter raste hinterher, packte ihn grob am Kragen und zerrte ihn zurück. „Verdammter Idiot! Willst du uns alle umbringen?!“

Markinson antwortete nicht, sondern hetzte mit dem Scanner unter dem Arm hinter Baxter her zu einer Gruppe Felsen.

Dort warteten Lucas und Bauer. „Motorengeräusche! Jeeps von Westen“, meldete Lucas.

Der Wind trug jetzt eindeutig das Brummen von Fahrzeugen heran – schnell näher kommend.

„Sie haben uns!“ Baxter fluchte heftig. „Wir sind am Arsch!“

Bauer und Baxter brachten die Gewehre in Anschlag und zielten in Richtung der näher rückenden Fahrzeuge. Immer noch surrte die Drohne über ihnen, um die Position zu markieren.

„Können Sie das Ding runterschießen?“, fragte Baxter in Bauers Richtung.

„Ich versuche es. Aber vermutlich ist sie zu weit oben.“ Der Sargent hob sein Gewehr und feuerte einige Schüsse ab. Doch die Drohne schwebte seelenruhig am Himmel. „Keine Chance bei dem Wind“, meldete Bauer.

Die Motoren der Jeeps wurden derweil immer lauter, und alle machten sich für ein Feuergefecht bereit. Da erklang ein Ruf, wie aus dem Nichts. „Hierher!“

Sie wandten die Köpfe. Hinter einem zerklüfteten Felsen einige Meter entfernt tauchte plötzlich Bhaku auf, der junge Ewene, den sie vom Dorf kannten. Mit hektischer Stimme rief er: „Mitkommen! Schnell!“

Baxter und die anderen zögerten keine Sekunde und hetzten hinter ihm her, Markinson keuchte schwer, seine offenbar angebrochene Rippe stach in seine Seite.

Bhaku führte sie zu einer unscheinbaren Felsspalte – kaum zu sehen zwischen den Schattierungen des Gesteins. Er deutete hinein. „Höhle. Schnell!“

Baxter sah sich ein letztes Mal im Gelände um. Doch es gab keine Alternative.

„Los, machen Sie, was er sagt!“, ordnete sie an. Nacheinander zwängten sich alle hinein, stolperten in völlige Dunkelheit, während draußen das Dröhnen der Motoren näher kam. Kälte und Feuchtigkeit schlugen ihnen entgegen, die Luft roch nach Erde, Moos und Tierkot. Hinter ihnen hallten plötzlich dumpfe Schläge durch den Höhleneingang – ein Knall, dann ein Beben.

„Beschuss!“, keuchte Lucas.

Ein weiterer Schlag. Die Höhle erzitterte, Staub regnete von der Decke, Steine begannen herabzurieseln.

„Tiefer rein!“, befahl Baxter. Prompt erklang ein ohrenbetäubendes Krachen, dann stürzte der Eingang polternd zusammen. Eine Staubwolke hüllte sie ein. Sie husteten, rangen nach Luft, lauschten.

Es war finster, kein Lichtstrahl drang mehr herein. Nur das hektische Keuchen ihrer eigenen Atemzüge und ein fernes Wummern in der Erde.

„Sind alle okay?“, fragte Baxter heiser.

„Ich ... ich glaube ja“, keuchte Markinson. „Das war verdammt knapp.“

Endlich erhellte ein Lichtschein die Finsternis. Bauer hatte die Lampe an seinem Gewehr eingeschaltet. Auch Baxter und die anderen zogen nun Taschenlampen aus ihrem Equipment und schalteten sie ein. Sie leuchteten die groben, feuchten Höhlenwände ab.

Einige Meter weiter im Inneren saß Bhaku auf dem Boden und massierte sein Bein, das er sich beim Sturz offenbar angeschlagen hatte.

Baxter wandte sich ihm zu. „Junge, bist du verrückt? Was hast du dir dabei gedacht, uns zu folgen? Sie hätten dich erschießen können!“

Markinson trat vor und hob die Hand. „Hey, langsam, lassen Sie ihn in Ruhe, er hat uns das Leben gerettet!“

Baxter sah Markinson einen Moment ärgerlich an, dann entspannten sich ihre Züge. Sie seufzte und wandte sich dann wieder Bhaku zu. „Bist du okay? Kennst du die Wege hier unten?“

Der Junge nickte, sein Gesicht bleich, aber entschlossen. „Natürlich kenne ich die Höhlen. Ich führe euch weg von den Soldaten.“

Baxter sah die anderen an. „Der Eingang ist dicht. Also haben wir keine Wahl, als tiefer reinzugehen und zu hoffen, dass es irgendwo einen weiteren Ausgang gibt.“

„Wir sind jetzt quasi blind“, ergänzte Markinson und deutete in Richtung des Geröllhaufens, an dessen Rand der total demolierte Gravitationsscanner lag.

„Weniger Ballast“, kommentierte Baxter knapp und deutete in den Höhlengang gegenüber. „Auf geht’s!“

Sie gingen los – Schritt für Schritt in das Höhlensystem hinein, dessen Gesteinsformationen immer bizarrer wurden. Die Gänge schlängelten sich unablässig durch den Untergrund, sodass es Markinson fast vorkam, als wanderten sie durch die hohlen, versteinerten Wurzeln eines gigantischen Baumes. Er fühlte sich einerseits erleichtert, dass eine Geröllwand sie von ihren Verfolgern trennte, doch andererseits legte sich ein beklemmendes Gefühl auf seine Brust. Sie waren gerade in eine Unterwelt gestiegen, aus der es sicher kein leichtes Zurück mehr geben würde.

11

Tundra von Kamtschatka,
in der Nähe des verschütteten Höhleneingangs,
10:28 Uhr Ortszeit

Dimitri Sowa stieg mit ausladenden Schritten über die schroffen Felsen hinweg. Vor ihm lag der Höhleneingang – oder besser gesagt das, was davon übrig war. Ein gewaltiger Felssturz hatte den Zugang vollständig verschüttet. Tonnenweise Geröll blockierten den Einstieg in das unterirdische Tunnelsystem. Sofort war ihm klar, dass sie ohne schweres Gerät nicht weit kommen würden. Und dieses herzuschaffen, würde sie Stunden kosten. Wut kroch in ihm empor, wie ätzende Magensäure nach einem allzu fetten Essen.

Er suchte den Schuldigen für diese Misere. Soldaten in Tarnanzügen huschten hektisch umher, einige schleppten Equipment heran, andere sicherten die Umgebung.

Sowas Blick blieb an einem jungen Soldaten hängen, der gerade mit einer Panzerfaust hantierte.

Ist das etwa der Idiot, der gefeuert hat?

Sowa ballte die Fäuste und schritt auf ihn zu. „Was zur Hölle haben Sie sich dabei gedacht?“, fauchte er, die Stimme wie ein Peitschenhieb.

Der Soldat salutierte hastig. „Es gab Beschuss – schweres Gerät. Wir mussten ...“

Ein einzelner Schritt von Sowa, und schon war er direkt vor dem Soldaten. Seine Hand schoss vor, packte den Mann am Kragen und riss ihn nahe heran, bis ihre Gesichter nur Zentimeter voneinander entfernt waren.

„Haben Sie zurückgefeuert?“, zischte Sowa. „Haben Sie dazu etwa einen Befehl von mir erhalten?“ Er schüttelte den Mann so heftig, dass dessen Helm wackelte. „Ich wollte sie lebendig! LEBENDIG! Ich hatte vor, diese Amerikaner in Stücke zu reißen – aber erst nach einem Verhör!“ Er ließ den Soldaten los, der schwankte und taumelte.

„Sie ... wir ... ich ...“, stammelte der junge Mann.

Sowas Augen blitzten auf wie die Mündung eines Gewehrlaufs beim Schuss. „Sie haben mit Ihrer idiotischen Aktion den einzigen Zugang gesprengt! Ich hoffe für Sie, dass die Amerikaner wenigstens von diesen Felsen zermalmt wurden, sonst ...“ – seine Stimme wurde leise und tödlich ruhig – „... lasse ich Sie eigenhändig aufknüpfen. An Ort und Stelle.“

Ein weiterer Soldat hetzte heran, Schnee klebte an seinem Gesicht, die Stimme keuchend. „Kommandant! Wir haben nicht gefeuert! Ich habe es geprüft.“

Sowa wandte sich abrupt um, seine Stirn zog sich in Falten. „Was sagen Sie?“

„Unsere Posten melden: Kein einziger Schuss kam von uns.“

„Wer war es dann?“, knurrte Sowa.

Der Soldat deutete in Richtung des entfernten Waldrands im Osten. „Separatisten der MLK. Die Bewegung unter dem ehemaligen Kommandanten Ivar Koslov. Sie haben sich offenbar östlich von hier in Stellung gebracht. Wir haben ihre Aufmerksamkeit erregt, als unsere Jeeps durch das Tal gerollt sind.“

Sowa stieß ein unwilliges Grunzen aus.

„Sie wollten also unsere Truppen treffen“, ergänzte

der Soldat, „aber sie haben so schlecht gezielt, dass sie versehentlich den Höhleneingang getroffen haben.“

Sowa ballte erneut die Fäuste. Seine Lippen wurden zu einem schmalen, blutleeren Strich. „Diese Amateure …“ Er presste die Worte zwischen den Zähnen hervor. „Kümmert euch um diese Separatisten! Ich will keine weitere Einmischung in unsere Operation.“

Er drehte sich zu den anderen Männern. „Und ihr: Findet heraus, ob diese verfluchten Spione noch leben! Grabt sie aus, scannt den Bereich, durchsucht jedes einzelne Geröllstück, wenn es sein muss! Ich will Antworten!“

Doch gerade, als er den Satz beendet hatte, zerschnitt ein lautes Zischen die Luft. „Deckung!“, brüllte ein Offizier noch, dann krachte eine Granate nur wenige Meter entfernt in einen Felsen, Gesteinssplitter flitzten durch die Luft wie Geschosse. Einige Soldaten gingen getroffen zu Boden. Andere warfen sich hastig hinter die Fahrzeuge.

Sowa hatte instinktiv den Kopf eingezogen, rappelte sich nun wieder auf, das Gesicht von Schnee und Matsch verschmiert, die Augen vor Zorn glühend. Er spähte durch den aufgewirbelten Staub in Richtung Waldrand.

„Sie greifen uns an“, presste der Offizier keuchend hervor. „Die MLK-Milizen haben wohl ihre Chance gewittert.“

Sowa spuckte aus. „Dann sollen sie ihren Krieg bekommen!“

Er griff nach dem Funkgerät an seiner Weste. „Alle Einheiten: in Gefechtsstellung! Sichert den Hang! Ich will, dass diese Bastarde zur Strecke gebracht werden!“

Er blickte erneut zum verschütteten Höhleneingang.

Leise, für sich selbst, knurrte er: „Und euch kriege ich auch noch, tot oder lebendig."

Dann schlug die nächste Granate ein, und auch die Russen begannen, aus allen Rohren zurückzufeuern. Das Gefecht begann.

***

Geheime US-Basis in Nevada,
strategisches Kontrollzentrum
20:42 Uhr Ortszeit

Der Besprechungsraum war wie üblich perfekt klimatisiert. Während oben das unerbittliche Wüstenklima Nevadas Leben fast unmöglich machte, herrschen hier unten, 13 Stockwerke tief im Boden, konstante 20 Grad Celsius, dazu eine ideale Luftfeuchtigkeit und eine dezente, die Augen schonende Beleuchtung. Doch die ganze Klimatechnik konnte nicht verhindern, dass die anwesenden Personen nervös schwitzten.

Auf der einen Seite des Raumes prangte überdimensional groß das Wappen dieses geheimen Spezialkommandos, auf der anderen eine breite Digitalwand, die die neuesten Satellitenaufnahmen aus Kamtschatka sowie Telemetriedaten zeigte. Viel zu sehen war auf den Aufnahmen nicht: überall Rauchfahnen, Trümmer, flirrende Granatenabschüsse.

Commander Raines stand mit vor der Brust verschränkten Armen vor dem Tisch, das Gesicht angespannt und seine Zähne so fest aufeinander mahlend, dass seine Kieferknochen hervortraten.

Professor Charles Mannheimer schmerzte es schon beim Ansehen. Neben ihm saß Anita Grey, die genauso erschöpft aussah, wie er sich selbst fühlte. Sie hatten seit Stunden die Bewegungen ihrer Einheit verfolgt und dutzendfach versucht, irgendwie Kontakt aufzunehmen, aber nichts gelang.

Am Kopfende des Tisches hatte sich Tanja Kusmina niedergelassen, die Hände gefaltet, der Blick niedergeschlagen. Wieder gab es Raketeneinschläge in der Zielregion.

„Ich habe es gerade noch einmal geprüft, die Peilungssignale aller Teammitglieder sind tot“, sagte Grey mit sorgenvoller Stimme. „Alle Lebenszeichen sind weg. Ganz plötzlich.“

Einen Moment verharrten sie schweigend.

Commander Raines nickte stumm und knirschte weiter mit den Zähnen.

„Das heißt nichts Gutes“, sagte Mannheimer. „Wahrscheinlich wurden sie getroffen.“ Er war selbst überrascht, wie resigniert er klang.

„Oder sie sind gefangen genommen worden“, kommentierte Raines knapp, ohne den Blick von den Satellitenbildern zu nehmen.

„Oder in einem Funkloch verschwunden. Es gibt dort geologische Besonderheiten, Gesteine, die womöglich die Signale blockieren“, warf Kusmina ein.

„Oder aber ...“ Anita Grey lehnte sich nach vorn. „Sie sind drin. In der Anlage, meine ich. Diese Bunker sind vermutlich massiv abgeschirmt – erstens vom tiefen Fels, ganz sicher aber auch durch elektromagnetische Maßnahmen.“

Raines stieß ein Seufzen aus. „Ihren Optimismus möchte man haben. Aber die Wahrscheinlichkeit, dass sie durchkommen, ohne aufgerieben zu werden, war schon von Anfang an sehr gering.“

„Aber nicht null“, beharrte Mannheimer, der nun hartnäckigen Trotz gegen die militärische Kälte des Commanders in sich aufkommen spürte. „Solange wir keine Beweise für das Gegenteil haben, sollten wir die Möglichkeit nicht ausschließen, dass sie leben und ihrem Missionsziel näher kommen.“

Raines schaltete die Ansicht der Digitalwand um. „Aber wir haben auch das hier.“ Er deutete auf die Satellitenaufnahmen, die grelle Blitze, Rauchschwaden und Bewegungen von kleineren Truppen zeigten, die sich durch das Gelände kämpften. „Das sind eindeutig Gefechte“, sagte er. „Das Wahrscheinlichste ist, dass hier Separatisten und russische Truppen aufeinanderprallen. Und unsere Leute sind vermutlich mittendrin – sofern sie noch leben. “

Bevor jemand antworten konnte, gab das Kommunikationssystem einen Piepton von sich. Ein neues Fenster öffnete sich auf dem Bildschirm. Das Gesicht von Saul Harper, Sicherheitsberater des Präsidenten, erschien – müde Augen, aber hart wie Stahl.

„Geben Sie mir die Lage“, sagte er ohne Begrüßung.

„Wir haben alle Signale der Einheit verloren. Keine Peilung, keine Telemetrie. Satelliten zeigen Kampfhandlungen in der Region. Die Russen haben offenbar mit den Separatisten Kontakt“, fasste Raines knapp zusammen.

Harper nickte schwach. „Und die Mission?“

Raines wiegte den Kopf hin und her, offenbar unschlüssig, mit welcher Bestimmtheit er seine Vermutung kommunizieren sollte. „Unklar“, sagte er schließlich. „Wir wissen nicht, ob unser Team eliminiert wurde, festgesetzt ist oder … noch operiert.“

„Ich bin mir sicher, sie operieren weiter“, warf Mannheimer ein. „Wir müssen ihnen Zeit geben.“

Harper schnaubte leise, dann veränderte sich seine Miene. „Wir haben Dringenderes. Das jüngste Beben in Kamtschatka – neue Daten bestätigen, dass es außergewöhnlich war.“

„Ein Testlauf?“, fragte die Russland-Expertin Kusmina frei heraus.

„Davon gehen wir derzeit aus“, sagte Harper knapp. „Ein Probelauf für diese ... Singularitätswaffe.“

Mannheimer hob die Hand. „Mit Verlaub – wir wissen nicht, ob es ein Test war. Es gibt Anomalien, die auf unkontrollierte Effekte hindeuten.“

„Richtig“, ergänzte Grey. „Die Daten sind nicht eindeutig. Es könnte auch ein schwerer Zwischenfall gewesen sein.“

„Oder reine Natur“, fügte Kusmina ruhig hinzu. „Kamtschatka ist seismisch hochaktiv.“

Harper verzog keine Miene. „Das sind Strohhalme, nach denen Sie greifen. Und wir haben nicht den Luxus, hier akademische Debatten zu führen. Der Präsident ist entschlossen zu handeln.“

Eine bedrückende Ruhe legte sich über den Raum.

„Was heißt das?“, fragte Mannheimer schließlich, obwohl er die Antwort ahnte.

Harper sah ihn direkt an. „Wir bereiten einen Erstschlag auf das Zielgebiet vor.“

Grey riss die Augen auf. „Was? Das können Sie nicht ernst meinen!“

„Wir reden hier von einer experimentellen Waffe mit planetarem Vernichtungspotenzial!“, entgegnete Harper scharf. „Wir können nicht riskieren, dass diese Technologie vollständig entfesselt wird. Meinen Sie,

Anatoly Bolshakov würde in einer solchen Lage auch nur eine Sekunde zögern?“

„Und wenn es nur ein Unfall war?“, hakte Kusmina nach. „Wenn die Russen selbst die Kontrolle verlieren? Ein Angriff unsererseits würde eine Eskalation auslösen – politisch, militärisch, global.“

„Die Antwort ist klar“, schnitt Harper ihr das Wort ab und ergänzte beinahe lapidar: „Diese Entscheidung übersteigt zudem Ihre Gehaltsklasse.“

Mannheimer schüttelte den Kopf. „Geben Sie uns mehr Zeit. Wenn unser Team wirklich noch lebt, haben sie eine Chance, das Problem von innen zu lösen.“

Harper zögerte einen Moment, dann sprach er langsam: „Wir werden Vorbereitungszeit benötigen. Daher haben Sie ... 48 Stunden. Um zu belegen, dass diese Operation noch einen Sinn hat. Danach folgen härtere Maßnahmen.“ Harper wartete nicht mehr auf eine Antwort. Das Videofenster schloss sich.

Raines schlug unvermittelt mit der Faust auf den Tisch. „Verdammt! Wenn wir doch nur Handlungsoptionen hätten.“

Mannheimer lehnte sich zurück, rieb sich müde die Augen. „48 Stunden sind nicht viel. Aber andererseits ...“ Der Professor verstummte, seine Niedergeschlagenheit kehrte abrupt zurück. „Wenn sie überhaupt noch leben“, sagte er matt.

Grey starrte auf die flimmernden Satellitenbilder, auf das Chaos in Kamtschatka. „Und wenn nicht ...?“

Niemand antwortete. Sie wussten es alle: Dann würde die Welt eine Grenze überschreiten.

Schweigen legte sich über den Raum angesichts der Tatsache, dass die Zeit gnadenlos gegen sie lief.

12

Unterirdisches Höhlensystem,
Kamtschatka,
12:15 Uhr Ortstzeit

Die schmalen Lichtkegel der Taschenlampen huschten durch das endlose Dunkel des Höhlensystems, während sich Markinson und die anderen unter der Führung Bhakus weiter vortasteten. Immer wieder fielen Tropfen von der Decke und klatschten auf den Steinboden. Ihr Echo hallte unheimlich wider. Der Anzug klebte auf Markinsons Haut, von Schweiß und der Feuchtigkeit mittlerweile ziemlich durchtränkt. Immerhin war es hier unten nicht mehr so frostig wie an der Oberfläche, stattdessen schienen etwa zehn Grad plus zu herrschen.

Baxter ging zusammen mit ihrem Ewenenführer vorneweg, den Blick stets wachsam, die Waffe im Anschlag. Bauer, Lucas und Markinson folgten dicht hinter ihm, jeden Schritt vorsichtig gesetzt, so, als könne hinter der nächsten Biegung der Feind lauern.

„Wie groß …“, setzte Bauer an, „… ist dieses verdammte Labyrinth eigentlich?“

Bhaku lachte leise, fast fröhlich. „Riesig. Wie groß, weiß keiner genau. Dieses ganze Gebirge ist durchzogen von alten Stollen und natürlichen Hohlräumen. Einige Höhlen sind schon uralt, andere wurden im Kalten Krieg künstlich erweitert.“

„Und wo genau führst du uns jetzt hin?“, fragte

Markinson. „Ich meine, ich will nicht mitten zwischen die Russen geraten."

Bhaku schüttelte den Kopf, während er sich unter einen niedrigen Felsbogen duckte. „Dafür werde ich sorgen. Wir müssen sehen, welche Eingänge noch intakt sind. Die Russen haben nach den Raketentests viele dieser Gänge gesprengt oder blockiert."

„Super", murmelte Bauer. „Soll das heißen, wir sitzen doch in der Falle?"

„Nein, es gibt Zugänge, von denen sie nichts ahnen", sagte Bhaku mit einem wissenden Lächeln. „Ich kenne die alten Höhlen so gut wie kein anderer."

Baxter blieb stehen, wischte sich einige Tropfen von der Stirn. „Und wenn wir rauskommen ... was dann?"

Alle schwiegen. Die Frage hing schwer im Raum.

Markinson seufzte. „Hat die Mission überhaupt noch eine Chance? Oder sind wir längst tot und nur zu blöd, um es zu merken?"

Ein leichtes Grollen vibrierte plötzlich durch die Wände. Staub rieselte von der Decke, kleine Steinchen klackerten auf den Boden.

Lucas fuhr herum. „Granaten? Oder wieder ... diese Tests?"

Bhaku lauschte mit geschlossenen Augen. „Ich weiß es nicht, klingt aber nicht wie ein natürliches Beben."

Die Vibrationen verebbten und sie gingen weiter, tasteten sich schrittweise durch den endlosen Gang. An einer Kreuzung blieb Baxter abrupt stehen. „Halt!"

Alle Lampen richteten sich auf die Wand – und dort, halb von Staub bedeckt, blitzte Metall auf. Kabel. Ein graues Kästchen mit kleinen, rot leuchtenden Dioden.

„Was zum Teufel ist das?", fragte Lucas leise.

„Sensorik“, flüsterte Bauer sofort, die Stirn in Falten. „Eine Lichtschranke wahrscheinlich.“

Bhaku nickte. „Das sind Geräte der Soldaten. Sie haben einige der Gänge damit ausgerüstet.“

Markinson fluchte leise. „Also gehen wir nicht diesen Weg entlang.“

„Besser nicht“, murmelte Bhaku düster. „Genau da lang führt einer der Haupttunnel. Ich war einmal dort. Kam kaum lebend wieder raus. Alles voller Wachen.“

Baxter trat näher, inspizierte die Kreuzung. „Welche Richtung?“

Bhaku zögerte, dann nickte er nach rechts. „Osten.“

Baxter schüttelte den Kopf. „Das würde uns wieder weit von der Anlage wegbringen. Wir haben immer noch einen Auftrag zu erfüllen und der liegt im Norden.“

Markinson nickte. „Nun, wenn rechts Osten ist, dann führt der Gang mit den Sensoren genau gen Norden. Und ... na ja, da ausgerechnet dieser Tunnel stark gesichert ist ...“

„... führt er vielleicht direkt zur Anlage“, ergänzte Baxter langsam.

Lucas lächelte schief. „Na, das wäre doch was! Wir stolpern aus Versehen direkt in deren Geheimbasis.“

„Das Überraschungsmoment“, sagte Bauer nachdenklich, „wäre aber in jedem Fall auf unserer Seite.“

Einen Moment lang war es still, nur das Tropfen und ein leises Wummern aus der Erde erfüllten die Dunkelheit um sie herum. Dann hob Baxter die Waffe. „Okay. Im Grunde haben wir nichts zu verlieren. Wir müssen schnell und entschlossen handeln. Keine halben Sachen.“

Lucas näherte sich dem vermeintlichen Alarmsensor der Russen. „Ich werde versuchen, ihn zu überbrücken.“

„Moment“, sagte Baxter und drehte sich zu Bhaku. „Du gehst nach Osten zum Ausgang. Ich werde dich nicht mitten in die Höhle des Löwen mitnehmen. Hast du das verstanden?“

Bhaku setzte zu einer Erwiderung an, doch Baxter blieb hart. „Keine Diskussion. Wir sind dir dankbar für alles, aber hier trennen sich unsere Wege. Es ist zu gefährlich.“

Nun nickte der junge Ewene langsam. „Ich gehe nach Osten“, sagte er.

„Beeil dich! Und lass dich nicht erwischen“, riet Markinson.

Bhaku lächelte knapp, dann eilte er durch den Tunnel davon.

„Sie haben grünes Licht“, sagte Baxter nun zu Lucas, der sich prompt am Gerät zu schaffen machte. Nach wenigen Sekunden erlosch der rote Laser.

„So, jetzt machen wir besser schnell. Ich weiß nicht, ob ich den Sabotagekontakt richtig überbrückt habe.“

Sie setzten sich zügig in Bewegung – zielstrebig, mit militärischer Präzision und einem Ziel vor Augen. Aber sicher spürte nicht nur Markinson die Angst im Nacken, während sie immer tiefer in den gesicherten Tunnel vordrangen, an dessen Ende womöglich das Ziel ihrer Operation wartete – oder aber ein allzu jähes Ende.

***

Orel-8,
Kommandostation
12:42 Uhr

Oberst Borissow beugte sich über den Bildschirm des wachhabenden Offiziers in der Sicherheitszentrale von Orel-8. Die Haut des jungen Mannes wirkte kränklich blass im fahlen Licht der Monitore. „Also, was haben Sie für mich?“, fragte der Kommandant ruppig.

Der Soldat deutete mit dem Zeigefinger seiner Rechten auf einige blinkende Anzeigen. „Der Manipulationsalarm eines Bewegungssensors hat ausgelöst. In Sektor D-17. So was kommt wegen der Feuchtigkeit öfter vor, aber nun registrieren wir Thermalsignaturen vorn im Tunnel. Mehrere Ziele.“

Borissow kniff die Augen zusammen. „Wie viele?“

„Vier oder fünf, ganz sicher kann ich es nicht sagen. Sie bewegen sich schnell.“

Der Oberst ballte die Rechte zur Faust. „Verdammt. Das sind sicher die Amerikaner, deren Hubschrauber gestern abgeschossen wurde.“ Er betätigte einen Knopf an der Konsole. „Trupp Alpha, sofort in Sektor D-17. Die Eindringlinge aufhalten und festsetzen. Ich will sie lebend – wenn möglich.“

Ein raues „Jawohl, verstanden!“, kratzte durch die Funkverbindung.

Nur wenige hundert Meter Luftlinie entfernt bedeutete Ruth Baxter dem Team, haltzumachen. „Hört ihr das?“

Ein entferntes Knirschen war zu hören, ein Dutzend Stiefel auf porösem Steinboden.

Baxter wusste, es war zu spät, um Deckung zu suchen. Aus den Schatten blitzten Taschenlampen auf, Kommandos hallten auf Russisch: „Waffen weg! Jetzt!“

Noch bevor sie Gelegenheit hatten, den Befehlen überhaupt Folge zu leisten, peitschten schon die ersten Schüsse durch die Dunkelheit, Querschläger prallten unkontrolliert von den Felswänden ab.

Baxter riss Markinson zu Boden, Lucas quetschte sich in eine Nische im Fels. Bauer ging in die Hocke und feuerte zurück.

Dann kamen Schüsse aus dem Tunnel hinter ihnen.

„Verdammt, wir sind eingekesselt!“, brüllte Baxter über den Lärm der Waffen hinweg.

Bauer stieß einen spitzen Schrei aus und sein Feuer verebbte.

„Sargent!“ Baxter fuhr herum, sah Bauer zusammenbrechen, Blut quoll im Licht der Taschenlampen fast schwarz aus seinem Mund.

„Waffen niederlegen! Hände hinter den Kopf!“, schrie ein russischer Soldat und sprang aus der Dunkelheit. Er zielte mit seinem Gewehr direkt auf sie, den Finger nervös am Abzug.

Markinson wusste sofort: Jeder weitere Widerstand war sinnlos – nein, es wäre purer Selbstmord.

Einer nach dem anderen wurde zu Boden gedrückt, die Gewehrläufe kalt im Nacken.

Baxter kniete neben Bauer, dessen Blick allmählich ins Leere glitt. „So eine Scheiße ...“, röchelte er noch, dann erlosch das Licht in seinen Augen.

Wie im Wahn schnellte Baxter vor, stieß einen der Russen um, entriss ihm sein Gewehr und feuerte mitten in den feindlichen Trupp hinein. Einige gingen zu Boden.

Markinson konnte nicht fassen, wie schnell alles geschah. Doch so rasend wie Baxters Ausbruch begonnen hatte, so schnell endete er auch wieder. Eine Kugel traf sie in die Seite und sie stürzte.

Die Russen waren sofort über ihr und drückten sie brutal zu Boden.

Auch Markinson und die anderen wurden gefesselt. Kabelbinder schnitten in die Handgelenke, die Russen agierten präzise und eiskalt.

Dann wurden sie fortgeschleppt, weiter in den Tunnel hinein, an dessen Ende nach knapp hundert Metern ein schweres doppelflügeliges Stahltor in Sicht kam. Es war passgenau in den Fels eingelassen und wirkte derart massiv, dass es wohl sogar einem Raketenbeschuss standhalten könnte. Dennoch glitt das Tor so leise und sanft auf, dass es auf Markinson befremdlich wirkte.

Ein groß gewachsener, breitschultriger Mann trat in aller Ruhe heraus – kantiges Gesicht mit vernarbter, unreiner Haut. Die rot hervortretenden Äderchen bildeten einen harten Kontrast zu seinem fast schneeweißen Haar. Der Russe musterte Markinson und die anderen Gefangenen mit frostigem Blick.

„Willkommen in Orel-8, ich bin Oberst Borissow, der Befehlshaber in dieser Anlage“, sagte er kühl. „Ich hoffe, Sie hatten eine angenehme Reise – auch wenn Ihr Aufenthalt hier nicht so verlaufen dürfte, wie Sie das geplant haben.“ Er setzte ein satanisches Lächeln auf, so, als freue er sich schon darauf, sie einen nach dem anderen zu foltern.

Kaum waren sie durch die massive Schleuse ins Innere der Anlage getreten, schloss sich diese wieder und versiegelte den Weg in die Außenwelt.

„Bringt sie in den Isolationstrakt!“, ordnete Borissow an. „Ich melde ihre Gefangennahme.“

***

Im Dorf der Ewenen,
Hütte am Rand des Lagers
16:10 Uhr Ortszeit

Ein Kampfschrei zerschnitt die Stille der Hütte. Fiebrig und schweißnass warf Major Craig Armstrong die Decken und Felle beiseite und fuhr hoch, die Augen zuckten wild umher. „Sie kommen! Russische Truppen von Osten ... alle Mann in Deckung! Feuern, wenn bereit."

Er fegte einige Holzschalen von einem niedrigen Tischchen, warf sich dahinter zu Boden, tastete nach einer nicht existenten Waffe und stieß unablässig Flüche aus.

Die beiden Ewenen-Frauen, die ihn pflegten, waren längst entsetzt ans andere Ende der Hütte zurückgewichen.

„Beruhige dich!", rief eine von ihnen aufgebracht, während die andere nach einem feuchten Tuch griff und sich Armstrong zögerlich wieder näherte.

Der jedoch schlug das Tuch wütend weg. Er verstand die Frauen nicht, nicht ihre Sprache, nicht ihre Handlungen. Er schwebte zwischen Wahn und Wirklichkeit und sah die Grenze zusammenschmelzen wie eine Kugel Eis in der Sonne.

Von seinem Ausbruch erschöpft kroch er hinter dem Tisch auf allen vieren hervor, versuchte, auf die Beine zu kommen, während er brüllte: „Nicht zurückweichen! Haltet die Stellung!" Er warf mit den Holzschalen nach seinen Pflegerinnen. Die Frauen schrien auf.

Dann wurde die Tür zur Hütte aufgerissen. Nikan stürmte herein, den Bogen noch geschultert, das Gesicht vor Zorn verzerrt. „Was geht hier vor?", brüllte er und wartete nicht auf eine Antwort. Als er den tobenden Amerikaner sah, zögerte er keine Sekunde. Mit Gewalt packte er Armstrong, drückte ihn zu Boden und verdrehte ihm den Arm auf den Rücken.

Der durchtrainierte Soldat war zu schwach, um sich zu wehren, und ergab sich in sein Schicksal. Keuchend verlor er das Bewusstsein.

Die Frauen halfen, ihn wieder auf die Liege zu zerren.

Nikan fesselte ihn fest mit Lederriemen, sodass Armstrong nicht wieder aufstehen konnte. „Es ist genug!“, schnauzte er. „Dieser Mann bringt uns alle ins Verderben. Er gehört nicht hierher!“

Die Frauen wichen mit gesenktem Blick zurück, sammelten Decken und Geschirr ein, die verstreut herumlagen.

In diesem Moment betrat Humayun, der alte Schamane, die Hütte. Sein Gesicht war ruhig wie immer, die Augen jedoch wachsam. „Was ist geschehen?“, fragte er leise.

Nikan zeigte auf den gefesselten Soldaten, dessen Brust sich heftig hob und senkte. „Er ist ein Fluch für das Dorf! Wir sollten ihn töten, bevor es zu spät ist!“

Humayun schüttelte den Kopf, stellte sich nahe an Nikan heran. „Das ist nicht unser Weg. Nicht unser Gesetz. Das Blut Unschuldiger zu vergießen – auch wenn sie uns Gefahr bringen – verstößt gegen alles, wofür unser Volk steht. Das weißt du sehr gut!“

Nikan ballte die Fäuste, seine Stimme überschlug sich fast. „Unschuldig? Diese Amerikaner haben meinen Sohn ins Unglück gestürzt! Bhaku ist verschwunden! Bestimmt ist er den Fremden nachgelaufen. Seine verdammte Neugier …, und jetzt liegt er irgendwo zwischen den Fronten oder ist schon tot!“ Er sank auf die Knie, den Kopf in den Händen. „Wo ist … mein Junge …“

Grabesstille breitete sich aus, nur das dumpfe Röcheln des Fiebernden war zu hören.

Humayun legte Nikan eine Hand auf die Schulter. „Wir dürfen nie die Hoffnung verlieren, mein Freund. Nicht in den dunkelsten Nächten, nicht in den schlimmsten Zeiten. So schrecklich die Visionen auch sind – sie zeigen uns nicht das Ende, sondern nur Warnungen.“

Nikan hob den Kopf langsam. „Was … hast du wieder gesehen, alter Mann?“, fragte er ernüchtert.

Der Schamane zögerte. In seinen Augen flackerte ein Bild, das tief aus einer anderen Welt kam. „Ich sah den großen Berg beben …, sah Feuer, das vom Himmel fiel …, sah Schatten, die sich über das Land legten, und ein Ende, das alles verschlingen könnte.“

„Wieder der alte Unsinn“, murmelte Nikan schließlich und schüttelte heftig den Kopf. „Ich habe nie an so etwas geglaubt. Aber diese Gefahr hier ist real, das weiß ich.“ Er zeigte auf Armstrong. „Ich werde den Amerikaner fortbringen, bevor es zu spät ist. Ich kenne Männer, die mir helfen werden. Wir müssen unser Dorf schützen.“

Humayun nickte langsam. „Sobald er wieder bei Kräften ist. Dann … ja. Aber nicht aus Hass. Aus Notwendigkeit.“ Der Alte blieb einen Moment still stehen, dann sagte er mit leiser Stimme, die kaum hörbar war: „Und Bhaku … lebt.“

Nikan hob ruckartig den Kopf.

„Die Geister sind bei ihm“, fügte Humayun hinzu, sein Blick voller innerer Gewissheit. „Ich spüre es. Noch ist nichts verloren.“

Nikan schloss die Augen, rang um Fassung. „Ich wünsche mir, dass diese Vision die Wahrheit ist“, flüsterte er.

13

Unterste Ebene von Orel-8, Gefängnistrakt
16:33 Uhr

Die Zelle war karg, kalt und feucht – ein fensterloser Raum von kaum mehr als acht Quadratmetern, mit glatten Metallplatten als Wänden, die im fahlen Neonlicht wie die matte Seite von Alufolie schimmerten, aber sicher weitaus stabiler waren als diese.

William Markinson beobachtete nun schon geraume Zeit Serverin Lucas, wie dieser mit den zusammengebundenen Händen methodisch die Fugen entlang tastete. Mit den Fingerknöcheln klopfte er gegen jede Platte, so, als könne irgendwo ein Hohlraum oder eine Schwachstelle schlummern, die wie auf wundersame Weise ihre Flucht ermöglichte.

„Geben Sie es auf", murmelte Markinson nun, der auf einer harten Pritsche an der Wand saß, den Blick zur schweren Stahltür gerichtet, die den Ausgang versperrte „Die Russen wissen, wie man Gefängnisse baut. Diese Zelle hier ist ausbruchssicher. Selbst wenn man irgendwie aus diesem Loch rauskommt – da draußen stehen bewaffnete Posten. Das Stahltor am Zugang nicht zu vergessen."

Lucas schnaubte unzufrieden, zog die Finger vom Metall. „Das weiß ich. Aber was soll ich sonst machen? Hier herumsitzen und warten, bis sie uns auseinandernehmen? Die Russen bauen nicht nur gute Zellen, sie sind auch sehr geübt darin, die Insassen zum

Reden zu bringen. Ich weiß ziemlich genau, was diese Schweine mit uns vorhaben." Er ließ sich auf die zweite Pritsche fallen.

Markinson seufzte und zwang sich, seine Stimme nicht zu niedergeschlagen klingen zu lassen. „Wir müssen ruhig bleiben. Jeder Fehler bringt uns nur schneller ins Grab."

Lucas antwortete nicht darauf, vermutlich wusste er das selbst nur zu gut.

In der Zelle gewann wieder Schweigen die Oberhand, begleitet vom gedämpften Summen der Klimaanlage und einem allgegenwärtigen Wummern, das sich auf die Stimmung legte wie die Vorahnung einer Katastrophe.

Markinson blickte in eine Ecke, wo der junge Ewene Bhaku zusammengerollt saß, die Knie an die Brust gezogen, die Augen leer auf den Boden gerichtet. Das Gesicht des Jungen war fahl, die Lippen zusammengepresst und blutleer. „Ich dachte, er würde es zum Ausgang schaffen, aber die Russen haben ihn doch erwischt", meinte er bitter.

„Seit sie ihn hergebracht haben, hat er kein Wort gesagt", flüsterte Lucas. „Der Junge ist völlig durch den Wind."

„Er hat bestimmt ... schon seine eigenen Erfahrungen mit den Russen gemacht", vermutete Markinson. „Wer weiß, was er alles gesehen hat."

Lucas fuhr sich durch die Haare, sah zur Tür. „Und Baxter? Sie haben sie weggeschafft. Liegt sie auf der Krankenstation? Oder ...?"

Markinson zuckte mit den Schultern. „Ich weiß es nicht. Die Wunde sah böse aus."

In diesem Moment donnerten schnelle Schritte

durch den Korridor vor der Zellentür, mindestens zwei, wenn nicht drei Personen. Die Schritte stoppten, dann folgte das metallische Klirren eines Schlüsselbundes.

Die schwere Stahltür öffnete sich und ein Mann trat ein, flankiert von zwei Wachen. Er trug eine militärische Uniform, jedoch ohne die üblichen Abzeichen, darüber ein offener grauer Mantel. Sein sinistres Lächeln sprach Bände, in der linken Hand hielt er eine Mappe mit Papieren.

Lucas stand auf, blickte den Neuankömmling düster an, während Markinson sitzen blieb.

„Ah", begann der Unbekannte mit einer fast gönnerhaften Stimme. „Unsere amerikanischen Gäste." Er blickte in die Ecke, in der Bhaku saß. „Und das ist wohl der kleine Freund aus der Wildnis, der sie zu uns geführt hat." Er blieb vor Bhaku stehen, musterte den verängstigten Jungen mit kaltem Blick, ehe er sich wieder Lucas und Markinson zuwandte.

„Ihr seid also die Spione, die meinten, unsere Geheimnisse aufdecken zu können."

Lucas schwieg eisern und auch Markinson wusste nicht, was er darauf erwidern sollte.

„Nun, dann kommen wir zum offiziellen Teil. Ich bin Dimitri Sowa, vom russischen Präsidenten Anatoly Bolshakov persönlich mit der Aufgabe betraut, mich um diesen kleinen Zwischenfall zu kümmern." Sowa öffnete seine Mappe und blätterte die Dossiers durch, dann hob er die Augenbrauen. „Wer Sie sind, weiß ich ja nun schon, Dr. William Markinson. Eine solche Koryphäe in unserer bescheidenen Anlage, das ist doch ein echter Glücksgriff." Sein Lächeln wurde breiter und zugleich noch fieser. „Was für eine Bereicherung für das Team. Ich denke, Sie werden uns von großem Nutzen sein."

Markinson spürte tiefe Abscheu gegen diesen Mann in sich aufsteigen. „Vergessen Sie es. Ich werde bei Ihrem Wahnsinn nicht mitmachen“, sagte er trocken.

Sowa lachte leise. „Diese Sprüche kenne ich. Am Anfang sind immer alle ganz harte Helden.“ Er trat einen Schritt näher. „Aber glauben Sie mir: Wir haben … erprobte Methoden, Menschen zu motivieren.“

Da traf es Markinson wie ein Schlag, seine Miene veränderte sich schlagartig. „Denise! Wo ist sie?“

Sowa zog genießerisch die Augenbrauen hoch. „Ach, Sie meinen die Frau, die Ihnen so am Herzen liegt, dass Sie sich sogar einem solchen Himmelfahrtskommando angeschlossen haben – das, wie ich sagen muss, stümperhaft geplant war.“ Er wedelte leicht mit den Akten. „Keine Sorge. Ihre Freundin befindet sich hier – in dieser Einrichtung. Und sie arbeitet bereits fleißig an unserem Projekt.“

Markinson sprang fast von der Pritsche. „Bringen Sie mich zu ihr!“

Die Wachen an der Zellentür machten ebenfalls einen Schritt vor und hoben die Waffen, sofort bereit zu schießen, sollte Markinson Dummheiten machen.

Mit demonstrativer Ruhe hob Sowa die Hand und bedeutete den Wachen, die Waffen zu senken. „Der gute Doktor braucht wohl noch ein wenig, um sich an die Situation zu gewöhnen. Aber ich bin mir sicher, dass ein Mann von seiner Intelligenz zu den richtigen Schlüssen kommen wird.“

Er wandte sich wieder Bhaku und Lucas zu, sein Blick glitt lauernd von einem zum anderen. „Zuerst muss ich mir überlegen, ob ihr beide noch irgendeinen Nutzen für uns habt … oder ob ihr nur wertvolle Ressourcen verschwendet. Und Sie, Markinson! Bei meinem nächsten Besuch hier unten will ich von Ihnen etwas mehr Engagement sehen."

Nun wandte sich Sowa mit einem letzten, fiesen Lächeln ab, winkte den Wachen zu und verließ den Raum. Die Stahltür schloss sich mit einem dröhnenden Knall.

Die Zelle fiel zurück in trostloses Schweigen. Bhaku saß immer noch stumm in der Ecke, Lucas ballte die Fäuste, und Markinson starrte ins Leere, seine Gedanken kreisten wie ein Mahlstrom. Er hasste es, zur Untätigkeit verdammt zu sein, mit der stetigen Ungewissheit zu hadern und womöglich noch dazu gezwungen zu werden, als Handlanger der Russen zu agieren. Er wandte sich an Lucas und flüsterte diesem zu: „Wir brauchen ganz dringend einen Plan."

***

Präsidentenresidenz Nowo-Ogarjowo, Moskau
12:45 Uhr Ortszeit

Eine dünne schwarze Linie teilte den Bildschirm in Ost und West – auf den beiden Videobildern saßen sich zwei mächtige Staatsmänner gegenüber, die sich nach monatelanger politisch angespannter Lage endlich via Videokonferenz direkt austauschten.

Im gedämpften Licht seines Büros saß der russische Präsident Anatoly Bolshakov, umgeben von schwerem, dunklem Mobiliar und vergoldeten Kunstwerken, in denen die Geschichte Russlands ebenso spürbar war wie die Präsenz seiner Macht.

Auf dem zugeschalteten Videobild flimmerte das Gesicht des US-Präsidenten Gregory Taft, der in der eher modern-nüchternen Umgebung eines Konferenzraums saß.

Der Bildausschnitt war eng, aber Bolshakov war sich ziemlich sicher, dass weitere Personen bei Taft im Raum waren, Berater, Agenten, Analysten. Das war typisch für die Amerikaner – führungsschwach, immer auf Hilfe angewiesen. Bolshakov verachtete das. Ein starker Staat brauchte einen unantastbaren Führer, keine politische Marionette, die sich einflüstern ließ, was sie zu tun und zu lassen hatte. Doch Bolshakov wusste auch, dass jetzt nicht der richtige Augenblick war, seinem Gegenüber das zu sagen. Er hatte andere Pläne.

„Präsident Taft, es ist lange her, dass wir in direkten Kontakt getreten sind“, begann Bolshakov mit ruhiger, aber fordernder Stimme. „Dennoch es ist notwendig, denke ich. Meine Truppen in Kamtschatka haben Überlebende eines Hubschrauber-Absturzes geborgen. Es handelt sich um Personen, die sich offensichtlich in diese entlegene Region verirrt haben. Unseren Informationen zufolge dürften es Amerikaner sein. Sie wissen Bescheid?“

Gregory Taft antwortete nicht sofort, aber sein ernster Ausdruck verriet, dass dem amerikanischen Präsidenten Bolshakovs Worte nicht gefielen. Sein Kopf wurde rot vor Empörung. „Geben Sie unsere Leute heraus!“

Die Worte dröhnten aus den Lautsprechern auf Bolshakovs Schreibtisch und er sah, dass Tafts Finger unwillkürlich auf dem massiven Schreibtisch trommelten, so, als habe er Mühe, sich im Zaum zu halten.

Bolshakov genoss den Anblick. Er lehnte sich gelassen zurück und erwiderte mit präziser Diplomatie:

„Natürlich werden wir sie freigeben, sobald ihr Zustand es zulässt. Sie werden medizinisch versorgt und sind in besten Händen."

Eine bedrohliche Ruhe breitete sich aus, während beide Staatsoberhäupter das Gesagte nachwirken ließen. Bolshakov meinte, ein leises Tuscheln aus dem Hintergrund zu hören, das die digitale Übertragung nicht ganz herausfiltern konnte. Jetzt gaben sicher wieder die Berater ihre Meinung zum Besten und wollten Einfluss auf Taft nehmen.

Schließlich brach Taft das Schweigen. „Reden wir offen. Was geht in Ihrer Anlage vor sich? Wenn Sie dort eine neue Waffentechnik ausbrüten, werden wir mit aller Härte reagieren."

Bolshakov ließ einen leisen Seufzer durch, bevor er mit fester, gleichmütiger Stimme antwortete: „Aber nicht doch. Das ist ein rein ziviles Projekt, welches zur Sicherung unserer Energieversorgung dient. Sie wissen sehr gut, dass das Zeitalter des Öls enden wird. Wir müssen uns darauf vorbereiten; neue Wege gehen, neue Energien erschließen. Und dabei setzen wir auch auf innovative Technologien."

Die Spannung zwischen den Präsidenten war greifbar. Es schien, als würden sich politische Schwergewichte gegenseitig ausloten – wer von beiden die Karten offenlegte, ohne zu viele strategische Informationen preiszugeben.

Taft besaß einen starrsinnigen Charakter und neigte zu spontanen Wendungen, das wusste Bolshakov, dennoch war er sich sicher, das Gespräch im Griff zu haben.

Trotzdem gelang es Taft, ihn zu überraschen, als dieser vorschlug: „Ein Austausch von Wissen könnte vielleicht zur Deeskalation beitragen. Zeigen Sie uns, was Ihre Anlage leistet, und wir könnten im Gegenzug unsere Erkenntnisse beisteuern, so ließen sich sicher neuartige Reaktoren, Antriebssysteme und Energiespeicher schaffen.“

Bolshakov schüttelte den Kopf. „Ein derart offener Austausch entspricht nicht meinen Vorstellungen. Dieses Mal haben wir die Nase vorn. Wenn Sie an einem Technologietransfer interessiert sind, werden Sie dafür bezahlen müssen. Sobald es so weit ist, können Sie unsere Errungenschaften gern lizenzieren.“

Tafts Gesichtsausdruck verfinsterte sich sichtbar, als er in den Bildschirm starrte. Bolshakov wusste, dass seine Worte die beabsichtigte Wirkung erzielt hatten.

„Wir brauchen einen Beweis, dass die in Kamtschatka geborgenen Personen tatsächlich unsere Landsleute sind und vor allem noch leben. Direkte, überprüfbare Bilder und offizielle medizinische Berichte“, sagte Taft bestimmt, ohne auf Bolshakovs Seitenhieb einzugehen.

Bolshakov nahm sich die Zeit, gründlich darüber nachzudenken. „Ich kann Ihnen zusichern, dass alle medizinischen Maßnahmen streng protokolliert werden. Natürlich lasse ich Ihnen Kopien zukommen. Als Zeichen meines guten Willens. Wir beide wissen, dass diese Operation höchst illegal war und man sie leicht als feindlichen Akt auslegen könnte. Wenn ich Ihnen also Belege liefere, dass Ihre Leute wohlauf sind, erwarte ich im Gegenzug, dass keinerlei weitere Aktionen gegen mich – und gegen unsere nationale Souveränität – geplant sind.“

Taft ließ sich Zeit, entweder, um selbst zu grübeln, oder sich wieder etwas von seinen Beratern einflüstern zu lassen. Bolshakov war sich bewusst, dass Tafts Zusicherungen und Garantien nicht lange Bestand haben dürften, aber sie würden ihm etwas Zeit verschaffen.

Der amerikanische Präsident wusste sicher ebenso gut wie Bolshakov, dass sie in ein Spiel verstrickt waren, das weit über diesen Moment hinausging. Die Welt blickte mit wachsender Besorgnis auf die Spannungen der beteiligten Nationen.

Ein Erfolg in Kamtschatka würde nichts weniger bedeuten als eine neue Balance der geopolitischen Kräfteverhältnisse.

„Nun?“, hakte Bolshakov nach. „Ich habe nicht ewig Zeit. Und Sie sind sicher auch ein vielbeschäftigter Mann, Herr Präsident.“

Als Taft erneut das Wort ergriff, klang seine Stimme weniger aufgebracht, aber dennoch nicht minder fordernd als zuvor. „Es muss ein Weg gefunden werden, diesen Vorfall zu klären – nicht nur im Interesse unserer beiden Nationen, sondern im Interesse der internationalen Stabilität. Wir können und dürfen es uns nicht leisten, in dieser geopolitischen Lage den Kurs zu verlieren.“

Bolshakov nickte bedächtig. „Weise Worte“, sagte er. „Aber sie klingen hohl aus Ihrem Mund, wenn mir diese persönliche Meinung gestattet ist. Ich habe Ihnen bereits erklärt, worum es uns geht: saubere Energie für mein Volk und die Welt.“

„Nun, die Wahrheit wird sich bald zeigen“, erwiderte Taft ungerührt. „Lassen Sie uns hoffen, dass die Fakten die düsteren Vorahnungen entkräften. Übermitteln Sie die Lebenszeichen unserer Leute und ich sichere Ihnen zu, dass wir vorerst keine weiteren Schritte einleiten.“

Ein letztes, schweres Schweigen ließ beide Präsidenten einen Moment verweilen. Es war ein Schweigen, in dem die unausgesprochenen Drohungen, die strategischen Kalküle und die unterschwelligen Rivalitäten schwebten, nur verborgen hinter einer rissigen Fassade.

„Sie erhalten alles in Kürze“, sagte Bolshakov knapp, hob ein Glas hoch und prostete Taft zu. „Auf das Wohl der Welt.“ Dann beendete er die Verbindung, bevor der US-Präsident etwas erwidern konnte.

14

US-Forschungseinrichtung, Nevada,
19. September, 8:30 Uhr Ortszeit

Das sterile, bläuliche Licht der Monitore im Labor von Anita Grey reizte ihre Augen. Sie waren trocken und brannten nach der fast gänzlich durchgearbeiteten Nacht. Grey kramte Augentropfen aus ihrer Tasche und gab in jedes Auge eine Dosis. Sie wünschte sich eine Auszeit, ein Spaziergang auf einer grünen Wiese im Sonnenaufgang, mit Morgentau, der im Gras glitzerte und einer sanften Brise, die ihr durchs Haar wehte. Doch hier in dieser abgeriegelten Einrichtung gab es rund um die Uhr nur den Luftstrom der Klimaanlage. Wie immer ein bis zwei Grad zu kühl blies er ihr auch gerade wieder unangenehm in den Nacken.

Aber sie musste weitermachen, denn jetzt war nicht die Zeit, um sich eine Ruhepause zu gönnen. Es stand zu viel auf dem Spiel. Dennoch spürte sie immer deutlicher, wie der Dauerstress sie auslaugte.

Nun hörte sie, dass sich die Labortür hinter ihr öffnete und schloss. Sie brauchte sich nicht umzudrehen, um zu wissen, dass es Professor Mannheimer war, der mit schlurfenden Schritten näher kam. Er wollte sicher ein Update von ihr.

Grey wandte sich dem Bildschirm zu, ihre Finger flogen über die Tastatur. Diagramme, Zahlenkolonnen und Messergebnisse mit rot eingefärbten Ausschlägen verteilten sich auf den Monitoren.

Mannheimer stand mittlerweile hinter ihr, schweigend, wartend. „Harper will Antworten“, murmelte er düster. „Am besten gestern. Aber können wir sie ihm geben?“

Grey drehte sich nun um und sah den Professor direkt an. Er hatte die Hände hinter dem Rücken verschränkt, seine Stirn lag in Falten, die sich in den letzten Tagen immer tiefer eingegraben zu haben schienen. „Harper muss selbst wissen, dass wir die Antworten, die er fordert, nicht in einer Nacht liefern können.“ Sie stieß ein Seufzen aus. „Nun ja, ich habe zumindest ein paar weitere Puzzlestücke.“

Mannheimers Miene hellte sich etwas auf. „Die da wären?“

Grey schnappte sich einen Stapel Ausdrucke. „Ich habe die letzten Gravitationsdaten von TIGO in Chile, GEO600 in Deutschland und unserem eigenen LIGO kombiniert und korreliert. Dank des neuen Algorithmus sind die Prognosen jetzt viel präziser.“

Sie legte die Blätter auf den Tisch. Mannheimer beugte sich darüber. Das erste Diagramm zeigte eine Abfolge von Gravitationswellen, deren Spitzen und Täler in immer kürzeren Abständen aufeinanderfolgten.

„Die Wellen verdichten sich“, sagte Grey mit gedämpfter Stimme. „Das hier ist nicht so chaotisch wie zuerst angenommen. Es gibt ein Muster. Eine Art innere Logik.“

Mannheimer hob den Blick. „Also doch keine bloßen Waffentests.“

„Vermutlich nicht. Zumindest nicht in der Form, wie es die Militärs bisher vermutet haben.“ Grey zögerte, bevor sie leise hinzufügte: „Ich glaube … sie arbeiten an etwas Größerem, das sie jetzt nicht mehr kontrollieren können."

Mannheimers Augen verengten sich. „Glaubst du wirklich noch an diese Theorie von einer sauberen Energiequelle?"

Grey schüttelte den Kopf. „Ich weiß es nicht. Aber wenn es ein Bombentest wäre, wären die Muster willkürlicher, vereinzelt. Diese Symmetrie hier ..., das spricht für einen kontinuierlichen Prozess, es muss ein Wechselspiel zwischen chaotischen Ausbrüchen und stabilisierenden Faktoren geben."

„Stabilisierung?" Mannheimer lachte trocken. „Wenn das hier Stabilität ist, will ich nicht wissen, wie ihre Katastrophen aussehen."

„Ich rede nicht vom Endergebnis. Aber die Russen ergreifen vermutlich Maßnahmen, um die Lage in den Griff zu bekommen."

Ein leiser Piepton unterbrach das Gespräch. Grey griff nach dem Tablet neben ihr und las die neu eingegangene Nachricht von Commander Raines. „Bericht aus Russland. Unser Einsatztrupp wurde gefangen genommen. Sie werden medizinisch versorgt – angeblich."

Mannheimer runzelte die Stirn. „Markinson? Ist er dabei?"

Grey zuckte hilflos mit den Schultern. „Keine Details, nicht einmal die Anzahl der Personen wird genannt. Wir haben nur die Info, dass die Gefangenen am Leben sind."

„Man hätte ihn nicht mitgehen lassen dürfen." Mannheimer fuhr sich durch die weißen Haarsträhnen. „Wir haben William auf ein Himmelfahrtskommando geschickt, ohne wirklich zu wissen, worauf er und die anderen sich einlassen. Was, wenn wir ihn geopfert haben, weil die Militärs Angst vor einer neuen Bombe hatten, es aber letztlich doch nur ein Versuchsreaktor ist?“

Grey sah ihn ernst an. „Er wusste, worauf er sich einlässt. Er war selbst fest entschlossen, mitzugehen. Aber ja ..., das Risiko war hoch. Das ist es immer noch.“

Beide starrten eine Weile schweigend auf die Bildschirme mit den Messdaten und Analysen. Da poppte plötzlich ein neues Fenster mit aktualisierten Werten auf.

„Das sieht heftig aus“. Mannheimer trat einen Schritt vor.

Grey tippte einige Befehle ein, rief die neuesten Details auf. „Es ... es war ein weiterer Ausschlag. Ein großer.“

Sie zoomte in die Daten hinein, die Kurven schossen in die Höhe, fast senkrecht. „Verdammt. Das ist gewaltig. Und es passt ins Muster. Ich habe es befürchtet – die Ausbrüche werden größer. Viel größer.“

Mannheimer seufzte, er klang plötzlich wieder niedergeschlagen, als er fragte: „Was ist die Prognose?“

„Wenn das hier so weitergeht, dann stehen wir kurz vor einem ... massiven Ereignis. Größer als alles, was wir bisher gemessen haben.“

Mannheimer starrte auf die steigenden Zahlen und nickte. „So viel zu den stabilisierenden Faktoren der Russen. Ich denke, sie haben die Kontrolle schon längst verloren.“

Grey nickte zögerlich. „Alles deutet genau darauf hin. Sie versuchen nur noch, die Katastrophe unter dem Radar zu halten. Das bedeutet aber auch, dass wir nicht mehr viel Zeit haben. Wenn dieser Trend anhält ..., kommt der große Knall schneller, als uns lieb ist.“

Mannheimer presste die Lippen zusammen. „Dann müssen wir Harper informieren. Und das sofort. Mir gefällt zwar nicht, was er dann womöglich tun wird, aber wir können diese Erkenntnisse nicht verschweigen."

Er warf Grey noch einen halb fragenden, halb entschuldigenden Blick zu und griff dann zum Telefon.

***

Orel-8,
19. September, 8:05 Uhr

Die schweren Schritte der beiden Wachen hallten von den glatten Korridorwänden in der geheimen russischen Forschungsanlage wider, während sie William Markinson immer weiter von seiner Zelle weg in Richtung Forschungstrakt führten. Seine Hände waren nach wie vor gefesselt, die Haut an seinen Handgelenken rot und wund. Er fühlte sich immer noch müde, obwohl er letzte Nacht tatsächlich mehr als acht Stunden Schlaf gefunden hatte. Die Pritsche in der Zelle bot kaum Komfort, doch das war ihm herzlich egal gewesen. Nach den Strapazen der zurückliegenden Tage war er derart ausgelaugt und erschöpft gewesen, dass sein Körper die Ruhepause einfach eingefordert hatte.

Markinson musterte die beiden Soldaten, die ihn vor wenigen Minuten unsanft geweckt und gedrängt hatten, umgehend mitzukommen. Ohne Frühstück, ohne die Chance, vorher den schäbigen Waschplatz der Zelle zu benutzen und ohne Rücksicht auf seine immer noch schmerzenden Rippen.

Seine beiden Begleiter waren durchtrainierte Männer mit kalten Augen, die Maschinenpistolen stets griffbereit. Auch wenn Markinson für einen kurzen Moment darüber nachgedacht hatte, sich loszureißen, so musste er doch einsehen, dass es sinnlos wäre. Es gab keine Chance zu fliehen.

Markinsons Gedanken sprangen zum Rest seines Teams: Baxter, Lucas ... und zu Bhaku ..., der Junge sollte nicht hier sein. Vielleicht könnte er wenigstens seine Freilassung erwirken, wenn er sich bereit erklärte, am Projekt der Russen mitzuarbeiten. Ein dicker Kloß bildete sich in seinem Hals und fast im gleichen Moment ging ihm das Wort „Kollaborateur“ durch den Kopf. Er sollte nicht einmal in Betracht ziehen, den Russen zu helfen. Doch hatte er überhaupt die Macht, sich zu verweigern?

Sie blieben nun vor einer dicken Sicherheitstür stehen. Einer der Männer gab einen Code ein, ein grünes Licht blinkte auf. Die Tür glitt zischend zur Seite.

Sie schoben Markinson in den Raum und bezogen dann draußen Stellung. Prompt blieb er wie angewurzelt stehen. „Denise ...?“, hauchte er und traute seinen Augen kaum.

Da stand sie. Seine ehemalige Studentin, für die er immer ein wenig zu viel Zuneigung verspürt hatte. Die Frau, die ebenso brillant wie wunderschön war. Und die offenbar seit Monaten hier gefangen gehalten wurde. Ihre blonden Haare waren kürzer, das Gesicht blass, sie hatte dunkle Ringe unter den Augen, aber es war unverkennbar sie. Für einen Moment stand die Welt still, Markinson nahm die anderen Wissenschaftler im Raum kaum wahr.

„Will ...“ Denises Stimme war kaum mehr als ein Flüstern, bevor sie zu ihm eilte. Sie griff nach seinen Armen, als wollte sie sich vergewissern, dass er wirklich da war. Markinson sog scharf die Luft ein. Die Handschellen schmerzten.

„Oh, tut mir leid! Bist du okay? Was in aller Welt tust du nur hier? Sag bloß, sie haben dich auch entführt“, sprudelte sie nun los.

Markinson setzte ein gequältes Lächeln auf. „Ich war sogar so blöd, freiwillig hierherzukommen.“

„Doch nicht etwa meinetwegen?“, fragte Denise ungläubig.

„Schätze schon. Und weil es vielen wichtigen Leuten Sorgen macht, was hier geschieht.“

„Oh, ich weiß! Sie haben mir keine Wahl gelassen.“ Ihre Augen glänzten feucht. „Will, ich habe hier an etwas gearbeitet – ich musste. Sie haben meine Forschung – die auch deine Forschung war ... Ich ... wollte nie, dass ...“ Sie stockte. „Das alles wurde zu groß, zu gefährlich. Ich konnte nichts tun.“

Markinson schüttelte fassungslos den Kopf. „Oh, Denise. Ich fürchte, die spielen mit Dingen, die sie nicht kontrollieren können.“

Noch bevor Denise antworten konnte, ertönte ein scharfes Geräusch. Die Seitentür öffnete sich, und ein großer Mann trat ein – mit Halbglatze und dicker Brille, gekleidet in einen weißen Kittel. „Ah, der berühmte William Markinson.“ Seine Stimme war seidig, demonstrativ ruhig. „Gestatten – Dr. Juri Saljewitsch, der wissenschaftliche Leiter des Projektes.“

Markinsons Augen verengten sich. „Hocherfreut!“, erwiderte er in sarkastischem Ton. „Wie kann ich Ihnen bei Ihrem Wahnsinn behilflich sein?“

Saljewitsch reagierte überhaupt nicht auf den Seitenhieb, sondern lächelte, als ob er einem Schüler nun eine besonders elegante Lösung vorführen wollte.

„Sie sind bestimmt neugierig, was wir hier geschaffen haben, oder? Dann bringen wir mal ein wenig Licht ins Dunkel.“ Er machte eine einladende Geste zu einem Display an der Wand.

Diverse Wellenmuster, Diagramme, kryptische Messwerte sowie für Markinson unlesbare Texte in kyrillischer Schrift fanden sich darauf.

„Beginnen wir doch ganz am Anfang“, erklärte Saljewitsch, lud ein Video auf den Schirm und startete es. Es war die Aufzeichnung einer animierten Computersimulation. „Was wir hier beobachten, Herr Markinson, ist die Geburt eines Quantenkeims. Das ist sozusagen die Eizelle, aus der sich bei der richtigen Behandlung eine Singularität entwickelt. Winzig, jenseits einer mikroskopischen Abbildungsmöglichkeit – aber riesig in ihren Möglichkeiten.“ Er sprach mit einer Mischung aus Stolz und Ehrfurcht, die Markinson schaudern ließ angesichts dessen, was aus der einst genialen Idee werden könnte – oder schon geworden war?

„Wir haben den Embryo – Sie erlauben den Ausdruck, der natürlich fachlich nicht ganz korrekt ist – mit einem Atomlaser stabilisiert und genährt. Ohne diesen Laser würde der Keim augenblicklich kollabieren und zerstrahlen.“

Wie aufs Stichwort vibrierte der Boden unter ihnen und das Wummern schwoll an, sodass Saljewitsch eine Pause in seinem Vortrag einlegte.

Markinson sah ihn zweifelnd an. „Und Sie nennen das stabil? Sie haben hier leichtfertig die Büchse der Pandora geöffnet und freuen sich nun über ihren Nachwuchs?“

Saljewitsch lachte leise. „Ach, Sie Amerikaner – immer so kitschig.“

Markinson drehte sich zu Denise um. „Was habt ihr getan? Was haben sie dich gezwungen zu tun?“

„Ich ... ich habe nur geholfen, die Parameter zu kalibrieren. Meine Aufgabe war es, die theoretischen Grundlagen zu liefern und zu prüfen, ob wir auf Kurs sind.“ Denise schüttelte den Kopf. „Ich dachte, ich könnte ihnen wenigstens helfen, das Risiko zu minimieren. Aber sie hören nicht auf mich.“

Nun trat Saljewitsch näher, faltete die Hände hinter dem Rücken. „Herr Markinson, wir stehen am Beginn einer neuen Ära. Energiequellen jenseits aller Vorstellungskraft. Was sind schon ein paar Unannehmlichkeiten und Kinderkrankheiten dagegen?“

Markinson fühlte, wie sich sein Magen zusammenzog. „Ich fürchte, Sie wissen nicht, was Sie damit angerichtet haben.“

„Oh doch.“ Saljewitschs Augen blitzten. „Und bald werden Sie es auch verstehen.“

Er wandte sich um und rief den Wachen einen Befehl zu. „Bringen Sie ihn zum Beobachtungsdeck runter. Ich möchte, dass er mit eigenen Augen sieht, was wir erreicht haben.“

Während die Soldaten Markinson schon am Arm packten, sah Denise ihm noch einmal eindringlich in die Augen. „Will ..., es gibt bestimmt einen Weg, das Ganze zu stabilisieren.“ Ihre Stimme war fast ein Flüstern. „Vielleicht solltest du daran mitarbeiten?“

Markinson nickte zaghaft. Er war irritiert von Denises Vorschlag, wollte es sich aber nicht anmerken lassen. Womöglich war sie schon zu lange hier und hatte den Einfluss der Russen nicht so gut weggesteckt, wie er gehofft hatte. Doch gleichzeitig konnte er ihrem Vorschlag nicht völlig die Logik absprechen, so sehr ihm der Gedanke auch zuwider war. Er hatte nicht die geringste Lust, dem überheblichen Saljewitsch dabei zu helfen, wie er die Machtverhältnisse zugunsten von Bolshakov verschob. Andererseits ..., wenn er es nicht tat, konnte alles noch viel schlimmer werden.

„Ich begleite ihn nach unten", schlug Denise vor.

Saljewitsch wiegte den Kopf hin und her, so, als müsse er überlegen, ob das eine gute Idee sei. Schließlich nickte er und die Soldaten führten beide aus dem Raum.

15

Unweit der Ewenen-Siedlung,
kurz vor Sonnenuntergang

Schneeschwangerer Wind wehte über die kahle Ebene, zerzauste die struppigen Büsche und trug den Duft von offenen Feuern und Rentierdung in die Ferne.

Major Craig Armstrong humpelte schwer atmend neben Nikan her, gestützt auf einen abgenutzten Holzstock. Das Fieber war verschwunden, die Wunde am Bein nicht infiziert und gut verbunden. Aber die Erschöpfung steckte noch tief in jedem seiner Muskeln. Armstrong fühlte sich, als würde sein Körper nur von eisernem Willen und der groben Fellkleidung zusammengehalten, die die Ewenen ihm angezogen hatten.

Er konnte sich kaum an etwas erinnern, seit sie in Japan gestartet waren. Der Helikopter sei abgestürzt hatte man ihm erklärt, die anderen seien entweder tot oder von den Russen gefangen genommen worden.

Nun sei es an der Zeit, das Dorf zu verlassen und sich anderswo zu verstecken, hatte sein Führer Nikan ihm gesagt, bevor sie losgegangen waren.

Seitdem war Nikan schweigsam geblieben. Der bärtige Ewene trug die dicke Pelzjacke eng um die Schultern, während sie sich immer weiter von der Siedlung entfernten und in die Wildnis vordrangen. Nikans dunkle Augen waren stets wachsam, prüften das Gelände, das vor ihnen lag, spähten in die Ferne. Immer wieder blieb er stehen, um zu lauschen und einen knappen Blick auf Armstrong zu werfen. Wohl, um sicherzugehen, dass er nicht schlappmachte.

Aber Armstrong hatte nicht vor, schlappzumachen, auch wenn er nicht wusste, wohin genau sie gingen. Er hatte kaum eine Wahl gehabt. Seine Waffen und Ausrüstung waren verschwunden, seine Kraft war begrenzt und zudem schuldete er den Fremden etwas. Er wollte sie nicht in Gefahr bringen, das verstand er. Wenn die Russen ihn im Dorf aufgespürt hätten, wäre es vermutlich nicht bei unangenehmen Fragen geblieben.

Nach einer knappen Stunde Wanderung bewegten sie sich nun auf eine Ansammlung niedriger, getarnter Hütten zu, versteckt zwischen dichten Birken am Waldrand. Männer mit Tarnjacken und Maschinengewehren standen Wache.

„Nikan ..." Armstrongs Stimme war heiser. „Was zum Teufel haben Sie vor?" Er fürchtete, dass der Fremde ihn den Russen ausliefern wolle, und blieb stehen. Hatte er noch eine Chance zu fliehen?

„Es ist in Ordnung", sagte Nikan knapp. „Das sind keine russischen Soldaten."

Armstrong erkannte nun, dass es sich wohl um eine separatistische Kampftruppe handelte, was ihn jedoch nur bedingt beruhigte. Das hier war eine organisierte und disziplinierte Miliz, offensichtlich gut bewaffnet.

Im Lager angekommen, wurden sie sofort von drei Männern mit stechenden Augen und Kalaschnikows umringt. Einer von ihnen, ein drahtiger Mann mit wettergegerbtem Gesicht, klopfte Nikan auf die Schulter. „Ha! Der gute Nikan. Wir haben gedacht, du würdest dich uns nie anschließen."

Nikan erwiderte das schiefe Lächeln des Mannes nicht. „Ich will meinen Sohn zurück“, knurrte Nikan und zeigte in Richtung Norden. „Bahku ist dort, bei den Russen. Ihr Krieg, euer Wahnsinn – und er sitzt mittendrin.“ Seine rechte Hand ballte sich zur Faust. „Ich werde tun, was getan werden muss.“

Armstrong spürte, wie sich seine Nackenhaare sträubten. Das war nicht gut.

„Und was machen wir mit dem Amerikaner?“, fragte einer der anderen Männer mit einem skeptischen Blick auf Armstrong.

Der Drahtige grinste. „Er wird uns sicher noch nützlich sein.“

Armstrong spannte sich an. „Hören Sie, ich bin verletzt. Ich bin kein Feind. Ich will nur meine Leute wiedersehen.“

Nikan wandte sich zu ihm um, sein Gesicht angespannt, die Lippen eine schmale Linie. „Du bist Soldat, du bist den Krieg gewöhnt. Aber ich …“ Er schüttelte den Kopf, drehte sich zu den Separatisten um. „Auch ich will mein Volk frei sehen. Vor allem will ich meinen Sohn zurück. Und wenn ich dafür kämpfen muss, kämpfe ich.“

„Ich habe dir vertraut.“ Armstrongs Stimme war kühl und nüchtern.

Nikan sah ihm nicht in die Augen. „Das hier ist das Beste, was ich für dich tun konnte.“

Der Bärtige nickte und Armstrong wurde abgeführt, stolpernd, aber die Schultern straff.

Nikan blieb allein zurück, während die Männer lachten und Armstrong in eine der Hütten schoben, die als improvisierte Zelle diente.

Erneut ballte Nikan die Hände zu Fäusten. Sein

Blick war gen Norden gerichtet, wo sein Sohn gefangen gehalten wurde.

Wenn der Schamane Humayun recht hatte, war er am Leben und es bestand noch Hoffnung. Allen düsteren Prophezeiungen zum Trotz.

„Du tust das Richtige, Nikan“, sagte der Bärtige nun beinahe freundlich. „Unser Kampf kann gewonnen werden.“

Nikan schluckte hart. „Wenn Bhaku stirbt ..., werde ich dort alles niederbrennen.“

***

Moskau, Präsidentenbüro,
kurz nach Mitternacht

Die schwere Holztür schloss sich lautlos hinter Dimitri Sowa, als er das Büro von Präsident Anatoly Bolshakov betrat. Die Luft war erfüllt von Zigarrenrauch, der in dichten Schwaden unter der goldenen Schreibtischleuchte hervorkroch. Bolshakov saß hinter seinem massiven Schreibtisch aus Mahagoni, die Hände gefaltet, die Augen schmal und wachsam. „Berichten Sie, Sowa“, sagte er knapp.

Der FSB-Agent trat näher, seine Haltung straff wie üblich, seine Stimme ruhig und nüchtern „Ich habe den Auftrag ausgeführt und die Amerikaner festgesetzt. Sie befinden sich derzeit in unserer Forschungseinrichtung, teilweise verletzt, aber stabil. Das Interessante an der Sache ist, dass es sich nicht um einen rein militärischen Trupp handelt. Unter den Gefangenen auf Kamtschatka befindet sich ein Wissenschaftler, Dr. William Markinson.“

Bolshakovs Augenbrauen hoben sich leicht. „Markinson? Der Amerikaner, dessen ursprüngliche Theorie so wertvoll für das Projekt wurde?"

„Genau der," bestätigte Sowa. „Er könnte uns nun helfen, die Probleme in Orel-8 zu lösen. Wie mir berichtet wurde, nehmen die Störungen zu. Der Reaktor ist zeitweise instabil, und unsere Wissenschaftler stoßen an ihre Grenzen. Markinson kennt die Theorie besser als jeder andere. Er könnte der Schlüssel sein."

Bolshakov lehnte sich zurück und nahm einen kaum endenden Zug von der Zigarre. „Die zivile Nutzung der Technologie ist für mich von untergeordnetem Interesse, Dimitri. Wir müssen sie anders einsetzen."

Sowa schwieg einen Moment, dann nickte er langsam. „Ich verstehe."

Bolshakov stand auf, trat ans Fenster und blickte hinaus in die dunkle Nacht Moskaus. „Die Amerikaner dürften nicht mehr lange stillhalten. Taft wird Druck machen. Er will seine Leute zurück, und er will wissen, was wir vorhaben. Doch wenn sie das erkennen, muss es schon zu spät sein."

Er drehte sich um, seine Augen funkelten entschlossen. „Wir brauchen diese neue Waffe. Sie wird die arroganten Amerikaner das Fürchten lehren. Ich übermittle noch heute Anweisungen an Borissow und Saljewitsch. Sie sollen das Projekt beschleunigen und in die nächste Phase übergehen."

Sowa trat näher. „Markinson könnte uns vielleicht auch bei diesem Schritt nützlich sein. Wenn wir ihn richtig motivieren."

Ein schmales Lächeln stahl sich auf die Lippen des Präsidenten. „Dann sorgen Sie dafür, dass er kooperiert. Notfalls mit Nachdruck."

Sowa nickte zackig. „Ich werde mich darum kümmern und noch heute nach Kamtschatka zurückfliegen.“

Bolshakov drückte derweil seine Zigarre in einem bronzenen Aschenbecher aus. „Gut. Ich bin sicher, Sie werden mich nicht enttäuschen.“

***

Orel-8, Krankenstation,
04:12 Uhr Ortszeit

Die sterile Neonbeleuchtung summte über Ruth Baxters Krankenliege, während der Herzmonitor neben ihr rhythmisch dazu piepste. Ein dünner Infusionsschlauch führte von einem Gestell bis in ihren linken Arm, Medikamente dämpften die schlimmsten Schmerzwellen, die sie bei jedem tieferen Atemzug überkamen. Dreifacher Rippenbruch, unzählige Prellungen, eine Schusswunde an der Schulter und eine im Bauch, Taubheitsgefühl im ganzen Arm – Baxter wusste, es hatte sie ganz schön erwischt, aber sie war am Leben und konnte immer noch etwas ausrichten. Zumindest redete sie sich das ein.

Die Realität sah angesichts der dicken Riemen, die man über ihre Beine und die Brust gespannt hatte, ganz anders aus. Selbst wenn sie die nötige Kraft gehabt hätte, um aufzustehen, an eine Flucht war aktuell nicht zu denken. Wie sie es hasste, ausgeliefert zu sein! Doch, es half nichts, sie musste sich beruhigen, Kräfte sammeln und auf ihre Chance lauern.

Die metallene Tür der Station öffnete sich mit einem quietschenden Geräusch. Der Kommandant der

Anlage, Kirill Borissow, trat ein – breitschultrig, kantiges Gesicht, eine steile Narbe über der rechten Schläfe, die nicht zu verheilen schien. Sein Blick war gnadenlos, während er sie über einige Meter hinweg musterte. Dann kam er mit wohl bemessenen Schritten näher.

„Sie ist noch zu schwach“, sagte der Stationsarzt sofort. Ein älterer Mann mit hagerem Gesicht und sonst so ruhiger Stimme, die jetzt allerdings reichlich nervös klang. „Sie steht unter Medikamenteneinfluss, sie wird sich an nichts erinnern.“

Borissow warf ihm einen Blick zu, der jedes weitere Wort im Keim erstickte. „Ich will keine vernebelten Erinnerungen. Ich brauche handfeste Antworten.“ Er trat an das Bett heran.

Baxter fixierte ihr Gegenüber. Sie würde gar nichts verraten, das konnte sich dieser Typ abschminken.

„Name, Einheit, Auftrag?“, fragte Borissow knapp. „Das ist es doch, was ihr Amerikaner immer so stoisch von euch gebt, wenn man euch auf frischer Tat ertappt.“

Noch immer rührte sich Baxter nicht.

Dann ergänzte Borissow mit falscher Höflichkeit: „Nun ja, es ist einerlei. Ich weiß, wer Sie sind, und dass Sie das Kommando dieser kleinen Guerilla-Einheit hatten. Daher können wir uns den offiziellen Teil sparen.“

Baxter zog den Mundwinkel verächtlich hoch. „Colonel Ruth Baxter. Dienstnummer 691-04-XX9. U.S. Naval Special Warfare Command. Mehr kriegen Sie nicht.“

Borissow lachte leise. „Sie denken, das ist ein Spiel?“ Er beugte sich näher. „Sie glauben, dass wir hier Regeln haben, die Sie schützen? Das ist keine verdammte NATO-Übung, Colonel Baxter. Das hier ist Kamtschatka. Und wir befinden uns dreißig Meter unter dem Fels. Hier schreibt niemand Berichte."

Sie sah ihn stumm an – schweigend, stolz.

Nun verlor der Kommandant offenbar die Geduld. Mit einer plötzlichen Bewegung riss er die Decke zur Seite, packte sie an der Schulter und drückte seinen Finger brutal in die frische Wunde.

Baxter wurde fast schwarz vor Augen, so heiß pulsierte der Schmerz durch ihren Körper. Sie hörte einen gellenden Schrei, der wohl aus ihrer Kehle kommen musste. Sie kämpfte mit der Ohnmacht.

Der Arzt trat rasch vor. „Stopp!"

Borissow ließ von ihr ab und Baxter konnte sich besinnen. Sie sah, wie Borissow herumfuhr und den Arzt zur Seite stieß.

Der Mann stolperte gegen einen Metallschrank, ein Tablett flog scheppernd zu Boden, Instrumente klirrten. Der Arzt ging keuchend in die Knie, hielt sich die Rippen.

„Kümmern Sie sich um Ihren eigenen Dreck!", knurrte Borissow. Dann beugte er sich wieder zu Baxter hinunter.

„Sie werden reden. Oder ich reiße Sie Stück für Stück auseinander."

Baxter keuchte, der Schmerz pochte immer noch in ihrer Schulter und strahlte in alle Richtungen aus. Doch sie würde sich diesem Schwein nicht ergeben. „Fick dich, Stalin!", presste sie hervor.

Doch Borissow quittierte das nur mit einem müden Lächeln. Dann winkte er verächtlich ab. „Doktor, Sie werden alle nötigen Vorbereitungen für ein Verhör treffen. Sowa hat doch den Koffer mit dem Serum dagelassen, richtig? Verpassen Sie ihr eine Ladung und rufen Sie mich, wenn sie bereit ist, zu reden.“

Der Arzt zögerte, rappelte sich dann auf und ging an einen Medikamentenschrank. „Ich ... es wird besser wirken, wenn sie nicht mehr unter Schmerzmitteln steht, allerdings wird dann ...“ Er brach ab. „Ich bereite alles vor.“

„Das will ich Ihnen geraten haben, ich habe nicht die geringste Lust, alles zweimal zu sagen.“ Borissows Stimme klang eiskalt.

„Wenn sie stirbt, kann sie keine Informationen preisgeben. Lassen Sie mich sie noch 24 Stunden behandeln, dann wird sie bei klarem Verstand und kooperationsbereit sein.“

Baxter stieß ein verächtliches Schnauben aus.

Der Arzt trat näher, mit einer Spritze in der Hand. Er drückte den Inhalt in den Zugang an ihrem Handrücken. Baxter hatte das Gefühl, die Flüssigkeit würde brennen, während sie in ihre Vene floss. Ihre Lider wurden schwer. Ihre Hand zuckte. Dann hüllten sie allmählich graue Schwaden ein, alles um sie herum wurde dumpf. Wie durch Watte hörte sie Stimmen.

„Ich will in 24 Stunden Ergebnisse“, ordnete Borissow an.

Der Arzt seufzte schwer.

Dann vernahm Baxter das Quietschen der Tür und einen metallischen Schlag, als der Kommandant sie ins Schloss warf. Für einen Moment war noch das monotone Piepen des Herzmonitors zu hören – dann glitt Baxter immer tiefer in die nachtschwarzen Schatten.

16

Orel-8,
Beobachtungsebene oberhalb des Reaktors,
9:15 Uhr Ortszeit

Die gewaltige Halle unter ihnen schimmerte in weichem Licht, das beinahe wirkte wie durch dichten Morgennebel gefiltert. Dabei gab es von Nebel keine Spur. Im Gegenteil: Die Sicht vom Beobachtungsdeck über dem Reaktorraum war glasklar. William Markinson konnte ungehindert direkt in das Herz des russischen Geheimprojekts blicken – zumindest bis zur silbrig glänzenden Außenhaut des Reaktors, unter der die Singularität von neu entwickelten Eindämmungsfeldern im Zaum gehalten wurde.

Rings um den Kern wanden sich Kabelstränge und Leitungen, einige dünn wie Telegrafendrähte, andere mehr als armdick, und führten weiter in die Peripherie des Raums zu Dutzenden von Apparaten, oder sie verschwanden direkt im Boden. Markinson erkannte gewisse Parallelen zum Versuchsreaktor PETE in Nevada, konnte aber bestenfalls erahnen, was im Einzelnen die Aufgabe der vielen Leitungen und Gerätschaften im Umfeld war.

Über allem hier schwebte das tieffrequente, die Magengrube aufwühlende Wummern, das pulsierte und in einem eigenwilligen Rhythmus anschwoll und wieder abnahm.

Markinson stand schweigend mit den Händen am

Geländer und konnte immer noch nicht ganz fassen, was er da sah. Der Reaktor war zweifelsohne in Betrieb – anders als jener in Nevada. „Wahnsinn …“ flüsterte er schließlich. „Ich hätte nie gedacht, dass so etwas möglich ist – zumindest nicht zu meinen Lebzeiten.“

Neben ihm trat nun Denise Garner ebenfalls ans Geländer, ihre Arme vor der Brust verschränkt, den Blick gesenkt. „Glaub mir, ich bis vor ein paar Monaten auch nicht.“

Markinson drehte sich zu ihr. „Stimmt es? Was Saljewitsch gesagt hat? Quantenkeime, Atomlaser – das alles?“

Denise nickte zögernd. „Es klingt verrückt, ich weiß. Aber ja, seine Ausführungen stimmen. Sie haben mit diesen Technologien den Reaktor zum Laufen gebracht.“ Sie rieb sich über die Stirn, als müsse sie die Worte zusammensuchen. „Weißt du, nachdem ich nach London gegangen war, habe ich dort weiter an deinen Gleichungen gearbeitet. Ich konnte sie nicht aufgeben und wollte eine elegante Lösung finden, die alle Fragmente vereint. Das Ziel war ein sauberes mathematisches Modell, nicht mehr. Ich hatte keine Ahnung, dass es … dass es zu so etwas führen würde.“ Sie sah ihn an, Schuldbewusstsein in den Augen. „Wenn ich geahnt hätte, was sie hier bauen …, ich hätte es nie weiterentwickelt.“

Markinson schüttelte langsam den Kopf. „Du hast das nicht wissen können – niemand hätte das auch nur ahnen können. Und außerdem bist du nicht freiwillig hier.“ Er seufzte. „Dennoch ist kaum zu glauben, dass es gelungen ist, Energie in solchen Größenordnungen zu erzeugen. Das ist etwas, das wir nie für möglich gehalten haben.“ Er warf einen Blick hinunter in den inneren

Reaktorraum, wo einige Ingenieure wie Ameisen um die gewaltige Apparatur wuselten. „Aber ... warum gibt es diese Probleme?"

„Ganz knapp zusammengefasst: Weil die Singularität wächst." Denises Stimme klang besorgt. „Sie sollte stabil bleiben, in einer genau festgelegten Abmessung. Jedenfalls laut Theorie. Aber sie ... sie zieht Materie an, wobei unklar ist, wie und woher diese eigentlich stammt. Sie krümmt zudem den Raum. Und jedes Mal, wenn sie einen Sprung macht, haben wir Gravitationsanomalien." Sie machte eine Pause. „Und ..."

Markinson hob fragend die Augenbrauen. „Und?"

„Es gab einen Zwischenfall, eigentlich mehrere, aber der eine war der Schlimmste", sagte Denise leise. „Es dauerte alles nur einen Moment ..., ein paar Sekunden vielleicht. Ein Wissenschaftler – Pawel – wurde von einer Eruption erfasst, sein Körper von der Gravitation regelrecht zerquetscht. Ich war nicht im Kontrollraum, aber die anderen mussten dabei zusehen, wie er starb." Sie rang nach Worten. „Und dann ... war alles wieder normal. Er stand einfach da. Als sei nichts geschehen. Als hätte ... als hätte die Zeit einen Schritt zurück gemacht. Oder diese ganze Anlage wäre für einen Moment in einer anderen Realität gewesen."

Markinson starrte sie an. In seinem Inneren mischten sich Unglauben und Faszination. „Ein Zeitsprung ..., eine Parallelwelt? Mein Gott, Denise, das ist ... das ist nicht nur Energiegewinnung. Das ist eine Tür zu ganz neuen Erkenntnissen." Er fuhr sich durchs Haar und fügte dann hinzu: „Wenn ich mir es genau überlege, deckt meine – oder besser gesagt unsere – Theorie das sogar teilweise ab. Aber ich hätte niemals gedacht, dass man die Auswirkungen einer solch gewagten These einmal in der Realität erleben könnte." Er lachte trocken, fassungslos. „Das hier sprengt alles."

Denise hob sachte die Hand und setzte an, noch etwas zu ergänzen. „Später gab es weitere Anomalien, die wir nur mit Mühe in den Griff bekommen haben. Aber William, es gibt da noch etwas. Unter dem ..." Sogleich verstummte sie wieder, als sich die Tür am Ende der Beobachtungsplattform mit einem leisen Zischen öffnete. Schritte hallten, und Dr. Juri Saljewitsch trat ein. Ein feines, amüsiertes Lächeln spielte um seine Lippen.

„Nun, Dr. Markinson?" Er breitete die Arme aus, als begrüße er einen alten Freund. „Wie gefällt Ihnen unser kleines Meisterwerk russischer Ingenieurskunst?" Seine Stimme triefte vor Stolz.

Markinson straffte sich, atmete einmal tief durch – und wusste in diesem Moment nicht, was er antworten sollte. Das, was hier geschaffen worden war, hatte ihn trotz aller Zweifel beeindruckt. Dennoch wurde er das Gefühl nicht los, dass er im Begriff war, in einen Strudel des Unheils gesaugt zu werden.

***

Orel-8, Reaktor-Subsektor D,
10:45 Uhr

Die stählernen Gitter des Ganges schepperten unter den schweren Schritten von Oleg Titow, als er nach Schichtende durch die Gänge der Basis eilte. Immer wieder warf er einen Blick über die Schulter, obwohl er wusste, dass ihn das umso verdächtiger machen würde.

Doch es war einfach ein Reflex, gegen den er nicht ankam. Und glücklicherweise war niemand hier, der ihn beobachtete.

Gerade hatte Oleg die Reaktorebene hinter sich gelassen, das durchdringende Sirren der supraleitenden Spulen war bestenfalls nur noch ein fernes Summen, aber das Prickeln in seinem Nacken blieb. Wie immer, wenn er diesen Abschnitt verließ. Wie immer, wenn er auf heimliche Weise etwas tat, das ihn das Leben kosten konnte.

Er trug die graue Uniform eines Instandhaltungstechnikers. Niemand achtete auf Männer wie ihn – solange sie das System nicht störten. Doch genau das war Olegs Aufgabe – wieder einmal.

Ein kurzer Blick nach rechts in den abzweigenden Gang, dann nach links in die gegenüberliegende Röhre – beide waren leer. Nur zwei Überwachungskameras waren an den Ecken der Kreuzung montiert. Oleg wusste, dass er überwacht wurde, wie jeder in dieser Anlage. Die Frage war nur, wie gut seine Tarnung war.

Er bog an der nächsten T-Kreuzung in den rechten Nebenflur ab, der zu den Technikerquartieren führte. Die Stahlgitter am Boden verschwanden und machten einem Gummiboden Platz, auf dem seine Schritte nun gedämpfter nachhallten. Auf gewisse Weise gab das Oleg das Gefühl, ein wenig außer Gefahr zu sein – obwohl der kritische Teil noch kam. Das Licht von den altmodischen Neonröhren an den Decken war grell und kalt, einige der Leuchtmittel flackerten gelegentlich. Die russische Armee hatte Milliarden in dieses unterirdische Höllenloch gesteckt, aber an den Lampen gespart.

Schließlich erreichte er sein Quartier – kein Namensschild an der Tür, nur eine Nummer – F-107. So fühlte sich Oleg oft. Er war nur ein kleines Rädchen in diesem riesigen Getriebe. Doch auch er vermochte den Ablauf womöglich empfindlich zu stören.

Oleg öffnete die Tür leise, schlüpfte in den fensterlosen, sterilen Raum und schloss die Tür sorgfältig hinter sich.

Dann schob er das schmale Nachttischchen neben dem Bett beiseite, hob eine der Kunststoffgitterplatten an, die auf dem Boden ausgelegt waren, und holte ein flaches Metallkästchen hervor. Es war seine versteckte Funkvorrichtung, ein improvisiertes Gerät mit modifiziertem Signalmodulator, der ein Abhören verhindern sollte. Er hoffte, dass es diesem Anspruch tatsächlich gerecht wurde.

Er schaltete das Funkgerät ein und lauschte. Ein leises Knistern drang aus dem Lautsprecher. Oleg kontrollierte die Modulation, die Frequenz musste exakt stimmen – ihre Verbindung war von kurzer Reichweite, aber verschlüsselt und maskiert im Datenmüll der Anlage. Die Kehrseite war eine kaum zu prognostizierende Unzuverlässigkeit.

„Oleg an Akula. Bitte kommen."

Kurze Pause. Dann ein Kratzen.

„Akula an Oleg. Verbindung steht. Sprechen Sie."

Oleg lehnte sich vor, sagte mit gedämpfter Stimme: „Ich habe vollständige Zutrittsprotokolle der Reaktorkammer extrahiert. Zusätzlich sende ich Kopien der internen Pläne des Nordsektors. Schwachstellen ausgemacht: Sicherheitspunkte an Sektor C-5, Wachrotation alle vier Stunden, Kamera 18 in Wartungsschleife. Zugriff unbemerkt möglich über Versorgungsschacht Beta. Außerdem wurden mehrere Gefangene gemacht: drei Amerikaner und ein Junge.

Alle am Leben, aber teilweise verletzt. Genauere Informationen nicht verfügbar.“ Er atmete tief durch. „Frage zum Vorgehen: Soll ich Sabotage vorbereiten? Interne Sensorroutinen manipulieren? Oder weitere Aufklärung betreiben?“

Das Knistern in der Verbindung schwoll an, während Oleg gespannt auf Anweisung wartete. Es kam ihm quälend lange vor, denn er wusste, sie mussten die Kommunikation auf das kürzestmögliche Maß begrenzen, damit sie weiter wie eine Interferenz wirkte und von den Sicherheitsverantwortlichen nicht enttarnt wurde.

Dann endlich ein Knacken. „Negativ. Kein Eingriff. Neue Informationen werden geprüft. Priorität: unbekannte Ebene unter Reaktor. Können Sie bestätigen?“

Olegs Finger krallten sich fester um das Gerät. „Bestätigt. Heute erstmals Sichtkontakt mit Zutrittskarte für Ebene Null. Tür ist verriegelt, biometrisch gesichert, nicht ins Hauptsystem eingebunden. Kein Personalzugang beobachtet. Wahrscheinlicher Zweck: unterirdische Waffenentwicklung.“

Ein weiteres Knistern. Dann: „Finden Sie Zugang. Keine direkte Aktion. Wiederhole: keine Aktion. Risiko hoch. Mehr Angaben über Gefangene beschaffen. Melden in 48 Stunden.“

„Verstanden. Übertragung Ende.“

Oleg schaltete ab. Das Adrenalin spülte durch seine Adern. Das Blut rauschte in seinen Ohren. Er war gerade dabei, das Kästchen zurück unter die Bodenplatte zu schieben, als ein Klopfen an der Tür ihn erstarren ließ.

Es war zu spät, die Apparatur diskret verschwinden zu lassen, also schubste Oleg sie reflexartig unters Bett und hoffte, dass sie auf der anderen Seite nicht wieder herausrutschte.

Die Tür öffnete sich rasch – jemand trat ein, ohne auf Antwort zu warten.

„Oleg, verdammt!“, rief eine vertraute Stimme. Janosch. Schmächtig, mit einem Ölstreifen auf der Wange, die Werkzeugtasche locker über die Schulter geworfen.

„Was zum Teufel ...?“, begann Oleg, aber Janosch hob schon abwehrend die Hand.

„Keine Sorge, ich bin nicht die Sicherheit“, grinste er. „Du hast deinen Dämpfungsadapter bei der Pumpe liegen lassen. Wenn das jemand anderes gefunden hätte, wärst du dran gewesen.“

Er trat ein, reichte Oleg das Bauteil.

„Danke“, sagte Oleg heiser und spürte, wie er sich ein kleines bisschen entspannte. Da fiel ihm die herausgenommene Bodenplatte ein. Janosch muss sie bemerkt haben. Er setzte ein Lächeln auf und sah Janosch direkt an. „Quietschen deine Bodenplatten auch so nervig?“, fragte er. „Ich versuche schon seit Tagen, das zu beheben.“

Janosch musterte ihn skeptisch. „Hast du nichts Besseres zu tun, als auch in deiner Freizeit noch an den Schwachstellen dieser verfluchten Basis herumzutüfteln? Du musst ja von Ehrgeiz zerfressen sein!“

Oleg zuckte mit den Schultern. „Ich bin eben Idealist“, sagte er kryptisch und wusste, dass das nicht einmal gelogen war, selbst wenn sich ein Einfaltspinsel wie Janosch wohl nicht ausmalen konnte, auf welche Weise.

„Na ja, pass aber in Zukunft besser auf dein Werkzeug auf, Freund“, murmelte Janosch. „Die Vorgesetzten sind momentan empfindlich. Irgendwas ist im Busch. Wir stehen alle unter Beobachtung.“

Oleg spürte, wie eine Schweißperle von seiner Stirn auf sein linkes Auge zulief, aber er zwang sich zur Ruhe. „Ja, natürlich. Ich werde vorsichtiger sein.“

Janosch zwinkerte, warf noch einen Blick in Richtung Bodenplatte, dann verschwand er wieder. Die Tür schloss sich.

Oleg setzte sich aufs Bett, sein Herz hämmerte in der Brust.

Wenn du wüsstest, in welcher Gefahr ich mich hier wirklich befinde, dachte er. *Verlorenes Werkzeug ist mein kleinstes Problem.*

Er lehnte den Kopf gegen die Wand. Die verborgene Ebene unter dem Reaktor war tatsächlich mehr als ein Gerücht. Und wenn die Befürchtungen stimmten, wovon er mittlerweile ausgehen musste – dann war das hier nicht nur eine Forschungsstation. Es war ein Testgelände für die wohl verheerendste Waffe seit Erfindung der Atombombe.

17

Weißes Haus, Washington, D.C.,
Situation Room,
13:12 Uhr

Weiches Licht aus geschickt montierten Deckenpaneelen legte sich trügerisch sanft über die angespannten Gesichter der anwesenden Politiker, Berater und Militärs. Riesige Bildschirme an der Wand zeigten Satellitenaufnahmen in Echtzeit, Radarbilder, prognostizierte Truppenbewegungen und schematische Darstellungen von Anlagen.

Präsident Gregory Taft stand am Kopf des Tisches, die Hände auf der Tischplatte abgestützt, während sein Blick von einem Gesicht zum nächsten wanderte. „Also gut", sagte er mit tückisch ruhiger Stimme, die seine engsten Berater längst zu fürchten gelernt hatten. „Was zum Teufel hat Bolshakov vor?"

General Sean Caldwell, ein bulliger Mann mit stahlgrauem Bürstenhaarschnitt, legte die Hände hinter den Rücken. „Seine Einheiten verlegen sich weiter in den Norden Kamtschatkas. Luftabwehr, Artillerie, mobile Abschussrampen. Wir gehen davon aus, dass sie eine Perimeter-Sicherung um die Orel-8-Anlage hochziehen."

General Robert Quinn von der Pazifikflotte nickte. „Gleichzeitig beobachten wir verstärkte Bewegungen ihrer strategischen Bomber – Richtung Arktis. Mögliche Ablenkung oder Drohkulisse. Schwer zu sagen."

CIA-Analyst Harold Mason beugte sich vor. „Unsere Quellen vor Ort sind eingeschränkt. Aber was wir wissen: Seit 36 Stunden ist die Kommunikation in das Innere der Anlage völlig zum Erliegen gekommen, ob es sich dabei um eine Fehlfunktion, eine Störung oder eine bewusste Funkstille handelt, ist unklar."

Einen Moment kehrte bedrückende Ruhe ein.

„Was ist nun mit unserem Team?", fragte Taft, ohne sich zu setzen. „Wie viele leben noch? Bolshakov hat sein Wort nicht gehalten und uns mit keinen weiteren Informationen versorgt."

Mason zögerte. „Wir können es nicht sagen, Sir. Wir haben immer noch kein Lebenszeichen oder direkte Signale erhalten."

„Was, wenn die Russen längst alle getötet haben?", knurrte General Caldwell. „Wenn sie uns die ganze Zeit nur hingehalten haben?"

„Oder sie halten sie als Druckmittel fest", warf Saul Harper ein. Der Sicherheitsberater stand im Schatten des Projektors, das Gesicht angespannt. „Noch können wir nicht sicher sein, ob sie leben – aber solange wir nichts Gegenteiliges wissen, dürfen wir nicht …"

„Nicht was, Saul?", unterbrach Taft ihn scharf. „Nicht reagieren? Nicht zeigen, dass wir bereit sind?"

Harper atmete tief durch. „Ich sage, wir brauchen mehr Informationen, mehr Zeit für eine Strategie, die alle Eventualitäten berücksichtigt."

Caldwell mischte sich sofort wieder ein. „Ihre eigenen Analysten haben ausgesagt, dass es sich bei Orel-8 nicht nur um ein experimentelles Kraftwerk handelt, sondern höchstwahrscheinlich um den Prototyp einer Singularitätswaffe."

Harper schüttelte den Kopf. „Das können wir zum gegenwärtigen Zeitpunkt weder eindeutig belegen noch entkräften."

„Typisch Theoretiker", murmelte General Quinn. „Nicht genug Eier in der Hose, um klare Entscheidungen zu treffen."

Taft nickte zustimmend, straffte sich dann und trat einen Schritt zurück. „Aber wir müssen Entscheidungen treffen, schon sehr bald." Er verschränkte die Arme vor der Brust und wandte sich wieder direkt an Harper. „Was genau sagen Ihre Wissenschaftler? Wann haben wir endlich Klarheit?"

Harper wiegte den Kopf hin und her. „Wir hatten auch deswegen ein Aufklärungsteam geschickt, weil sich echte Klarheit auf die Entfernung kaum feststellen lässt. Aber Dr. Grey und Prof. Mannheimer scheinen allmählich die Dynamik zu verstehen. Die Singularität, welche die Russen mutmaßlich im Kern dieser Anlage erzeugt haben, wächst offenbar und zeigt sich phasenweise instabil. Es gibt Hinweise auf Gravitationsverzerrungen. Aber ..."

„Aber?" Tafts Stimme schnitt durch die Luft wie ein Messer.

„Wir wissen nicht, ob sie das absichtlich hervorrufen – oder ob sie einfach die Kontrolle verloren haben."

Taft schwieg einen langen Moment. Dann schlug er mit der flachen Hand auf den Tisch, dass es krachte. Alle fuhren zusammen. „Wir werden jedenfalls nicht die Kontrolle verlieren! Ihre Leute hatten genug Zeit!" Seine Stimme donnerte durch den Raum. „Ich werde nicht warten, bis diese tickende Zeitbombe am Arsch der Welt implodiert und uns mit sich reißt, nur weil Bolshakov und seine Irren Gott spielen wollen.“ Er atmete tief durch, strich sich über den kurzen Kinnbart. Dann ergänzte er deutlich ruhiger, aber nicht weniger bestimmt: „Ich ordne Teilmobilmachung an. Alle Kräfte rund um das Japanische Meer: Alarmbereitschaft. Flugzeugträgergruppen *John C. Stennis* und *Abraham Lincoln* verlegen in Position. U-Boote: taktische Ausrichtung nach Osten.“

Ein Raunen ging durch die Runde. General Caldwell nickte zufrieden. „Sofort, Sir.“

General Quinn begann bereits, über ein Tablet Befehle weiterzugeben.

Harper stand regungslos da und sah zu, wie die militärische Maschinerie auf Touren kam. Innerlich aber arbeitete es in ihm. Er wusste: Das hier war kein taktisches Spiel mehr zwischen sich belauernden Staaten. Es war bitterer Ernst. Und am meisten nagte an ihm die Ungewissheit darüber, was in Kamtschatka wirklich vor sich ging.

***

Getarntes Separatisten-Camp, Besprechungszelt

Dicker Rauch von filterlosen Zigaretten hing unter dem Zeltdach, wo eine nackte Glühbirne über einem improvisierten Kartentisch baumelte. Der Wind zerrte an den Stoffwänden, draußen winselte ein Hund. Drinnen saßen sechs Männer und Frauen dicht beisammen, über Funkgeräte, Karten und verschmierte Ausdrucke gebeugt.

Ein Funker mit Mütze und abgenutztem Overall legte gerade den neuesten Ausdruck auf den Tisch.

„Der letzte Kontakt zu Oleg bestätigt die Berichte. Er hat gemeldet, dass es einen versteckten Zugang unterhalb des südlichen Versorgungstunnels gibt. Kaum bewacht. Und hier“ – er tippte auf eine rot markierte Stelle auf der Karte – „liegt die Reaktorebene. Und genau darunter befindet sich eine weitere streng gesicherte Anlage, was Oleg ebenfalls bestätigt hat. Es dürfte sich dabei um das Waffenlager handeln.“

Ein Raunen ging durch die Gruppe.

„Wenn wir da eindringen, haben wir nicht nur die Chance, alles lahmzulegen, sondern auch die beste Gelegenheit, unsere Position zu stärken“, sagte eine Frau mit dem langen Zopf, deren Kampfname Kora lautete. „Wir sabotieren den Reaktor, trennen die Kommunikation, nehmen Geiseln, falls nötig. Uns könnte ein harter Schlag gelingen, aber das Zeitfenster ist klein. Wir müssen dann zuschlagen, wenn sie am wenigsten damit rechnen, wenn sie beschäftigt sind.“

„Also bei der nächsten Instabilität“, murmelte ein bärtiger Mann namens Ivar. „Wenn die Anlage wieder bebt.“

Kora nickte. „Wenn Oleg recht hat, werden die Fehler häufiger.“

„Und was, wenn sie vorher alles versiegeln?“, fragte ein anderer skeptisch. „Wenn wir drin sind, aber nie wieder rauskommen?“

„Dann war’s das“, sagte Kora nüchtern. „Aber in diesem Fall ist es wenigstens nicht umsonst gewesen. Wir werden ihnen einen Schlag versetzen, von dem sie sich nicht so schnell erholen.“

Ein kräftiger Schatten bewegte sich am Rand des Zelts. Nikan trat einen Schritt vor, sein Gesicht wie in Stein gemeißelt. „Und mein Sohn? Wie passt Bhaku in eure Berechnungen?“, fragte er leise, aber mit einem Unterton, der keinen Widerspruch duldete.

Ivar sah ihn an. „Wir wissen, dass er dort ist. Laut Oleg lebt er. Und wir …“ Er zögerte. „… versuchen, ihn rauszuholen. Aber er ist nicht die oberste Priorität, Nikan. Du weißt das.“

Nikan knirschte mit den Zähnen. „Für euch vielleicht nicht. Für mich schon.“

Kora warf ihm einen scharfen Blick zu. „Wenn du mitgehst, hältst du dich ans Ziel. Falls du allein losrennst, bringst du uns alle in Gefahr.“

Eine Weile lang verharrten sie alle schweigend.

Schließlich nickte Nikan knapp. „Ich halte mich zurück. Aber wehe, ihr lasst ihn in den Händen dieser Mörder!“

„Dann wäre da noch eine Sache“, setzte Ivar an. „Wir müssen entscheiden, was wir mit dem Amerikaner machen. Wir haben bei der letzten übereilten Offensive …“ Er machte eine Kunstpause und warf einen finsteren Blick in Richtung Kora, bevor er weitersprach. „Wir haben viele Leute verloren. Bei der Operation brauchen wir jeden Mann und können keinen Wachtrupp abstellen.“

Bevor jemand darauf antworten konnte, öffnete sich die Zeltplane. Kalte Luft wehte herein – und trug eine Stimme mit sich. „Ich komme mit!“

Alle drehten sich um. Dort am Zelteingang stand Major Craig Armstrong, bleich, unrasiert, aber aufrecht, seine Haltung unbeugsam. Der Verband um seine Seite war frisch, doch die Entschlossenheit in seinen Augen war messerscharf.

„Du bist schwach, verletzt – und nicht vertrauenswürdig“, knurrte Ivar.

„Und ihr seid unterbesetzt. Außerdem nicht halb so gut ausgebildet, wie ihr vielleicht denkt. Oder wie hätte ich sonst in meinem Zustand eure Wache überrumpeln können?“, konterte Armstrong. „Ich kenne russische Taktiken, ich bin mit Sprengtechnik und Nahkampf vertraut. Und vor allem: Ich habe da drin Leute, die ich nicht zurücklassen werde.“

Kora musterte ihn lange. Dann warf sie Ivar einen knappen Blick zu. „Ich finde, er sollte lieber mitkommen, als hier unsere Vorräte aufzufressen. Aber wenn er strauchelt, lassen wir ihn zurück.“

„Faires Angebot“, sagte Armstrong ruhig. „Mach dir keine allzu großen Hoffnungen, ich strauchle nicht!“

Nikan sah zu ihm hinüber. Für einen Moment trafen sich ihre Blicke – zwei Männer, beide bereit, alles zu riskieren.

Dann trat Armstrong an den Tisch mitten im Zelt. Er zeigte auf die Karten, die dort ausgebreitet lagen. „Also, wie ist der Plan?“

18

Orel-8, Gefangentrakt, Zelle 14

William Markinson saß auf der harten Pritsche in seiner Zelle, die – wie er mittlerweile wusste – irgendwo ganz am Ende einer Sackgasse im Isolationstrakt lag. Um ihn herum gab es in alle Richtungen nichts als undurchdringliches Gestein, nur in einer Richtung nicht, dort lauerte im Innersten der Anlage die Gefahr. Es war eine Bedrohung durch größenwahnsinnige Wissenschaftler, skrupellose Militärs und durch eine Technologie, die viel zu experimentell und zu unberechenbar war, als dass man noch eine Sekunde länger damit herumspielen sollte. Markinson war dies mittlerweile glasklar, doch diese Erkenntnis führte geradewegs zurück zu den ersten beiden Aspekten des Problems – Skrupellosigkeit und Größenwahn.

Weder der wissenschaftliche Leiter Saljewitsch noch der militärische Kommandant dieser Anlage schienen besonders empfänglich für seine Warnungen und Mahnungen zu sein, die er in den vergangenen Stunden mehrmals wiederholt hatte. Im Gegenteil: Man hatte ihn genervt in die Zelle zurückgeschickt.

War das nur geschehen, weil er zu viele unbequeme Fragen gestellt und Kritik geübt hatte? Oder weil die Vorführung der russischen Technologiehoheit zu Ende war und man ihn eigentlich gar nicht brauchte? Oder lag es daran, dass die ganze Anlage vor etwa 30 Minuten in eine Art Alarmbereitschaft versetzt worden war?

Markinson seufzte, die Ellbogen auf die Knie gestützt, die Hände in sein Gesicht vergraben. Seine Gedanken drehten sich im Kreis. Er hasste diese Hilflosigkeit!

Der dumpfe, wummernde Puls der Basis dröhnte derweil unablässig durch alle Wände, als würde der ganze Komplex im Takt des Reaktors mitschwingen. Hinzu kamen die Geräusche von Severin Lucas‘ Schritten, der ohne Pause in der Zelle auf und ab tigerte. Markinson sah auf, wollte Lucas bitten, sich endlich einmal hinzusetzen, doch sein Blick traf zuerst auf Bhaku.

Der junge Ewene kauerte immer noch in der Ecke, die Knie an die Brust gezogen. Ein Tablett mit Essen stand vor ihm: Kartoffeln, fettes Fleisch, rote Beete. Dazu ein Pudding in der Farbe von feuchtem Sand. Alles war unangetastet. Der Junge rührte nichts an und starrte nur apathisch an die Wand.

Markinson konnte ihn verstehen, das Essen war furchtbar. Doch das war vermutlich nicht der wahre Grund für seinen Zustand.

„Wir müssen ihn hier rausbringen“, sagte er leise und schüttelte den Kopf.

Nun blieb Severin Lucas stehen und drehte sich zu Markinson. „Wir müssen alle hier raus, verdammt“, erwiderte er.

Markinson wiegte langsam den Kopf hin und her. „Ja, vielleicht. Oder aber es ist längst zu spät, um hier rauszukommen.“

Lucas sah ihn irritiert an. „Geht es etwas weniger kryptisch, Herr Professor?“ Er wartete einen Moment, dann winkte er ab. „Also, was haben Sie dort unten gesehen?“ Lucas’ Stimme klang fordernd. „Was geht da wirklich vor? Was ist mit den Singularitätswaffen, von denen Mannheimer und Grey geredet haben? Konnten Sie Beweise dafür finden?“

Markinson schüttelte langsam den Kopf. „Ich weiß es nicht. Ich habe den Reaktor gesehen – ein Monstrum. Und er funktioniert. Es ist wirklich imposant, was hier geschaffen wurde, aber ich denke, das Experiment ist außer Kontrolle. Sie wollen es bloß nicht wahrhaben.“

„Was ist mit den Waffen, wegen der wir hier sind?“, fragte Lucas erneut und klang zunehmend gereizt.

„Ich habe jedenfalls keine Bomben mit eigenen Augen gesehen“, erklärte Markinson ruhig und sah Lucas direkt an. „Trotzdem könnte das ganze Ding hier hochgehen.“

Lucas trat näher. „Okay, Sie sagen also, die Russen nutzen das Ding tatsächlich zur Energiegewinnung? Oder ist das nur ein Vorwand? Ich meine, das ist ein ganz entscheidender Punkt, über den wir Klarheit brauchen. Die Antwort auf diese Frage bestimmt darüber, wie unsere Operation hier bewertet werden wird.“

„Wie soll man das hier schon bewerten?“, fragte Markinson lakonisch und deutete mit den Armen auf die Zellenwände. „Es ist ein Haufen Scheiße – verzeihen Sie mir diese unakademische Ausdrucksweise.“

„Schon gut, wir stehen alle unter Stress“, meinte Lucas und setzte sich endlich auf seine Pritsche. „Bei mir macht der Nikotinentzug alles noch schlimmer. Ich habe seit fast zwei Tagen keine Zigarette mehr geraucht und muss zugegeben, dass mir das allmählich auf die Stimmung schlägt.“

„Kann ich verstehen. Ich hab vor Jahren aufgehört. Aber es ist wirklich hart gewesen“, gab Markinson zu und war froh, endlich eine Gemeinsamkeit mit dem undurchsichtigen Lucas gefunden zu haben. Wenn es dumm lief, mussten sie es noch eine lange Zeit zusammen in dieser Zelle aushalten.

Lucas nickte langsam, dann ergriff er wieder das Wort. „Okay, was meinten Sie damit, als Sie sagten, der Reaktor könne uns um die Ohren fliegen?“

„Es ist nur eine Vermutung, oder besser eine düstere Ahnung, aber ich denke, dass sich Saljewitsch und seine Leute verspekuliert haben. Ich bin der Ansicht, es begann tatsächlich mit einem sauberen Energieprojekt – basierend auf dem, was ich in der Theorie einst selbst entworfen habe. Aber sie haben meine Gedankenexperimente weiterentwickelt und in die Praxis überführt, bevor irgendjemand die eigentlichen Ausmaße dieses Vorhabens ganz begriffen hatte.“

„Irrsinnig“, sagte Lucas knapp. „Aber ich stimme in der Sache zu. Man wollte auf Gedeih und Verderb einen Vorsprung haben!“

„Richtig, aber diese Singularität ...“ Markinson stand auf und ging selbst in der Zelle auf und ab. „Wir haben sie – wie wohl auch die Russen – immer als Energiequelle betrachtet. Als etwas, das wir anzapfen, stabilisieren, vielleicht sogar kontrollieren können. Aber was, wenn wir den wahren Kern nie wirklich verstanden haben?“ Er blieb an der Wand stehen, legte die Hand auf die glatte Oberfläche und strich darüber. „Was, wenn hier nicht einfach nur ein Energiepunkt erschlossen wurde, sondern eine Spalte ... zwischen den Dimensionen?“

Lucas verzog das Gesicht. „Das ist nun wirklich nicht mein Gebiet."

„Das weiß ich natürlich. Aber sehen Sie es mal so: Diese Wand hier trennt unseren Raum von der Umgebung." Er klopfte mit den Fingerknöcheln dagegen und es gab ein dumpfes Pochen. „Was, wenn unsere Realität nur durch eine dünne Schicht von den anderen Realitäten in einem viel größeren Multiversum getrennt wird? Was wir hier beobachten – die Raumzeitkrümmung, die Gravitationsanomalien, die chaotischen Effekte, von denen Denise mir berichtet hat – ist nicht nur eine Folge instabiler Energieerzeugung. Es könnte sehr wohl das Resultat einer Durchlässigkeit zwischen Dimensionen sein."

Lucas verschränkte die Arme vor der Brust und sah Markinson zweifelnd an. „Ich weiß nicht, wie viel ich mit dieser steilen These anfangen kann. Wie sollen wir damit umgehen? Wir sitzen hier fest, in einer Zelle, während ein paar Etagen weiter unten ein kosmisches Etwas außer Kontrolle gerät und uns bald in ein Schwarzes Loch saugt?"

Markinson dachte einen Moment nach. So wie Lucas es formuliert hatte, klang es beinahe lächerlich, andererseits ...

Seine Gedanken wurden abrupt unterbrochen, als ein Beben durch die Basis ging, das so heftig war, dass er sich an der Wand abstützen musste.

Bhaku stieß einen Schrei aus und Lucas sprang von der Pritsche auf.

„Was zur ...", setzte er an, doch der Rest des Satzes wurde von absoluter Geräuschlosigkeit verschluckt, die Markinson einhüllte. Auch das bisher konstante Wummern des Reaktors war verstummt. Ihm kam es beinahe so vor, als würde er im luftleeren Raum des Weltraums schweben. Und so war es fast, Markinson fühlte sich leicht, als nehme irgendetwas sämtliches Gewicht von seinen Schultern. Er blickte zu Lucas und Bhaku. Sie waren starr, wie eingefroren, zwischen ihnen und Markinson waberte eine transparente Schicht, wie eine flüssige Wand, auf der sich zarte Wellen in einem geleeartigen Medium ausbreiteten. Markinson konnte hindurchsehen und erkannte, dass sich Lucas zwar bewegte, aber in einer Art Ultrazeitlupe, so, als existiere er in einer anderen Zeitebene, die hundertfach verlangsamt ablief.

Das müssen Zeitblasen sein, verursacht durch eine Fehlfunktion im Reaktor, dachte Markinson. Die Effekte waren also nicht mehr nur auf das Herz der Anlage begrenzt.

Dann verpuffte das Phänomen, und eine heftige Gravitationswelle riss Markinson von den Füßen. Er knallte gegen die Wand und ging benommen zu Boden. Nach ein paar Sekunden der Desorientierung wurde sein Kopf allmählich klarer.

Das Wummern war zurück, die gewohnte Schwere seines Körpers.

Lucas kam zu ihm und zog ihn auf die Füße. „Okay, ich gebe zu: Damit wäre Ihre These wohl eindrucksvoll bewiesen."

„Leider ja." Markinsons schüttelte die letzten Reste der Benommenheit ab und setzte sich auf die Pritsche, während Lucas nach Bhaku sah. Der Junge zitterte und murmelte in seiner eigenen Muttersprache. Lucas legte ihn auf eine der Pritschen und deckte ihn mit einer Decke zu. „Beruhige dich, Junge. Wir werden hier schon rauskommen."

„Wir müssen die Singularität irgendwie schließen“, sagte Markinson leise, mehr zu sich, als zu den anderen. „Wir müssen die Effekte stoppen, den Spalt versiegeln.“

Lucas seufzte. „Und wie sollen wir das anstellen, hier drin, in einer verdammten Zelle? Und meinen Sie wirklich, dass Sie mehr ausrichten können als die Russen, die sich seit Jahren mit dieser Technologie beschäftigen?“

Markinson atmete tief durch. „Es ist wohl eher eine Frage des Wollens. Wir wollen die Kraft dieses Phänomens zum Versiegen bringen, die Russen wollen sie nutzen.“

„Dann müssen Sie mit ihnen reden,“ sagte Lucas. „Sie sind die einzige Chance. Gehen Sie auf ihr Spiel ein. Verschaffen Sie uns Informationen. Vielleicht können wir etwas tun, bevor es zu spät ist.“

Markinsons Gesicht verzog sich schmerzhaft. „Sie meinen, ich soll mich als nützlich erweisen? Als Mitspieler bei ihrem Wahnsinn?“

„Als Spion“, entgegnete Lucas scharf. „Oder sollen wir tatenlos zusehen, wie diese Basis, halb Russland oder vielleicht die Welt auseinandergerissen wird?“

„Nein“, sagte Markinson entschieden. „Aber ... dann brauchen wir diesen Dimitri Sowa. Ich glaube, er ist derjenige, der hier wirklich das Sagen hat. Mit Borissow brauchen wir nicht zu reden, der befolgt nur Befehle. Wir müssen Sowa klarmachen, dass, wenn er weiter versucht, die Singularität zu kontrollieren, das Ding ihn und uns alle verschlingen wird. Und wenn er nicht hört ..., dann müssen wir einen Weg finden, den Reaktor selbst abzuschalten.“

Lucas blickte ihn an, sein Gesicht war voller Ernst. „Dazu müssten wir in den gesicherten Reaktorraum.“

„Ich weiß, vielleicht kann ich ihr Vertrauen gewinnen und in einem unbeobachteten Moment einen totalen Shutdown verursachen?“

Lucas schüttelte zweifelnd den Kopf. „Ein mutiger Plan für einen Universitätsdozenten – und ein irrwitziger!“

„Vielleicht.“ Markinsons Stimme war ruhig. „Aber es gibt immer eine Chance. Wir müssen in jedem Fall verhindern, dass die Singularität weiter unsere Realität durchlöchert.“

In diesem Moment flackerte das Licht – und für einen Sekundenbruchteil spürte Markinson, wie die Luft vibrierte, das tieffrequente Wummern nahm beinahe schmerzhafte Ausmaße an, dann klang es wieder ab.

„Wir haben nicht viel Zeit. Wenn Sie die Russen nicht überzeugen können ..., dann müssen wir improvisieren“, erwiderte Lucas.

Dann bebte der Boden leicht, ein deutlich wahrnehmbares Grollen durchlief das Fundament.

„Ich hab als Agent allerhand irre Situationen erlebt, aber ich muss zugeben, dass mir das langsam eine Scheißangst einjagt,“ sagte Lucas, seine Stimme klang nun belegt.

Markinson nickte nur stumm.

Nun erklang das metallische Klacken von beiseitegeschobenen Riegeln an der Tür. Sie öffnete sich mit einem leisen Quietschen. Zwei schwer bewaffnete Wachen traten ein. Dahinter: Dimitri Sowa, die übliche frostige Kälte in den Augen. „Dr. Markinson“, sagte er beinahe freundlich. „Ihre Zeit ist gekommen. Sie können beweisen, was in Ihnen steckt.“

Markinson zögerte, blickte Lucas an, dann Bhaku.

„Viel Erfolg“, sagte Lucas. „Bringen Sie diese Irren zur Vernunft.“

Markinson legte den Kopf schief, erwiderte aber nichts. Wortlos folgte er Sowa hinaus in den Korridor.

19

„Stopp!“, zischte Kora, die an der Spitze des Separatistentrupps ging, und zeigte in den Himmel in südlicher Richtung.

Die Gruppe machte sofort Halt und suchte Deckung hinter den Felsen. Nur Nikan zögerte. Armstrong zog ihn rasch in eine dunkle Nische zwischen den Steinblöcken und bedeutete ihm, sich nicht zu rühren.

Das Surren einer Überwachungsdrohne war leise, aber eindeutig zu hören. Die Russen suchten offenbar immer noch die Umgebung ab.

Einige quälend lange Sekunden vergingen, dann hörte Armstrong, dass die Drohne abdrehte und sich in westliche Richtung entfernte. Sie hatten verdammtes Glück gehabt, denn offenbar verfügte das Modell nicht über Wärmebildtechnik, sonst wären sie geliefert gewesen.

„Weiter!“, flüsterte Kora. „Wenn die Koordinaten stimmen, sind wir schon nah dran.“

Sie eilten an einem Graben entlang, der parallel zu einem mit Schotter befestigten Feldweg führte. Er endete plötzlich auf einer weiten Fläche, in der vereinzelte Felsen aus dem grün-braunen Tundragras ragten. Kora trat mit einem tragbaren Navigationsgerät vor und prüfte die Position. „Hier sollte es sein. Der Schacht, den wir suchen, dient nach Olegs Angaben zur Belieferung der unterirdischen Anlage mit Material und Verpflegung. Er muss also groß sein“, erklärte sie. „Sucht den Platz ab.“

Major Armstrong ließ seinen geschulten Blick über das umliegende Gebiet gleiten, tat ein paar Schritte, drehte sich um und bemerkte ein Knirschen, als er weiter nach links ging. Direkt am Rand eines größeren Steinblocks fand er den Versorgungsschacht. Gut getarnt als eine mit Moos, Gras und kleinen Steinen beklebte Stahlplatte. „Hier drüben!“, meldete er, kniete sich nieder und tastete die Oberfläche ab.

Die anderen scharten sich um ihn. Unter einer verdeckten Klappe kam ein kompaktes Terminal mit Tastenfeld zum Vorschein.

„Wie von Oleg übermittelt“, meinte Ivar. „Machen Sie Platz, Armstrong!“

Armstrong stand auf und ließ Ivar vor.

„Jetzt wird sich zeigen, wie gut die Informationen sind“, meinte dieser und beugte sich über das Keypad. Er gab einen achtstelligen Code ein und bestätigte mit der Raute-Taste. Die LED oben am Gerät sprang von Rot auf Grün, und eine Reihe metallischer Klappergeräusche war zu hören, als die Riegel der Luke mittels Motoren entsperrt wurden.

Ivar trat zurück, und zwei seiner Kämpfer hoben den schweren Metalldeckel an. Drunter verbarg sich ein scheinbar bodenloser quadratischer Schacht, der in einem etwa 45 Grad steilen Winkel nach unten führte. Auf dem schräg hinabführenden Boden befanden sich zwei Schienen, auf denen wohl sonst Transportcontainer in die Tiefe geschoben wurden. Leitersprossen oder eine Treppe fanden sich nirgends. Dieser Schacht war nicht dafür gemacht, von Menschen benutzt zu werden.

„Sieht nach einer schönen Rutschpartie aus“, meinte Armstrong. „Ich liebe Vergnügungsparks.“

Er erntete einen vernichtenden Blick von Kora. „Das hier ist kein Spaß!“, zischte sie.

„Ach ja?“, fragte Armstrong und deutete auf seinen Verband. „Muss mir wohl entgangen sein.“

„Schluss jetzt! Alle da rein, bevor sie was merken“, ordnete Ivar an.

Einer nach dem anderen rutschten sie in den Schacht, dessen raue Betonwände jede ungeschützte Körperstelle sofort zu zerkratzen drohten. Armstrong musste sich zusammenreißen, denn seine erst frisch verheilten Verletzungen schmerzten bei allzu großer Belastung. Er wusste, dass er riskierte, die Wunden wieder aufzureißen und sie damit zu infizieren. Aber ihm blieb keine Wahl. Er wollte nicht derjenige sein, der seine Kameraden zurückließ.

Nach wenigen Minuten erreichten sie ohne Zwischenfälle den Grund des Schachtes, der hier in eine waagerechte Röhre überging. Ein mattes Notlicht flackerte hier über den rostigen Schienen, die nun auf ebenem Boden verlegt waren.

Noch dazu befand sich in der Mitte des Tunnels ein Kettenantrieb, ergänzt von einigen Gummirollen, mit denen die Container vermutlich vollautomatisch weiter ins Innere befördert wurden. An den feuchten Steinwänden zogen sich Leitungen und Kabel entlang.

„Seht ihr Sensoren? Kameras?“, fragte Ivar.

Kora und Armstrong spähten in das Zwielicht. „Nichts, soweit ich es sehen kann. Oleg hat keine weiteren Sicherheitsmaßnahmen erwähnt“, meinte Kora

„Na schön, dann weiter“, meinte Ivar und übernahm die Führung.

Die Gruppe der Separatisten arbeitete sich durch den schmalen Versorgungsschacht weiter vor in

Richtung von Orel-8. Nikan und Major Armstrong übernahmen die Nachhut.

Das Echo ihrer Schritte vermischte sich mit dem angestrengten Schnaufen der Männer, die allesamt gebückt gehen mussten.

Einige krochen bald sogar auf Händen und Knien vorwärts, weil es auf Dauer weniger belastend war. Sie überquerten Gitterroste und passierten Wartungsluken links und rechts.

Gerade als sich Armstrong fragte, wie lange sie wohl noch durch diese verdammte Röhre würden kriechen müssen, da machten die Männer vor ihm plötzlich halt. Der Tunnel endete in einer etwas größeren und vor allem gut zwei Meter hohen Höhle, in die sich das halbe Dutzend Personen mit Mühe hineinquetschen konnte.

Doch die Freude über den gewonnenen Freiraum hielt nicht lange. Die Schienen, denen sie gefolgt waren, endeten genau vor einer schweren Schleuse – eine dicke, stählerne Tür, die mit Sicherheitsverschlüssen ausgestattet war. Das Ganze wirkte, als wäre es zum Schutz eines geheimen Atombunkers gebaut worden.

„Verdammt!“, fluchte Kora. „Die Verriegelung ist aktiv. Kein Durchkommen.“

Ivar schnappte sich seinen Rucksack und zog ein Paket Sprengstoff hervor. „Wir können sie aufsprengen.“

Armstrong trat vor und legte Ivar die Hand auf die Schulter. „Dann sind wir tot, bevor wir die Tür durchquert haben. Der Stahl ist zu massiv und die Druckwelle würde uns wegpusten.“

„Er hat recht“, stimmte Kora zu. „Außerdem würden die Russen unser Eindringen sofort bemerken. Das Überraschungsmoment wäre dahin.“

Ratlosigkeit machte sich breit. Armstrong setzte sich und lehnte sich an die Wand, er rang nach Luft. Die Wanderung und das Kriechen im Schatten hatten ihn mehr Kraft gekostet, als er bereit war, zuzugeben.

„Wir sind geliefert“, murmelte einer der Kämpfer. „Die Operation ist gescheitert.“

„Ich will davon nichts ...“, fuhr Kora ihn an und wurde prompt unterbrochen.

Der Boden bebte und grollte. Ganz kurz nur. Ein Ächzer ging durch das Metall der dicken Schleuse. Das ohnehin schon dimme Licht über ihnen flackerte, ging für ein paar Sekunden ganz aus – dann kehrte es zurück.

Die Schleuse aber schien sich zu verändern.

„Was im Namen aller Götter?“, fragte Nikan, der, seitdem sie den Schacht betreten hatten, kein einziges Wort gesagt hatte.

Vor ihren Augen verzog sich das Metall der Tür wie unter einer unsichtbaren Kraft. Es schien zu zerfließen, zu pulsieren. Die zuvor glatte Oberfläche wellte sich, so, als habe jemand einen Stein in einen See geworfen.

Wieder bebte es kurz, und einer der Männer verlor den Halt und versuchte, sich irgendwo festzuhalten. Instinktiv streckte er die Hand aus und packte den Türgriff der Schleuse.

„Nicht!“, rief Armstrong und wollte den Mann packen – doch zu spät.

Der jugendliche Kämpfer schrie auf, ein Laut wie aus der Kehle eines Sterbenden. Er stürzte weg von der Schleuse, riss Ivar zu Boden und fiel über ihn.

Seine rechte Hand, eben noch jung und kräftig, war schlagartig grau geworden, dünn und faltig wie Pergament, die Adern traten hervor. Sein Gesicht wurde aschfahl, seine Augen verdrehten sich. Er brach zusammen.

„Was in aller Welt?“, flüsterte Nikan, bleich vor Schreck.

„Das kommt sicher von diesem Reaktor“, keuchte Armstrong. „Markinson hatte recht.“

Plötzlich erklang ein Summen, gefolgt von einem elektrischen Spratzeln. Die Notbeleuchtung fiel aus, dann flackerten auch die Kontrollanzeigen am Verschlussmechanismus der Tür – und erloschen schließlich ganz. Die elektronische Verriegelung war deaktiviert worden. Im Licht ihrer Taschenlampen erkannten sie, dass auch die wasserartigen Wellen in der Struktur der Schleuse langsam verschwanden. Danach erfasste die Gruppe eine Schockwelle wie von einer Detonation, die sie beinahe wieder von den Beinen fegte.

„Jetzt oder nie!“, rief Kora und zog Ivar auf die Füße. Zwei Männer griffen nach dem bewusstlosen Kämpfer, doch Kora hielt sie zurück.

„Lasst ihn! Wenn wir ihn schleppen, sind wir zu langsam.“

Sie zögerten kurz, aber gehorchten dann.

Armstrong hasste diese Entscheidung, denn ihm war immer eingetrichtert worden, niemals einen Kameraden zurückzulassen, doch andererseits hatte Kora recht. Und er selbst war zu schwach, um den Mann zu tragen.

Ivar und Kora entriegelten derweil die Tür und zogen sie auf. Die Separatisten stürmten los – durch die Schleuse, hinein in die Schatten der geheimen Anlage, bereit, für ihr Ziel alles zu riskieren.

Armstrong warf einen Blick zurück, bevor er den

anderen hinterherging. Der junge Mann regte sich immer noch nicht, sein Arm wirkte wie der eines Hundertjährigen. Er wusste: Das war kein gutes Zeichen für das, was jetzt kommen mochte. Aber fürs Umkehren war es sowieso längst zu spät.

***

US-Forschungslabor, Nevada
21. September, 11:08 Uhr

Professor Charles Mannheimer war auf der Suche nach Inspiration, nach einer Eingebung. Schon seit den frühen Morgenstunden betrachtete er wie gebannt die Anzeigen auf den beiden Monitoren vor ihm. Er hatte so viele Daten nebeneinander auf die Bildschirme gepackt, wie es nur ging. Er erhoffte sich davon neue Erkenntnisse, einen Zusammenhang, den er bisher übersehen hatte, einen Strohhalm, nach dem er greifen konnte. So ehrlich musste er zu sich selbst sein: Das hier war Stochern im Nebel, keine Wissenschaft. Dazu fehlten ihm zu viele Teile im Puzzle. Und er war zu weit weg vom eigentlichen Geschehen.

Markinson war vor Ort, er konnte womöglich die Erkenntnisse gewinnen. Sofern er noch lebte. Nicht einmal das war sicher.

Der Professor seufzte schwer. Wenn er nicht bald etwas lieferte, würde der Präsident einen Angriff starten und womöglich eine Eskalation in Gang setzten, die nicht mehr aufzuhalten war.

Wieder suchte Mannheimers Blick die Displays ab, während sich die Wellenformen in abwechselnden Farben über die Bildschirme bewegten, veränderten und ineinander verschlangen. Das hier war auf seltsame Weise chaotisch und doch harmonisch, rätselhaft, eindringlich und irgendwie hypnotisierend.

„Was haben Sie?“, fragte Anita Grey und riss Mannheimer aus seinen Gedanken.

Er drehte sich um und sah sie an. „Nichts“, war alles, was er sagen konnte. Und das wahr die reine Wahrheit. Er hatte gar nichts, das war eben das Problem.

„Sie können es nicht erzwingen“, meinte Grey. „Oder meinen Sie, wenn Sie diese Kurven nur lange genug anstarren, verraten sie Ihnen ihre Geheimnisse?“

Mannheimer schüttelte instinktiv den Kopf, er wusste, dass sie recht hatte. Er zwang sich zu einem schmalen Lächeln.

„Nein, natürlich nicht. Als ob ...“ Er stockte.

„Was ist nun schon wieder?“, fragte Grey nach.

Doch Mannheimer antwortete nicht. Er wandte sich erneut dem Computer zu und machte hektische Eingaben. Er legte Wellenmuster und Messdaten übereinander, passte die Skalierung an und verschob die Phase einzelner Signale in Relation zu den anderen.

„Herrgott noch mal, Charles!“, rief Grey, doch Mannheimer hörte es kaum. „Was ist denn?“

„Ein Muster ...“, murmelte der Professor. „Da ist ein Muster. Ich hab es geahnt. Als Sie eben sagten, die Signale würden ihre Geheimnisse verraten, hat es Klick gemacht.“

„Ich verstehe immer noch nicht. Haben Sie nicht gut geschlafen?“

„Ich habe überhaupt nicht geschlafen“, gab Mannheimer zu. „Aber das ist nicht der Punkt!“ Er vergrößerte den Ausschnitt, ließ eine Spektralanalyse laufen. Die Wellenformen ordneten sich neu – und tatsächlich: Es war nicht länger bloß ein chaotischer Haufen Daten. Da war eine modulierte Frequenz überlagert. Wiederkehrende Impulse, leicht phasenverschoben, nicht etwa im üblichen elektromagnetischen Sinne, sondern direkt in den Fluktuationen der Gravitation.

„Sie denken doch wohl nicht, dass ..." Grey trat näher heran. „Eine Art Kommunikation?"

Mannheimer nickte zögerlich. „Vielleicht. Gravitative Modulation. So etwas wurde theoretisch diskutiert, aber ... das hier wäre der erste reale Hinweis."

„Aber selbst wenn das stimmt, wer kommuniziert da? Die Russen? Oder hat Doktor Markinson einen Weg gefunden, heimlich Kontakt aufzunehmen?"

Mannheimer schüttelte langsam den Kopf. „So sehr ich mir das wünschen würde. Nein, ich glaube, das stammt aus der Singularität selbst."

Grey riss die Augen auf. „Das ist unmöglich. Nichts kann die äußere Grenze eines solchen Phänomens durchdringen. Keine Information, kein Licht, kein Signal."

„Nach klassischer Theorie, ja. Aber was, wenn es kein gewöhnliches Schwarzes Loch ist? Wenn wir es mit einer künstlich stabilisierten Quantenstruktur zu tun haben? Einem ... Keine Ahnung, wie man es nennen würde. Wir wissen beide, dass die Gravitation die letzte große Unbekannte in den physikalischen Theorien ist. Wir können nicht genau sagen, wie sie wirklich funktioniert."

Grey setzte sich auf den Rand eines Schreibtisches. Ihr Blick wanderte zurück zum Display. „Alles schön und gut, aber wollen Sie damit sagen, das Ding sendet etwas?“

Mannheimer presste die Lippen zusammen. „Vielleicht nicht im herkömmlichen Sinn. Aber etwas im Inneren erzeugt diese Signaturen. Und …“ Er tippte einige Zahlen ein – „… die Muster verändern sich. Die Intervalle verkürzen sich. Es ist, als ob sich etwas auflädt.“

„Oder herunterzählt“, warf Anita ein.

Er nickte langsam. „Ein Resonanzphänomen vielleicht, eine Reaktion auf die Umgebung. Oder eine Art …“ Er zögerte kurz. „Ja, eine Art Countdown.“

Für eine kurze Weile sagte keiner der beiden etwas.

Mannheimer dachte noch einmal über das nach, was er eben gesagt hatte. Die Gravitation selbst als Träger einer Botschaft? Das war eine zu steile These. Vielleicht war er doch übermüdet und sah Gespenster.

Anita Grey ergriff als Erste wieder das Wort. „Wenn es tatsächlich eine Art Kommunikation ist, was ich nicht so recht glaube“, sagte sie leise, „dann stellt sich mir eine Frage.“

„Welche?“ Mannheimer sah sie fragend an.

„An wen richtet sie sich?“

Der Professor nickte. „Korrekt. Und die nächste Frage wäre: Gibt es eine passende Antwort?“

20

Gefangentrakt in Orel-8, Verhörraum

Die Wachen schubsten William Markinson durch die Tür und verriegelten diese hinter ihm mit einem satten Knallen.

Dimitri Sowa hatte bereits an einem langen, komplett leeren Tisch inmitten des Verhörraums Platz genommen. Die Fingerspitzen aneinandergelegt, richtete er die Augen mit einem schwer zu deutenden Blick direkt auf Markinson.

Zwei bewaffnete Soldaten standen sich an den beiden kurzen Wänden des Raums gegenüber, vermummt und regungslos wie Statuen. Waren das die Leibwächter des Geheimdienstmannes?

„Dr. Markinson." Sowa lächelte dünn. „Sie wirken erschöpft. Ich hoffe, mit der Unterbringung ist alles in Ordnung."

Markinson ließ sich auf einen Stuhl sinken. „Alles bestens, danke der Nachfrage", sagte er ironisch. „Der Whirlpool könnte etwas wärmer sein, aber sonst hat Ihr Hotel die fünf Sterne wirklich verdient."

„Sie gefallen mir, Galgenhumor hat schon viele Männer durch die schlimmsten Phasen getragen. Bewahren Sie sich das ruhig."

„Wir haben nicht die Zeit dafür", sagte Markinson nun bitterernst. „Ich nehme an, Sie haben mich rufen lassen, weil es wieder Probleme gab."

Sowa lehnte sich entspannt zurück. „Was bringt Sie zu dieser Annahme?“

„Nun, vielleicht die Tatsache, dass wir vorhin Zeit- und Gravitationsanomalien in unserer Zelle erlebt haben. Ich kann mir nicht vorstellen, dass dies der einzige Ort war, an dem diese Effekte aufgetreten sind.“ Er machte eine Pause und musterte Sowa, doch der Agent ließ sich zu keiner Reaktion verleiten, also fuhr er fort. „Das bedeutet, dass der Reaktor bereits die Umgebung in Mitleidenschaft zieht. Wann sehen Sie endlich ein, dass es Wahnsinn ist, weiterzumachen?“

„Wie erwartet sehr theatralisch“, kommentierte Sowa knapp. „Die von Ihnen beschriebenen Effekte waren nur einer Umstellung in den Prozessen geschuldet und werden künftig nicht mehr auftreten.“

„Ach, und was macht Sie da so sicher?“

„Professor Saljewitsch hat alles genau so vorhergesagt. Wir gehen gerade in eine ganz entscheidende Phase des Projektes über und – nun, ich gebe es zu – wir betreten hier Neuland.“

Markinson beugte sich vor, seine Stimme war ruhig, aber eindringlich. „Wenn Sie die Singularität nicht sofort abschalten, stirbt jeder in dieser Basis. Und wer weiß, was noch alles passiert.“

Ein kurzer Laut des Amüsements entfuhr Sowa, es war kein Lachen, sondern mehr ein verächtliches Glucksen, das so gar nicht zur steinernen Fassade des FSB-Agenten passte. „Ich sagte doch schon, wir haben alles unter Kontrolle.“

„Nein.“ Markinsons Stimme wurde schärfer. „Sie haben gar nichts unter Kontrolle. Sie glauben, das sei eine Energiequelle, die Sie bändigen können, die sie nach Belieben anzapfen können. Aber das ist sie nicht!

Die Gravitationseruptionen, die Raumzeitkrümmungen — das sind nicht bloß physikalische Effekte, die man in Kauf nehmen muss. Das hier markiert ein Aufbrechen der Barrieren zwischen den Dimensionen. Die Singularität ist ein Portal zu anderen Realitäten geworden, ein Knotenpunkt, der sich mit jeder Sekunde weiter auflädt. Und irgendwann — vielleicht in Stunden oder in Minuten — wird er kollabieren." Markinson merkte, wie er sich in Rage redete und fürchtete, dass das vermutlich kontraproduktiv war, wenn er einen Mann wie Sowa überzeugen wollte.

Der Agent musterte ihn derweil schweigend. Und wider Erwarten hatte Markinson beinahe den Eindruck, dass sein Gegenüber tatsächlich über das nachdachte, was er gesagt hatte. Doch es währte nicht lange. „Sie sind gut, Doktor Markinson. Fast hätten Sie mich mit Ihrem Schauermärchen gekriegt."

„Sowa, verdammt! Das ist doch kein Spiel. Wir sollten einen Shutdown durchführen." Markinson atmete schwer. „Sie müssen das Experiment abbrechen, die Energieversorgung trennen. Je länger Sie warten, desto größer wird der Druck. Wenn die Singularität implodiert, reißt sie diese Basis mit sich — und wahrscheinlich noch ein gutes Stück von Kamtschatka."

Ein Schatten huschte über Sowas Gesicht. „Ihre Kollegen in Nevada arbeiten doch an ähnlichen Projekten, oder etwa nicht?" Er lächelte kühl. „Sie wollen, dass wir aufgeben, damit die Amerikaner wieder einmal die Nase vorn haben."

Markinson schüttelte energisch den Kopf. „Zur Hölle mit den Ideologien! Das hier ist kein Wettlauf mehr. Sie haben eine tickende Zeitbombe erschaffen, die im wahrsten Sinne jede Dimension sprengt."

Für einen Moment war nur das Summen der Neonröhren über dem Tisch zu hören.

Dann stand Sowa langsam auf, ging um den Tisch herum. „Ich gebe Ihnen eine Chance. Sie werden uns helfen, die Lage zu stabilisieren.“ Er warf einen Blick zu den Soldaten. „Unter Aufsicht.“

„Sie …“, setzte Markinson an. „Sie hören mir nicht zu. Ich werde auf keinen Fall alles noch schlimmer machen. Wenn Sie Hilfe brauchen, das Ding abzuschalten, dann bin ich sofort bereit zu helfen, aber …“

„Sie tun, was wir verlangen!“, fuhr Sowa ihn an und schrie urplötzlich so laut, dass Markinson instinktiv zusammenzuckte.

Sowa schnippte mit den Fingern, und einer der Soldaten legte einen Tabletcomputer auf den Tisch direkt vor Markinson. Der Agent tippte auf den Bildschirm und ein Videostream aus einem Krankenzimmer erschien. Ruth Baxter lag festgeschnallt auf einem Bett. Neben ihr stand Kommandant Borissow. Sowa ließ sich einige Sekunden Zeit, damit das Bild die volle Wirkung auf Markinson entfalten konnte. Und das tat es.

„Was wollen Sie damit andeuten?“, fragte er ungläubig.

„Ihre Motivation lässt zu wünschen übrig, Doktor!“ Wieder tippte Sowa auf den Bildschirm und ein kleines Fenster signalisierte, dass eine Sprechverbindung hergestellt wurde. „Borissow, Sie haben grünes Licht für härtere Verhörmaßnahmen.“

Der Kommandant nickte und wandte sich einem Tischchen mit allerlei Instrumenten zu.

„Und wenn wir mit der Soldatin fertig sind, haben

wir ja noch weitere Kandidaten in unserer Gewalt. Ihr Kollege Lucas, Miss Garner, der Junge ..."

„Sie Monster!", zischte Markinson.

Alles in ihm wollte sich diesem Kerl widersetzen, aber er wusste, dass er keine Chance hatte – außer, er würde gute Miene zum bösen Spiel machen und auf Sowas Vorschlag eingehen. Zumindest vorerst. „Stoppen Sie das! Ich werde mitmachen."

Sowa wartete noch einen Moment, dann aktivierte er erneut die Sprechverbindung. „Befehl aufgehoben, Borissow. Ziehen Sie sich zurück."

Der Kommandant warf einen widerwilligen Blick in die Kamera. Es war offensichtlich, dass er sich schon sehr darauf gefreut hatte, seine sadistische Ader auszuleben, doch er gehorchte und ließ von Baxter ab.

„Ich habe aber noch eine Bedingung", sagte Markinson.

„Soso", meinte Sowa in abfälligem Ton.

„Lassen Sie den Jungen gehen, er gehört hier nicht her, er hat mit all dem nichts zu tun!"

„Nein. Er hat Sie hergeführt, das macht ihn zum Kollaborateur. Und außerdem habe ich den Befehl gegeben, die Anlage zu versiegeln. Wie ich schon sagte, gehen wir in die nächste Projektphase über, und dafür können wir keine weiteren Störungen gebrauchen. Der Junge bleibt, aber Sie haben mein Wort, dass ihm nichts geschieht – solange Sie kooperieren."

Markinson spürte, wie ihm die Galle hochkam. Er war diesem Scheusal ausgeliefert und konnte rein gar nichts tun. Zähneknirschend nickte er.

„Ich wusste, dass Sie vernünftig sein würden", lobte Sowa ihn nun in beinahe freundlichem Ton. Er wandte sich an die Wachen. „Bringen Sie ihn in den

Kontrollraum. Und sagen Sie Saljewitsch und Tschevtschenko, dass sie sich bereithalten sollen."

Markinson erhob sich. Wie war er nur in diese beschissene Situation geraten? Er wusste: Wenn er Sowa nicht doch noch überzeugen konnte, das Experiment zu beenden — oder falls er scheiterte, die Singularität zu stabilisieren —, würde keiner hier lebend herauskommen.

***

Luftwaffenstützpunkt Kadena, Okinawa, Japan
21. September, kurz vor Sonnenaufgang

Auf dem Betonfeld herrschte geschäftiges Treiben. Unter Flutlichtschein arbeiteten zwei Techniker an einem unauffällig aussehenden, aber futuristischen Fluggerät – einem B-2-Spirit-Tarnkappenbomber, dessen geschwungene, matte Oberfläche selbst das Licht zu verschlucken schien. Es war das weltweit teuerste Kampfflugzeug mit über zwei Milliarden US-Dollar Herstellungskosten pro Stück. Selbst modernste Radaranlagen konnten es nicht zuverlässig detektieren.

Das Klicken und Surren der Hebevorrichtungen ging durch die Luft, während eine massive, zylindrische Waffe unter den Bombenschacht gehievt wurde.

„Vorsicht, das Ding wiegt über zweieinhalb Tonnen", knurrte Chief Master Sergeant Halvorsen, während er den mechanischen Greifarm steuerte. Die Bombe schimmerte in einer eigenartigen matten Lackierung, ihre Oberfläche war mit strahlungsabsorbierenden Nanopartikeln beschichtet.

Airman First Class Jiro Tanaka wischte sich den

Schweiß von der Stirn. „Weißt du eigentlich, was das für ein Monstrum ist? Das ist kein Standard-JDAM."

Halvorsen nickte knapp. „GBU-208H. Bunkerbrecher der nächsten Generation – bisher nicht offiziell in unserem Bestand. Das Ding ist 'ne Megabombe, subterrane kinetische Penetration mit verzögerter Plasmadetonation, entwickelt für die Zerstörung der bestgeschützten Hochsicherheitsanlagen tief unter der Erde."

Tanaka pfiff durch die Zähne. „Und wir packen das auf eine B-2. Die kann vom Radar nicht gesehen werden."

„Deswegen macht man's ja so." Halvorsen prüfte die Sicherung. „Fliegt tief, fliegt leise, trifft hart. Kein Vorwarnsystem der Welt erkennt das rechtzeitig."

Tanaka warf einen Blick über das Flugfeld. Weitere Techniker arbeiteten an anderen Bombern, Waffen wurden verladen, die Tanks befüllt.

„Und das ist nur eine Übung, ja?", fragte er sarkastisch.

Halvorsen sah ihn nicht an. „Mach einfach deinen Job. Denk nicht über die Politik nach. Das beschert dir bloß Kopfschmerzen."

„Das war vor zwei Wochen auch schon deine Antwort. Und was ist passiert? Ein Trupp ist nach Russland rein. Mit dem Heli. Und zurückgekommen ist niemand." Tanaka sprach nun leiser, als würde er Geheiminformationen ausplaudern. „Wir sehen doch alle, wie nervös die Offiziere sind. Die erhöhte Alarmstufe. Die verschlüsselten Durchsagen. Irgendwas Großes steht bevor."

Halvorsen schwieg. Das metallische Klacken beim Verriegeln der Bombenhalterung war Antwort genug.

In diesem Moment kam ein dritter Techniker auf sie zu, Staff Sergeant Monroe, die Kapuze seiner Jacke gegen den Morgenwind tief ins Gesicht gezogen.

„Ihr seid fast durch, ja?“, fragte er. „Macht hinne. Schichtende ist in zwanzig Minuten. Und ...“ – er warf einen kurzen Blick über die Schulter – „... nur damit ihr’s wisst: Das ist keine Übung. Der Vogel hebt heute Nacht ab. Und das nicht zum Spaß.“

Tanaka blinzelte. „Ernsthaft?“

„So ernst wie ein russisches Wintermanöver. Falls ihr jemanden anrufen wollt – tut’s jetzt.“ Monroe schulterte seinen Werkzeugkoffer. „Die Welt steht am Abgrund, Jungs. Wir sind die, die sie drüber schubsen könnten.“

Er verschwand wieder in der Dunkelheit zwischen den Hangars. Tanaka starrte ihm nach. „Ich hasse es, wenn er recht hat“, murmelte er.

Halvorsen sah ihn endlich an. Seine Stimme war rau. „Dann beten wir besser, dass der Einsatz pünktlich abgeblasen wird. Sonst wird es eine lange, dunkle Nacht.“

21

Orel-8, Ebene -4,
09:28 Uhr

Die Luft in dem unterirdischen Gang wurde immer wärmer, je näher Markinson und seine beiden Bewacher sich in Richtung Technikbereich bewegten. Das allgegenwärtige Wummern, das irgendwo tief in der Struktur des Reaktors seinen Ursprung hatte, schwoll mit jedem zurückgelegten Meter ebenfalls an. William Markinson warf immer wieder flüchtige Blicke auf die Soldaten an seinen Flanken. Die Männer blieben stets wachsam, auch wenn ihre Waffen gesenkt waren. Er hatte sich an diesen drohenden Begleitschutz im Grunde schon gewöhnt und aufgegeben, ernsthaft an Flucht zu denken. Das wäre auch nicht die Lösung des Problems – falls es dafür überhaupt eine echte Lösung gab.

Sie hatten den Kontrollraum noch nicht erreicht, da kam ihnen Dr. Juri Saljewitsch mit schnellen Schritten entgegen. Neben ihm Arina Tschevtschenko, das Gesicht ausdruckslos, und eine Mappe voller technischer Diagramme in der Hand. Dahinter ging Denise Garner, ihr Lächeln war schwach, aber es gab ihm trotzdem Halt.

„Dr. Markinson, man hat mir gesagt, Sie haben Ihre Bedenken nun über Bord geworfen und sind bereit, ernsthaft mit uns zusammenzuarbeiten. Also werden wir nun gemeinsam Geschichte schreiben!“ Saljewitsch klang stolz wie immer.

„Ich bin nicht hier, um Ihren Assistenten zu spielen“, entgegnete Markinson knapp. „Ich bin hier, weil man mich erpresst.“

„Erpressung ist so ein hartes Wort. Einigen wir uns auf Zusammenarbeit unter außergewöhnlichen Umständen.“ Der Russe lächelte und drehte sich um. „Kommen Sie.“

Markinson schluckte eine saftige Erwiderung hinunter. Er wusste, dass es sinnlos war, mit Saljewitsch über Begrifflichkeiten zu streiten.

„Wir schaffen das schon irgendwie“, flüsterte Denise ihm fast unhörbar zu, während sie an seine Seite trat.

Sie gingen gemeinsam einen schmalen Gang entlang, immer weiter vom Kontrollraum weg. Die Stahlplatten unter ihren Füßen klangen hohl, der Weg führte tiefer ins Innere der Anlage.

Markinson erinnerte sich, dass es der Weg zum Reaktor sein musste.

Saljewitsch begann beiläufig zu referieren: „Sie wissen ja, unsere Reaktorplattform basiert auf Ihren Theorien, kombiniert mit russischer Ingenieurskunst, die alles in die Praxis umgesetzt hat. Die Singularität, die wir aus dem auf Quantenebene gezüchteten Keimpunkt geschaffen haben, wird durch modulierte Partikelströme stabilisiert – Atomlaser, wenn Sie so wollen. Doch diese Skalierung verläuft nicht linear, im Gegenteil, sie hat ihre eigenen Gesetze. Ihre Aufgabe wird es sein, eine Logik darin zu erkennen und die technischen Parameter zur Steuerung daraus abzuleiten.“

„Steuerung“, wiederholte Markinson kopfschüttelnd. Er glaubte nicht daran.

„Ganz recht“, meldete sich Tschevtschenko zu Wort. „Wir sind uns wohl einig, dass wir dringend mehr Kontrolle brauchen. Das eigentliche Problem ist die Stabilisierung, während wir den Output hochfahren. Wir können die Energie zwar eine Weile kontrollieren, aber ... es gibt Phänomene, die nicht vorhersehbar sind. Resonanzen, Interferenzen. Ich weiß im Grunde nicht einmal, ob das der richtige Begriff dafür ist.“

„Und Sie denken, dass ich mit den Fingern schnippe und diese Probleme löse, an denen Sie sich seit Längerem schon die Zähne ausbeißen?“, fragte Markinson. „Ich bin der falsche Mann dafür.“

Saljewitsch schnaubte verächtlich. „Sie sind doch ein Genie, oder?“

„Die Gleichungen sind nicht vollständig“, sagte Denise leise. „Ich habe deine Arbeit weiterentwickelt, aber ... etwas fehlt. Etwas, das dieses Verhalten erklären kann.“

Markinson nickte langsam, sah sie prüfend an. „Das verstehe ich. Aber eigentlich ist dies ein Ergebnis der unverständlichen Eile, mit der das Projekt hochgezogen wurde. Sinnvoll wäre es, den Reaktor abzuschalten und sich in aller Ruhe um die Probleme zu kümmern, bevor es noch schlimmer wird.“

Tschevtschenko ergriff das Wort. „Das ist nicht so einfach. Ein plötzliches Abschalten wäre ... gefährlich.“

„Gefährlicher als diese chaotischen Gravitations- und Zeitverschiebungseffekte?“, hakte Markinson nach. Dann winkte er ab. Er wusste, dass er darauf keine vernünftige Antwort bekommen würde. Stattdessen fragte er: „Wofür brauchen Sie überhaupt diese Energie? Ich sehe in dieser Basis nichts, das einen derart leistungsfähigen Reaktor benötigen würde. An der Oberfläche waren auch keine Leitungen, keine Übertragungsnetze zu sehen."

Saljewitsch blieb stehen, sah Markinson direkt an, mit einem Glitzern in den Augen. „Wir speichern sie nicht, wir übertragen sie auch nicht. Wir verbrauchen sie direkt wieder. Folgen Sie mir." Er ging weiter den Gang hinunter und sie bogen noch zweimal ab. Dann standen sie vor einer massiven Schleuse.

Von hinten näherte sich nun Kommandant Kirill Borissow und ging wortlos an den Wissenschaftlern vorbei, um sich direkt vor die Schleuse zu stellen.

Markinson hatte ihn nicht kommen hören. Vielleicht, weil sie so in das Gespräch vertieft waren, oder weil der Kommandant es liebte, sich an seine Beute anzuschleichen. Dabei hätte der leichte Wodkageruch, den Borissow hinter sich herzog, ihn verraten müssen.

„Schön, dass Sie sich unserem Projektteam anschließen", sagte Borissow mit kaum verborgener Ironie.

Markinson ballte unwillkürlich die Fäuste, er hasste diesen Typen, der ihn mit seinen lieblosen Augen ansah. Er hielt dem Blick stand und schwieg eisern.

„Also schön", meinte Borissow. „Ich habe die Anweisung bekommen, Sie hereinzulassen." Dann trat er an einen neben der Schleuse eingebauten biometrischen Irisscanner und aktivierte die Abtastung seiner Augen. Das Türsystem piepte, setzte mehrere Motorschlösser surrend in Bewegung und nach wenigen Augenblicken öffnete sich die schwere Stahltür unerwartet leise und sanft.

„Das ist unser Heiligtum. Nur eine Handvoll Menschen hat diesen Raum je gesehen", flüsterte Saljewitsch ehrfürchtig.

Markinson bezweifelte es keine Sekunde. Als er gemeinsam mit den anderen durch die metallene Schleuse trat und sich diese hinter ihm fast lautlos wieder schloss, verschlug es ihm im ersten Moment den Atem. Nicht nur wegen der stickigen, ozongetränkten Luft, die ihm sofort in die Nase stieg und seine Schleimhäute reizte – es war hauptsächlich das, was er hier drin sah.

Von der erhöhten Plattform hinter der Schleuse hatte er einen perfekten Blick auf ein technisches Monstrum, das irgendwo zwischen Fusionsreaktor, Alienraumschiff und vollautomatischer Fabrik schwebte.

Die Halle war gewaltig – bestimmt 20 Meter hoch und noch weiter in die Tiefe gehend. Die Decke verlor sich in einem Netz aus Leitungen, Schienen, Tanks und unidentifizierbaren Apparaten. Überall zuckten verschiedenfarbige LEDs und gaben Lichtimpulse ab, die wie Nervensignale in einem gigantischen Maschinenhirn wirkten. Was auf den ersten Blick wie ein chaotisches Gewirr anmutete, entpuppte sich bei genauerem Hinsehen als offensichtlich präzise orchestrierte Struktur.

Die zentrale Einheit dieser Anlage – das Herz, wenn man so wollte – bestand aus einer scheinbar schwebenden, kreisrunden Plattform, über der eine mattschwarze Kugel hing, umgeben von einem glänzenden Gitterwerk aus Titan und unzähligen anderen Metallen und Legierungen. Es gab keinen sichtbaren Weg dorthin, keine Leiter, keine Treppe, kein Steg. Markinson konnte nicht ergründen, was der Zweck dieses fremdartigen Aufbaus war.

Dieses zentrale Element schien das Reich der

Maschinen zu sein. Überall fanden sich Roboterarme, hydraulische Greifer, kleine autonome Schienenfahrzeuge, feingliedrige Stellwerke, motorische Hebevorrichtungen. Ein Apparat arbeitete dem nächsten zu, metallene Zylinder wurden bestückt, Elektronik kalibriert und geprüft. Automatisierte Systeme scannten jede Komponente mit Lasern und versiegelten sie. Manche dieser Zylinder wurden von unterirdischen Förderbändern in geschützte Bereiche geschleust, die von hier aus nicht einsehbar waren. Das hier war kein Reaktor, sondern eher die abgefahrenste Fabrik, die sich Markinson je hätte vorstellen können.

Aber das war nicht alles. Im äußeren Ring, nahe der Wand, fanden sich Arbeitsbereiche mit Vakuumkammern, Quantenverschränkungslabore, Data-Center mit unzähligen Serverracks – alles sauber abgeschirmt durch dicke Verbundglasplatten. Eine Seite erinnerte an die Brücke eines Raumschiffs, mit holografischen Displays, auf denen Daten zu Gravitationsspitzen und Quantenresonanzen in Echtzeit angezeigt wurden. Hier wurde nicht nur beobachtet – hier wurde etwas geschaffen.

Je länger Markinson hier oben stand, desto mehr machte ihm der Geruch zu schaffen. Nicht nur Ozon hing in der Luft, auch der Geruch von geschmolzenem Kunststoffharz und einer stechend riechenden Chemikalie, die an Ammoniak erinnerte.

Das hier musste tatsächlich immense Mengen an Energie verschlingen. Markinsons Haut kribbelte, sein Haar richtete sich auf – die statische Aufladung war allgegenwärtig. Die Temperatur war seltsam uneinheitlich – Kälte strahlte aus dem Zentrum in alle Ecken, warme Luft strömte aus den Klimaanlagen an

Decke und Wänden. Am Rande des Raumes fast genau gegenüber seiner Position erkannte er einen separierten Bereich, durch dicke Glasscheiben abgetrennt, hinter denen Container standen – jeder etwa mannshoch, versiegelt, mit Warnsymbolen übersät.

Markinsons Herz schlug wild in seiner Brust. Die Erkenntnis traf ihn wie der Schlag mit einer Keule: Das hier war keine Forschungseinrichtung mehr. Es war eine Waffenfabrik. Die Experten des US-Militärs und der Geheimdienste hatten recht gehabt. Diese Anlage diente zwar auch der Energieerzeugung, war aber bei Weitem kein wissenschaftliches Experiment. Hier wurden künstlich erschaffene Singularitäten zu Massenvernichtungswaffen konfektioniert.

Endlich konnte er sich von dem Anblick der Technik abwenden. Zuerst sah er zu Denise. Sie hatte den Blick gesenkt, fast schuldbewusst. Obwohl die am allerwenigstens für diesen Irrsinn konnte.

Saljewitsch hingegen stand da wie ein Priester vor seinem Altar, das Gesicht in Verzückung getaucht. „Willkommen im innersten Kreis, Dr. Markinson“, flüsterte er. „Hier wird die Zukunft gemacht.“

Markinson stand einfach da, unfähig, etwas zu antworten. Er verspürte nun nicht mehr den kleinsten Rest Ehrfurcht vor der Technik, er hatte nur noch eine Scheißangst. Jetzt waren die schlimmsten Befürchtungen zur Gewissheit geworden. Wenn auch nur eine der hier produzierten Bomben den Weg nach draußen fand, würde das fatale Folgen haben.

„Dann machen wir uns besser an die Arbeit!“, rief Saljewitsch. „Bis übermorgen müssen wir die Produktion verdoppelt haben.“

22

Die Notbeleuchtung flackerte schwach in dem schmalen Versorgungsschacht, während sich Major Armstrong zusammen mit Nikan und der Gruppe aus Separatisten leise und vorsichtig vorwärtsbewegte. Die Luft in diesem technischen Schacht war stickig, roch nach Schmierfett und Diesel, und jeder ihrer Schritte hallte wie ein dumpfer Schlag durch das scheinbar endlose System aus Stahl und Beton.

Noch waren sie in diesem offenbar recht alten und menschenleeren Teil der Anlage nicht entdeckt worden, aber das konnte sich jederzeit ändern. Mit jedem Schritt kamen sie dem Zentrum der Basis näher, wo es vor Wachen regelrecht wimmeln dürfte. Es blieb ihnen also nur das Überraschungsmoment, um möglichst viele von diesen dezent auszuschalten, in sensible Bereiche vorzudringen und dort größtmöglichen Schaden anzurichten.

Armstrong presste die Lippen zusammen, während er sich weiterschleppte. Trotz der wieder stärker werdenden Schmerzen in der Seite wollte er um keinen Preis zurückbleiben. Sein Ziel war es, seine Kameraden zu befreien. Und das würde er tun!

Kora, Ivar und die anderen Separatisten kümmerten sich nicht um Armstrong und er zweifelte nicht daran, dass sie ihn tatsächlich, ohne zu zögern, hier liegen lassen würden. Sie hatten etwas Ähnliches sogar mit einem ihrer eigenen Leute getan, der ihnen sicher nähergestanden hatte als ein kaum bekannter Soldat aus der Fremde.

Nikan bemerkte jedoch Armstrongs Kampf mit seinen schwindenden Kräften. Der Ewene blieb zusammen mit ihm etwas zurück. „Soll ich dir helfen?“, fragte er. „Willst du eine Pause? Wasser?“

„Nein, schon gut“, murmelte Armstrong. „Ich komme zurecht.“

„Hier nimm!“, sagte Nikan und reichte ihm seine Flasche mit Fellbezug.

Armstrong nahm einen großen Schluck. „Danke!“

Dann verlangsamte der Trupp plötzlich das Tempo. Ivar, der zusammen mit Kora an der Spitze gegangen war, drehte sich zu ihnen um und hob die Hand. Sie hielten an. „Hier hinter“, flüsterte er und deutete auf ein Lüftungsgitter zu seiner Rechten, „führt laut Plan ein Wartungstunnel am Nordflügel entlang. Keine Kameras, keine Wachen, aber wir müssen durch ein altes Labor. Stillgelegt – offiziell. Die Information ist nicht bestätigt.“

„Kann sein, dass wir Türen aufbrechen müssen. Und wenn ihr das tut, seid dabei um Gottes willen leise“, ergänzte Kora.

Ivar entfernte das Gitter und sie krochen in den engen Schacht, in dem neben den Kabeln und Rohrleitungen kaum genug Platz war, um mit der Ausrüstung vorwärtszukommen.

Einer nach dem anderen quetschten sie sich hindurch, tasteten sich durch komplett finstere Passagen. Einmal mussten sie abrupt anhalten, als links neben ihnen hinter einem Gitter das Sirren einer Überwachungsdrohne erklang.

Armstrong hielt den Atem an, während das Blinklicht der Drohne am Gitterfenster quälend langsam vorbeiglitt. Die Drohne verschwand, ohne von ihnen Notiz zu nehmen.

„Das war verdammt knapp“, zischte Kora. „Davon hat Oleg nichts gesagt.“

„Weiter!“, ordnete Ivar an, und sie setzten sich wieder in Bewegung.

Der Schacht endete wie erwartet in einem verlassenen ehemaligen Laborraum.

Armstrong war froh, aus der Enge herauszukommen. Zu kriechen war noch beschwerlicher als Laufen gewesen.

Alle sammelten sich in dem dunkel daliegenden Raum, in dem einige mit Folien abgedeckte Apparate und verstaubte Tische herumstanden. Das hier war schon länger nicht benutzt worden. Vermutlich wurde diese unterirdische Basis bereits vor dem aktuellen Projekt anderweitig genutzt.

Ivar zog ein kleines Gerät aus der Jackentasche und aktivierte es. Ein giftgrünes Display erwachte zum Leben und zeigte eine Meldung an. „Wir sind in Reichweite“, sagte er an Kora gerichtet.

Sie nickte. „Dann informieren wir Oleg, dass die Aktion nach Plan läuft.“

Ivar drückte einen Knopf an der rechten Seite des kleinen Apparates.

Ein kurzes, kaum hörbares Pulsrauschen erklang – offenbar ein geheimes Signal an den Spion im Innern der Anlage.

Ivar wiederholte den Impuls noch zweimal, dann wartete er.

„Wenn alles klappt, deaktiviert Oleg jetzt die Verriegelung an der Labortür“, erklärte Kora an die anderen gerichtet. „Sollte das nicht klappen, gehen wir zu Plan B über und öffnen sie mit Gewalt. Aber da wir nicht wissen, ob irgendwo in der Nähe Wachen sind, sollten wir das vermeiden."

Scheinbar endlos lange Sekunden vergingen, dann knackte Ivars Kommunikationsgerät und gab zweimal ein kurzes Rauschen ab. „Er hat den Befehl bestätigt", meinte Ivar und sah zur Tür des Labors.

Kora näherte sich dieser und betrachtete die elektronische Verriegelung, deren LED immer noch rot aufleuchtete. „Mach schon, Oleg!", flüsterte sie.

Und tatsächlich sprang die LED im nächsten Moment auf Grün. Kora fasste an den Griff und zog die Tür sachte einen Spalt auf. Sie spähte hinaus. Draußen schien alles ruhig zu sein. „Die Luft ist rein. Jetzt müssen wir schnell sein."

Der Trupp verließ das stillgelegte Labor und ging den Korridor entlang. Sie erreichten eine Kreuzung mit mehreren Hinweisschildern, die angaben, welche Bereiche sich am Ende des jeweiligen Gangs anschlossen. Auf dem Schild zur Linken prangte die Aufschrift: „тюрьма".

Ivar zeigte darauf. „Der muss zum Gefängnistrakt führen. Wir holen zuerst die Gefangenen. Wenn wir Glück haben, sind wir danach noch schlagkräftiger." Ivar sah nun Nikan ernst an. „Und wir holen auch deinen Sohn. Aber du musst selbst auf ihn achten, wir sind in einem Kampfeinsatz, wir können uns nicht um seine Sicherheit kümmern."

Nikan nickte nur stumm. „Danke. Ich werde ihn mit meinem Leben schützen."

Ivar zog seine Pistole. Kora und zwei weitere Männer zogen ebenfalls Waffen aus ihren Holstern an den Gürteln.

Leise huschten sie über die Kreuzung und bogen nach links ab. Entfernt hörten sie Schritte. Stimmen.

„Wachen“, flüsterte Kora kaum hörbar. „Hinter der nächsten Ecke.“

Ivar nickte und bedeutete zwei seiner Männer, vorauszugehen. Sie verstanden sofort und eilten an die Spitze.

Dann ging alles blitzschnell und beinahe lautlos vonstatten. Betäubungspfeile zischten durch die Luft und trafen die Wachen. Noch bevor diese überhaupt eine Chance hatten, sich umzudrehen, sanken sie schon bewusstlos nieder.

Armstrong war ein wenig beeindruckt von der Präzision der Schützen und der Effizienz des Angriffs. Offensichtlich hatten sie derartige Szenarien trainiert.

Die Separatisten näherten sich den Wachen, prüften ihre Lebenszeichen und nahmen einem der beiden Soldaten eine Zutrittskarte ab, die in einer Schutzhülle an seinem Gürtel baumelte.

„Öffnen“, befahl Ivar und deutete zur Tür. An einem kleinen Terminal blinkte ein rotes Licht, das sich sogleich grün färbte, als der Kämpfer die Karte am Lesegerät präsentierte. Die Tür wurde entriegelt.

Kora und Ivar gingen hinein und prüften die Lage.

Armstrong arbeitete sich nach vorne vor und ging ihnen hinterher.

Drinnen lag Severin Lucas auf einer Pritsche, auf dem Boden saß Bhaku, zusammengerollt in einer Decke. Der Junge blickte mit weit aufgerissenen Augen auf, murmelte etwas in seiner Sprache, dann erkannte er seinen Vater.

Nikan eilte zu ihm, kniete sich hin, umarmte ihn fest. „Ich habe dich, mein Sohn. Ich habe dich.“

Lucas sprang ebenfalls auf. „Wer seid ihr?“

Armstrong trat vor. „Freunde.“

„Major Armstrong, was in aller Welt …“ Lucas zuckte leicht zurück, als würde er seinen Augen nicht trauen.

„Wir haben nicht viel Zeit“, unterbrach ihn Ivar. „Weitere Zellen?“

Lucas schüttelte den Kopf. „Nur Baxter war noch hier – sie ist aber verletzt und liegt jetzt auf der Krankenstation.“

„Markinson?“, erkundigte sich Armstrong.

„Er … ist bei den Russen. Sie zwingen ihn, mitzuarbeiten. Ich habe mit ihm vereinbart, dass er einen Weg sucht, die Anlage herunterzufahren.“ Lucas sah die Männer an. „Wir müssen Baxter finden. Und dann raus – bevor es knallt. Das hier scheint eine gigantische Bombe zu sein.“

Ivar nickte. „Ihr geht mit Armstrong und Nikan. Ich nehme meine Leute mit, wir sabotieren den Reaktor.“

„Ich weiß nicht, ob …“, setzte Lucas an und verstummte wieder.

„Was ist?“, hakte Armstrong nach.

„Wenn ich Markinson richtig verstanden habe, könnte halb Kamtschatka in die Luft fliegen, wenn der Reaktor außer Kontrolle gerät.“

Ivar und Kora schüttelten fast simultan ungläubig die Köpfe. „Das ist doch Unsinn!“, beharrte Kora.

Lucas zuckte nur mit den Schultern. „Ich habe keinen Grund daran zu zweifeln. Und ich weiß, dass hier extrem merkwürdige Dinge vor sich gehen. Vorhin …“

„Wir halten uns an den Plan!“, unterbrach ihn Ivar.

Seine Männer schleiften derweil die betäubten Wachen herein und fesselten sie.

Kora gab Lucas eine Pistole. „Mitkommen, es ist besser, wir bleiben erst mal alle zusammen. Und versuchen Sie keine Tricks!“

Sie verließen die Zelle und machten sich auf den Weg, tiefer hinein in die Anlage – ohne zu wissen, ob es noch Aussicht auf Erfolg gab.

***

In 16 Kilometer Höhe über der Tundra von Kamtschatka,
21. September, 22:03 Uhr

In der Dunkelheit über dem nordwestlichen Pazifik glitt der B-2 Tarnkappenbomber lautlos wie ein Schatten durch die eisige Stratosphäre. An Bord saß Lieutenant Commander Derek Hanley, ein erfahrener Pilot mit über fünftausend Flugstunden.

Die grüne Cockpitbeleuchtung spiegelte sich in seiner Sauerstoffmaske. Auf dem Head-up-Display leuchteten Zahlen, Diagramme und ein gelber Kreis – der Zielpunkt lag tief unter ihm, irgendwo zwischen schneebedeckten Bergen und endloser Tundra: Die Basis Orel-8.

Hanley las die Koordinaten noch einmal ab, ruhig, und konzentriert:

54.001852295922257, 158.42949987599653.

„Zielsegment bestätigt“, funkte Hanley an die Leitstelle. „Windgeschwindigkeit bei Abwurfhöhe unter 20 Knoten. Anflugwinkel stabil.“

„Verstanden“, kam die Antwort aus der Einsatzzentrale in Okinawa. „Operation Silent Torch wird fortgesetzt. Bereiten Sie wie geplant den Abwurf vor.“

Hanley schluckte trocken. Sein Co-Pilot, Lieutenant Rhys Connors, kontrollierte derweil die Sicherungsprotokolle der Bunkerbrechbombe vom Typ GBU-208H, eine experimentelle Penetrator-Waffe mit unterirdischer Sprengverzögerung und reduzierter Oberflächenwirkung – angeblich. „Zünder scharfgestellt. Detonationsfenster vier Sekunden nach Bodendurchdringung bestätigt."

Hanley aktivierte erneut die Funkverbindung. „Okinawa, bitte bestätigen Sie: Letzter Befehl zum Abwurf liegt vor?"

Ein kurzer Moment des Schweigens – dann: „Hier Leitstelle. Zielkoordinaten validiert. Abwurf autorisiert. Wiederhole: Abwurf autorisiert."

Hanley schloss für den Bruchteil einer Sekunde die Augen. Das war es nun also. Es gab kein Zurück mehr. Er sah durch das Sichtfenster in den schwarzen Nachthimmel. Die Sterne funkelten so ruhig, als ginge sie das alles nichts an.

„Noch dreißig Sekunden bis Zielkorridor", meldete Connors.

Hanleys rechter Daumen schwebte über dem metallenen Taster für die Freigabe der Bombenklappe.

Das hier könnte der Funke sein, der das Pulverfass entzündet, dachte er. Aber Zweifel waren keine guten Flugpartner.

Ich bin nicht hier, um zu denken. Ich bin hier, um zu handeln, sagte er sich in Gedanken.

„Zehn Sekunden", meldete Connors.

Draußen zog eine Lücke in der Wolkendecke auf. Unten, unsichtbar im Grau-Schwarz, lag das Ziel. Die geheime russische Anlage – unter meterdickem Gestein, Stahl und Beton. Und doch verwundbar.

„Fünf ... vier ... drei ... zwei ...“

Jetzt, dachte Hanley – und drückte.

Ein leises Klicken unter seiner Fingerkuppe bestätigte die erfolgreiche Auslösung, es folgte ein dumpfes mechanisches Rumpeln im Bauch des Flugzeugs. Die hydraulische Klappe öffnete sich, und die Bombe löste sich, glitt lautlos in die Nacht. Wie ein dunkler Tropfen verschwand sie in der Tiefe.

„Waffe abgeworfen. Kursänderung einleiten“, sagte Connors.

„Kurs auf Okinawa. Flughöhe wird gehalten, Geschwindigkeit erhöhen auf 940 km/h.“ Hanley lehnte sich zurück, den Steuerknüppel ruhig in der Hand, während hinter ihnen irgendwo in der russischen Wildnis der Countdown ablief.

Die B-2 beschleunigte und tauchte in die schützende Schwärze Richtung Osten. Hinter ihnen die Stille der Nacht – zumindest noch ein paar Sekunden lang.

23

Ein unheimliches Grollen drang aus dem Boden und brachte die Wände der großen Waffenproduktionshalle zum Schwingen. Das Licht flackerte, einige Bildschirme im Kontrollzentrum gingen aus.

Kommandant Borissow wirbelte zu Markinson herum, der an einem Terminal stand und gerade noch einige Gleichungen angepasst hatte. „Was zur Hölle tun Sie da?“, fuhr er ihn an.

„Nichts, ich habe noch überhaupt keine Änderungen veranlasst!“, verteidigte sich Markinson. Ihm wurde heiß und kalt.

Oder habe ich versehentlich etwas ausgelöst?

Nach dieser langen Schicht in der ozonschwangeren Luft und der Beschäftigung mit hochkomplexen Gleichungen und technischen Parametern schwirrte ihm der Kopf.

„Er sagt die Wahrheit“, bestätigte Tschevtschenko, die seine Arbeit während der vergangenen Stunden akribisch überwacht hatte.

Auch Denise Garner hob beschwichtigend die Hände. „Der Prozess wurde nicht verändert. Es muss an der gestiegenen Energiemenge liegen, die wir aus dem Reaktor ableiten.“

Wieder rumpelte es im Boden, und Markinson kam es so vor, als versetzte dieses tieffrequente Wummern die Luft derart in Schwingung, dass man sie zittern sah. Oder war es sein Körper, der von den Vibrationen dermaßen erschüttert wurde, dass seine Sicht beeinträchtigt wurde?

Juri Saljewitsch kam vom gegenüberliegenden Ende der Anlage angelaufen. „Ich sagte doch klar und deutlich: Keine Anpassungen ohne meine Freigabe!“, rief er.

„Nichts wurde verändert“, wiederholte Tschevtschenko.

„Wir sollten runterfahren“, meinte Garner nun. „Wenn schon nicht komplett, dann doch auf das Maß, das wir zuvor einigermaßen stabil halten konnten.“

Kommandant Borissow schüttelte den Kopf. „Nein. Bringen Sie es in Ordnung!“ Er kam auf Markinson zu und packte ihn am Kragen. „Ich muss Sie wohl nicht daran erinnern, dass das Leben Ihrer Kameraden auf dem Spiel steht?“

„Hören Sie …“, setzte Markinson an und wurde von einem grellen Blitzen unterbrochen, ein gleißendes Licht füllte den gesamten Raum, ließ Konturen zerfließen wie schmelzende Eiswürfel in der Mittagssonne. Er kniff die Augen zusammen, aber selbst durch die geschlossenen Lider kam noch so viel Licht, dass es schmerzte. Seine Haut kribbelte und er rang nach Atem.

Ist das das Ende? Sind wir im Begriff, von einer außer Kontrolle geratenen Singularität verschluckt zu werden?

„Deckung!“, schrie jemand – dann war alles nur noch ein einziger Sog, als würde der Raum selbst auseinandergerissen werden. Die Luft vibrierte, als ob das Gewebe der Realität zerriss. Eine Eruption, die sie zu Boden riss und zusammenquetschte wie in einer Zentrifuge, die auf Anschlag lief.

Markinsons Gedanken kamen zum Erliegen, da war nur noch das Gefühl, dass die Zeit stillstand. Doch es dauerte nur einen unglaublich kurzen Moment.

Und dann verkehrte sich alles ins Gegenteil – gespenstische Ruhe, in der ein Atemzug so laut hallte wie ein Felssturz, gepaart mit unsagbarer Leichtigkeit, fast Schwerelosigkeit und brutaler Kälte.

Weltraum, huschte ein Gedankenfetzen durch Markinsons Geist. Doch es war Unsinn.

Im nächsten Augenblick schlug er hart mit dem Kopf auf dem Boden auf. Das grelle Licht war verschwunden und machte einer undurchdringlichen Finsternis Platz, die Markinson verschlucken wollte. Er fühlte sich wie vom Blitz getroffen.

Aber irgendetwas sagte ihm, dass er noch am Leben war. Er spürte seinen Puls, der dumpf in seinem Schädel pochte. Mühsam drehte er den Kopf und öffnete die Augen. Der ganze Raum lag in einem Zwielicht. Vielleicht war er auch normal beleuchtet und es kam ihm nur so schummrig vor nach der gleißenden Helligkeit, die seine Netzhaut verstrahlt hatte.

Sekunden verstrichen, vielleicht Minuten. Markinson kam es immer noch so vor, als liefe die Zeit nicht richtig ab, als schwinge sie hin und her, als fließe sie wie ein Bach, der mal in engen Kurven schnell strömte, dann wieder zu einem breiten, gemächlich dümpelnden Gewässer wurde.

„Was …“, keuchte er und wusste nicht einmal, welche Frage er stellen sollte. Das alles war zu verwirrend, als dass er es in diesem Augenblick wirklich begreifen konnte. Er legte den Kopf auf dem kalten Steinboden ab und versuchte, Klarheit in seinen Geist zu bringen.

Nach einer ganzen Weile schärften sich Markinsons Sinne und er konnte mehr erkennen als Schlieren und Schemen. Offenbar lagen alle reglos am Boden. Eine unnatürliche Ruhe hatte sich ausgebreitet. Die Monitore in der Anlage waren dunkel. Es ertönten keine Alarme mehr.

Er hörte ein Stöhnen und dann Kleiderrascheln. Kirill Borissow kam zu sich, seine Fingerspitzen tasteten über den kalten Boden. Auch er wirkte desorientiert.

Dann richtete sich Denise langsam auf, sichtlich benommen. „Was ... war das?“, flüsterte sie heiser.

Das war die Frage, die sich offenbar alle gerade stellten.

Tschevtschenko hob den Kopf, die Stirn in Falten gelegt. „Irgendetwas stimmt hier nicht ...“

Markinson stand auf und blickte sich um – die Anlage wirkte unversehrt, war aber vollständig zum Erliegen gekommen. Kein Roboterarm bewegte sich, kein Fließband lief, keine blinkenden LEDs an den Apparaten, kein Zischen aus den Kühlaggregaten, kein Wummern. Irgendetwas hatte sich hier grundlegend verändert. Ein wahrlich bedrückendes Gefühl lag in der Luft.

„Wo ist Saljewitsch?“, fragte Borissow plötzlich.

Er war auf den ersten Blick nirgends zu sehen.

Dann stieß Denise einen Schrei aus und zeigte auf ein Objekt etwas abseits.

Markinson und die anderen eilten hinüber und blieben erschrocken stehen.

Dort lag eine Art Mumie, grau, halb verwest, die Haut spannte sich dünn über die Knochen. Sie steckte in einem weißen Laborkittel, an dem noch Saljewitschs Sichtausweis hing.

„Das ...“, setzte Tschevtschenko an und wusste nicht, wie sie den Satz zu Ende bringen sollte.

„Er sieht aus, als wäre er vor 200 Jahren gestorben“, merkte Denise an.

„Zeitdilatation“, erklärte Markinson. „Ihn muss eine ... ja, wie nennen wir es ... eine Art Eruption erwischt haben, eine Blase, in der die Zeit extrem schnell verläuft. Die hat sich aus der Singularität gestülpt wie ein Gammablitz und Saljewitsch in wenigen Sekunden quasi zu Staub zerfallen lassen.“ Er drehte sich zu Borissow um und blickte den Kommandanten an. Zum ersten Mal erkannte er echte Sorge auf dem Gesicht des Kommandanten. Ein solcher Anblick schien selbst dem miesesten Schurken einen Schrecken einzujagen. „Ich sagte doch, wir müssen diesen Reaktor abschalten“, erklärte er.

Borissow schüttelte nur stumm den Kopf, offenbar unfähig, eine passende Antwort zu liefern. Dann endlich besann er sich. „Sammeln Sie so viele Daten wie möglich, ich will eine ausführliche Schadensmeldung. Wenn wir wissen, was da eben passiert ist, entscheiden wir.“

Markinson seufzte, wusste aber, dass das zumindest ein kleiner Erfolg war. Der Kommandant hatte seine Forderung nicht sofort abgeblockt, sondern sich für andere Optionen offen gezeigt.

Borissow wandte sich an einen Soldaten, der an der Zugangsschleuse postiert war. „Bringen Sie Saljewitsch ... oder besser seine Überreste auf die Krankenstation, der Doktor soll sich das ansehen.“

Der Soldat, der selbst noch etwas verwirrt zu sein schien, nickte und griff an sein Funkgerät, um sich Verstärkung zu organisieren.

„Und Sie bringen die Systeme wieder zum Laufen“, sagte Borissow zu Arina Tschevtschenko. „So wie es aussieht, sind Sie gerade befördert worden.“ Er wartete nicht auf eine Antwort, sondern wandte sich um und ging in Richtung Schleuse. „In einer Stunde will ich einen Statusbericht!“

***

Die metallenen Wände des Korridors warfen jeden Schritt mit einem gefühlt doppelt so lauten Echo zurück. Major Armstrong wusste, dass es Einbildung war, aber die Anspannung schärfte seine Sinne aufs Äußerste. Er kannte diesen Effekt von unzähligen Einsätzen, doch nirgends war er ihm so bewusst geworden wie in diesem Moment, als er sich unter der Führung von einigen ihm nur vage bekannten Separatisten ins Innerste einer streng geheimen Anlage vorwagte. Er musste innerlich beinahe lachen, so absurd kam ihm auf einmal alles vor. Welches Ziel hatte diese Mission eigentlich noch?

Baxter war schwer verletzt und außer Reichweite, sodass er sie nicht retten konnte. Markinson war in einer abgeriegelten Ebene dieser Basis in der Gewalt von wer weiß wie vielen Russen. Auch an ihn kam er kaum heran. Zudem hatten seine Begleiter vor, genau diesen Bereich in die Luft zu jagen. Zu allem Übel hatten sie nun auch noch ein Kind bei sich, für dessen Sicherheit niemand garantieren konnte, nicht einmal Nikan, der wohl sein eigenes Leben für den Jungen geben würde. Doch das half nichts, wenn sie alle zusammen tief unter der Erde in einem Feuersturm umkamen.

Immer wieder in Gedanken abgleitend folgte er den Separatisten, die sich vorsichtig vorantasteten – angeführt von Ivar und Kora. Hinter Armstrong gingen Lucas und Nikan mit Bhaku, die Nachhut bildeten zwei weitere Rebellen.

Plötzlich hob Kora die Hand und presste sich gegen die Wand. Auch Armstrong hörte es nun. Schnelle Schritte, Stimmen.

Die Gruppe zwängte sich in eine Nische hinter einem monströsen Schaltkasten, aus dem Dutzende Kabelstränge herausführten. Zwei russische Wachen kamen in Sichtweite, schauten sich kurz um, lachten über einen flachen Witz – dann verschwanden sie um die nächste Ecke.

„Zu knapp“, flüsterte Lucas, die Pistole im Anschlag.

Nun erklang ein leiser Pfiff aus dem Dunkel. Zwei Schatten lösten sich aus einer Nebengabelung des Tunnels. Einer von ihnen trat näher, das Gesicht unter Schmiere und Schmutz kaum zu erkennen.

„Oleg“, flüsterte Ivar erleichtert.

Der Spion nickte knapp, warf einen raschen Blick auf die Gruppe. „Ihr seid verrückter, als ich dachte.“

„Wer ist der andere?“, fragte Kora. „Der da im Schatten?“

„Ein Komplize. Alexej ist auf unserer Seite. Ohne ihn hätte ich keinen Zugang zu den Türsteuerungen bekommen.“

„Du weißt, dass mir so etwas nicht gefällt“, knurrte Kora.

„Er ist vertrauenswürdig“, versicherte Oleg und winkte Alexej heran. „Er hatte die Gelegenheit, mich zu verraten, hat es aber nicht getan, weil auch er glaubt, dass das hier Wahnsinn ist.“

„Na schön“, sagte Ivar. „Wenn er dein Freund ist, ist er auch unserer. Und wir können jeden Mann gebrauchen.“ Er wandte sich nun direkt an Alexej. „Du hast Zugriff auf die Sicherheitssysteme?“

Alexej nickte. „Zu einigen, zumindest bis jetzt.“

„Gut, du wirst sehr nützlich sein.“

Nun ergriff Armstrong das Wort. „Weiß du etwas über meine Kameradin, Ruth Baxter? Sie müsste verletzt sein.“

Oleg zog die Stirn kraus. „Sie ist auf der Krankenstation. Man hat sie verhört. Wie ich Borissow kenne, wohl recht brutal. Ich habe gehört, wie der Arzt sich darüber beschwert hat.“

„Verdammter Bastard!“, fauchte Armstrong. „Wir müssen sie holen!“, sagte er und machte einen Schritt in die falsche Richtung.

Lucas stellte sich ihm in den Weg. „Was soll das werden? Willst du sie etwa tragen, Armstrong? Zwischen den Patrouillen, den Sensoren und wer weiß was hindurch? Durch Schleusen und Schotts? Du weißt, dass das Bullshit ist!“

Armstrongs Kiefer mahlte. Doch er sagte nichts mehr. Nikan legte ihm stumm eine Hand auf die Schulter. Und er musste zugeben, dass ihn das etwas beruhigte.

„Wo sind die anderen Amerikaner, wissen Sie etwas über sie?“, fragte Lucas. „Sie heißen William Markinson und Denise Garner.“

„Wahrscheinlich beide unter dem Reaktor“, sagte Oleg. „Sie fahren die Produktion hoch. Viel Personal wurde dorthin verlegt. Die Singularität hat sich verändert – sie wird zunehmend instabil, da immer mehr Energie entnommen wird. Ich habe gesehen, wie sie Container in den Quarantänebereich gebracht haben. Ich glaube, sie sind kurz davor, etwas ... fertigzustellen.“

„Dann müssen wir dorthin. Bevor es zu spät ist“, sagte Ivar.

„Das dürfte nicht leicht werden, der Bereich wird extrem gut bewacht.“

„Trotzdem“, bekräftigte Ivar und setzte seinen Weg fort.

Gemeinsam bewegten sie sich weiter. Unter der Anleitung von Alexej kamen sie leichter voran, da er die Position der Wachen und der Kameras kannte.

Sie verließen die Ebene mit den Zellen und Quartieren und kamen in einen technischen Versorgungstrakt mit summenden Transformatorblöcken, Klimatechnik, Lagerräumen und Abstellflächen. Je tiefer sie kamen, desto wärmer wurde die Luft und umso lauter das Dröhnen der Reaktorebene.

Sie waren gerade dabei, eine Schleuse zu öffnen, da erbebte die Erde. Ein Brummen, dumpf wie ein ferner Donner, wuchs an und resonierte im Raum. Die Verkleidung der Wände vibrierten, sodass Armstrong fürchtete, gleich würden die Platten abfallen.

„Verdammt! Wieder ein Gravitationsstoß!“, rief Oleg noch.

Dann gab es einen grellen Lichtblitz aus dem Nichts, der sie für einen Moment wie blind machte. Im selben Augenblick eine Druckwelle, die die Gruppe von den Füßen riss, Armstrong stürzte gegen die Wand. Bhaku schrie auf.

Nur mühsam konnte Armstrong wieder etwas erkennen, nachdem das grelle Licht verblasst war. Doch was er sah, war erschreckend.

Einer der Separatisten – ein junger Kämpfer, dessen Namen er nicht kannte – schien in einem Energiefeld gefangen, das sich wölbte und dehnte.

Sofort musste er an den Vorfall denken, als sie die Anlage betreten hatten.

Offenbar steckte der Mann genau an der Grenzlinie eines sich bildenden Zeitkrümmungseffektes fest.

Ein weiterer Separatist wollte zu ihm eilen, doch Oleg schrie ihm nach. „Nicht berühren!"

Der junge Kämpfer keuchte, versuchte, aus der Blase herauszukommen – doch seine Beine steckten tief darin und es wirkte, als würde er immer weiter in die Länge gezogen. Er schrie, seine Augen flehten um Hilfe, doch es war ohnehin zu spät. Das Feld verschlang ihn, und sobald er die Grenze vollkommen überwunden hatte, wirkte es, als wäre er in der Bewegung eingefroren worden.

Der Schock erfasste auch Kora und Ivar. Sie verharrten reglos.

„Zurück!", schrie Lucas nun. „Hier können wir nicht weiter."

„Scheiße ...", hauchte Oleg. „Sie haben die Kontrolle längst verloren."

Armstrong starrte auf die pulsierende Blase, die die Grenze einer Zeitverschiebung markierte. Dort hinten befanden sich die Schleusen zum Reaktorkern. Inzwischen noch unerreichbarer, als es zuvor schon den Anschein gehabt hatte.

„Es gibt vielleicht noch einen anderen Weg hinunter", sagte Alexej. „Folgt mir!"

24

Einsatzbesprechungsraum, Nevada, USA
22. September, 09:30 Uhr

Saul Harpers Miene sprach Bände – grimmig und ein wenig ratlos blickte er die Anwesenden über die Videoverbindung hinweg an. „Commander Raines, Prof. Mannheimer, Dr. Grey, ich muss Sie über eine besorgniserregende Entwicklung in Kenntnis setzen. Es betrifft unsere jüngste Operation auf Kamtschatka. Wie Sie wissen, wurde vor etwa 90 Minuten ein Angriff auf die geheime russische Basis dort eingeleitet. Mit einem getarnten Bomber, der mit einem neuartigen bunkerbrechenden Sprengkörper bestückt war – ein Prototyp von bislang unerreichter Sprengkraft. Die Detonation hätte also ausreichen müssen, um die Basis vollkommen unschädlich zu machen. Jedoch ...“ Er machte eine kurze Pause und seufzte. „Nun, es gab unvorhergesehene Komplikationen, zu denen ich gern Ihre Einschätzung hören würde, da wir davon ausgehen, dass sie unmittelbar mit dem von den Russen errichteten Reaktor zusammenhängen.“

Mannheimer hob die Hand, um auf sich aufmerksam zu machen, nahm sich dann aber einen Moment Zeit, bevor er fragte: „Das heißt, die Bombe hat versagt? Die Basis ist noch intakt?“

Harper wiegte den Kopf hin und her. „Ob die Bombe versagt hat, können wir aktuell nicht sagen, sie ist jedenfalls nicht detoniert.“

„Weil dieser Prototyp nicht ausgereift war?“, hakte Commander Raines nach.

„Nicht doch. Die Waffe funktioniert tadellos, sie basiert auf den erprobten Technologien. Die Bombe wurde irgendwie … aufgehalten“, erklärte Harper. „Ich übermittle Ihnen jetzt einige Satellitenbilder.“ Es dauerte einen kurzen Moment, Harpers Videobild verkleinerte sich und rutschte in die rechte untere Ecke. In der großen Ansicht wurden nun Aufnahmen von Überwachungssatelliten eingespielt. „Das ist eine Aufzeichnung vom Moment des Abwurfs. Wie Sie sehen, verläuft alles nach Plan. Bevor die Bombe jedoch den Boden erreichen kann, hält sie plötzlich an. Der Grund ist … nun, diese Art Kuppel, die man beim genauen Hinsehen erkennt.“

Mannheimer betrachtete die Aufnahmen kritisch. „Das sieht …“

„… nach einem verdammten Schutzschild aus“, unterbrach ihn Raines. „Wollen die Russen uns verarschen? Das ist doch Science-Fiction.“

„Unsinn“, mischte sich Anita Grey ein. „Das ist kein Schutzschild. Eine Art Barriere ist es wohl, aber nicht im Sinne eines Energiefeldes, wie man das aus Filmen kennt. Ich bin mir ziemlich sicher, dass es sich um eine Zeitblase handelt. Vielleicht auch die Ausstülpung einer anderen Dimension. Darin läuft alles unter anderen Vorzeichen ab.“

Harper sah sie interessiert an. „Und meinen Sie, dass sich die Russen diesen Effekt gezielt zunutze gemacht haben?“

Professor Mannheimer ergriff nun wieder das Wort. „Ich glaube, es ist ein unglücklicher Nebeneffekt – unglücklich im Sinne Ihres Missionsziels. Es ist sicher kein Zufall, dass wir kurz vor dem geplanten Abwurf eine neue, sehr starke Gravitationsanomalie aufgezeichnet haben. Ich denke, dass diese Sphäre eine Folge der Singularität ist, die sich in jener Basis befindet – eine unvorhersehbare Folge des Experiments.“ Er sah zu Raines, der immer noch unzufrieden wirkte. „Aber ich gebe natürlich zu, dass diese Erklärung nicht weniger nach Science-Fiction klingt.“

„Wir haben mittlerweile einiges an Daten gesammelt, sodass dies mehr ist als wilde Spekulation. Wenn diese Sphäre also eine Zeitblase ist, wäre die Folge, dass sich die gesamte Anlage nun in einem anderen Tempo bewegt“, ergänzte Grey. „Sehen Sie sich die Aufnahmen ganz genau an“, bat sie Harper. „Die Bombe steckt nicht fest. Sie fällt nur unglaublich langsam weiter. Man kann es sehen, wenn man gezielt danach sucht.“ Sie gab Harper einen Moment, damit er sich selbst überzeugen konnte, dann sprach sie weiter. „Das bedeutet, dass die Zeit innerhalb dieses Phänomens extrem verlangsamt ist, deshalb sieht es so aus, als stünde sie still. Sekunden könnten Tagen entsprechen. Wenn Sie möchten, analysieren wir den genauen temporalen Unterschied.“

„Tun Sie das!“, stimmte Harper zu. „Vielleicht bringt uns das weiter.“

Raines beugte sich vor und sah Mannheimer an. „Wenn ich das alles richtig verstanden habe – so rein aus taktischer Perspektive –, bedeutet es, dass sich um diese Basis inzwischen ein sphärischer Bereich von etwas mehr als 1,5 Kilometern Durchmesser befindet, der zwar kein Schutzschild ist, aber es uns dennoch unmöglich macht, in ihn einzudringen?“, fragte Raines nach.

„Wir haben zumindest keine Ahnung, was geschehen wird, wenn man versucht, diese Barriere zu überwinden“, erwiderte Mannheimer. „Es könnte tödlich enden. Oder es passiert überhaupt nichts. Das alles ist Neuland.“

„Dann würde ich sagen, Sie machen sich an die Arbeit, Professor“, sagte Harper. „Finden Sie eine Erklärung und einen Weg, dieses Ding unschädlich zu machen, denn ich kann Ihnen jetzt schon sagen, dass die nächste Bombe, die man abwerfen wird, nuklearer Natur sein wird.“

„Aber das …“, setzte Grey an.

„Ist sinnlos? Irrsinnig?“, fragte Harper.

Grey verstummte, nickte aber.

„Tja, ich bin tatsächlich Ihrer Meinung. Aber das hilft nichts, denn wir treffen diese Entscheidung nicht. Und wenn Sie mir baldmöglichst eine realistische Alternative liefern, dann werde ich alles tun, um den Präsidenten davon zu überzeugen, Ihre Lösung vorzuziehen.“

„Wir machen uns gleich an die Arbeit“, versprach Mannheimer, hatte aber insgeheim keinen blassen Schimmer, wo er eigentlich anfangen sollte.

***

William Markinson, Denise Garner, Arina Tschevtschenko sowie Kommandant Borissow hatten sich vergeblich bemüht, den Kontrollraum oberhalb der Reaktorebene zu erreichen. Auf welchem Weg sie es auch versucht hatten, immer stand ihnen früher oder später eine temporale Barriere im Weg, die zu überwinden sie sich nicht getraut hatten.

Nachdem Kommandant Borissow dann einen seiner Männer als Versuchskaninchen abgestellt und ihm befohlen hatte, die vor ihm liegende Blase zu durchqueren, hatten sich alle weiteren Versuche erübrigt. Der Mann war vor ihren Augen sprichwörtlich zerrissen worden, noch bevor er die andere Seite ganz erreicht hatte. Danach hatte auch Borissow aufgegeben, es weiter zu versuchen.

Nun befanden sie sich schon seit gut zwei Stunden wieder in der Waffenschmiede unterhalb des Reaktors. Während Borissow immer wieder Männer ausschickte und Anläufe zur Funkkommunikation unternahm, um Klarheit darüber zu gewinnen, wie es um seine Basis stand, wollten die Wissenschaftler mithilfe der dort zur Verfügung stehenden Instrumente so viel wie möglich über den aktuellen Zustand der Singularität herausfinden. Beides war bisher nicht von großem Erfolg gekrönt.

Klar war nur, dass der Reaktor so gut wie keine Energie mehr abgab und deshalb auch die Produktion der Bomben zum Erliegen gekommen war. Die gesamte Anlage lief inzwischen auf Reservestrom, der sich aus Akkus und Dieselaggregaten speiste. Wie lange das auf diese Weise gutgehen konnte, wusste niemand mit Sicherheit, aber Tschevtschenko hatte angedeutet, dass die Energie kaum für mehr als 48 Stunden reichen dürfte – je nachdem, wie sparsam sie damit umgingen.

Tschevtschenko schien ihre neue Rolle als wissenschaftliche Leiterin dieses Projekts nicht zu genießen. Markinson vermutete sogar, dass sie äußerst unglücklich damit war, nun die Entscheidungsgewalt zu besitzen. Die eher zurückhaltende Russin glaubte vermutlich – anders als Saljewitsch es getan hatte –

längst nicht mehr, dass man dieses Projekt zu einem guten Ende führen konnte.

Könnte ich sie umstimmen? Oder ist das nur Wunschdenken?, fragte sich Markinson immer wieder in Gedanken. Insgeheim hoffte er, sie auf seine Seite ziehen zu können.

Denise und Tschevtschenko waren nun schon seit einer guten halben Stunde in eine komplizierte Analyse vertieft, während Markinson vergeblich versuchte, eine theoretische Erklärung für das Verhalten in den Gleichungen zu finden. Er hoffte, dass die beiden Frauen bei der Analyse der Zeitverzerrungen mehr Glück hatten als er. Denn er wusste im Grunde nur, dass sich der Energiefluss umgekehrt hatte, dass das fremdartige Phänomen, welches sie in Ermangelung einer besseren Erklärung immer noch für eine Singularität hielten, nun mehr Energie verschlang, als es abgab. Längst war sich Markinson nicht mehr sicher, dass dies alles mit seinen oder Denises Gleichungen zu erklären war. Dafür waren die Effekte zu unvorhergesehen, das Verhalten des realen Objekts zu willkürlich. Ihm kam es beinahe so vor, als würde es von irgendetwas gelenkt, als reagierte es auf …

„Will, sieh dir das mal an, bitte!“, unterbrach Denise seine Überlegungen und winkte ihn zu sich herüber.

Er schüttelte seine im Kreis driftenden Gedanken ab und ging hinüber an die Konsole, an der Denise und Tschevtschenko gearbeitet hatten, und nahm sich einen Stuhl. „Was habt ihr?“

„Noch nicht sehr viel, aber immerhin etwas“, meinte Denise. „Wir sind uns jetzt ziemlich sicher, dass die Singularität, die den Reaktor antreibt, so etwas wie einen Evolutionssprung gemacht hat. Sie hat ihre

Eigenschaften verändert, in vielerlei Hinsicht. Zunächst ist dieses fiese Wummern verschwunden, das ist dir sicher schon aufgefallen?“

Markinson nickte. „Ja, das ist der einzige Punkt, über den ich bisher erleichtert bin.“

„Und ich erst. Du glaubst nicht, wie oft mich das in den letzten Monaten wahnsinnig gemacht hat. Aber das ist nur ein Nebeneffekt. Wir wissen auch, dass der Reaktor keine Energie mehr aus dem Kern ziehen kann, warum, ist jedoch unklar. Und wir haben erlebt, dass die temporalen Effekte sich massiv ausgeweitet haben.“

„Ja, so weit ist mir alles klar“, antwortete Markinson. „Aber was machen wir mit diesen Informationen?“

„Ich bin noch nicht fertig“, sagte Denise. „Hier!“ Sie lud eine Karte der unterirdischen Anlage und überlagerte die Darstellung mit einem Muster aus verschiedenfarbigen Bereichen. Sie blickte kurz zu Tschevtschenko. „Wir haben alle zur Verfügung stehenden Daten analysiert und auf dieser Basis eine Simulation erarbeitet. Du siehst ein vereinfachtes Schema der verschiedenen Zeitebenen und dimensionalen Verwerfungen.“

„Sie kennen sicher die komplexen, sich selbst wiederholenden Muster der Mandelbrot- und Julia-Mengen?“, fragte Tschevtschenko nun.

Markinson nickte. Natürlich waren ihm diese mathematischen Begriffe bekannt, wenn sie auch nicht zu seinem Spezialgebiet gehörten.

„Nun, so ähnlich verhält es sich hier, nur dreidimensional – eigentlich sogar vierdimensional, wenn man den Faktor der Zeitverschiebung mit einbezieht“, fuhr Tschevtschenko fort. „Die Singularität projiziert diese Zeitverschiebungen nach außen. Wie sie das macht, ist völlig rätselhaft."

Markinson seufzte. „Wir haben immer geglaubt, dass Schwarze Löcher und die darin enthaltene Singularität den Raum so unendlich stark krümmen, dass die Zeit quasi stehen bleibt. Dass man, je näher man kommt, einen immer stärker anwachsenden Effekt spürt. Aber offenbar stimmt das nur aus der Entfernung betrachtet. Vielleicht ist in unmittelbarer Nähe alles viel komplizierter."

„Das können wir nicht mit Sicherheit sagen", meinte Denise. „Im kosmischen Vergleich ist diese Singularität winzig und könnte sich ganz anders verhalten, als ihre großen Brüder im All."

„Oder", warf Tschevtschenko ein, „es liegt an ihrer künstlichen Herstellung. Vielleicht ist sie etwas ganz anderes als die Singularitäten, die wir im Inneren von Schwarzen Löchern vermuten – wirklich bewiesen sind auch die nicht."

„Alles sehr kluge Überlegungen", meinte Markinson. „Ich bin der gleichen Meinung. Vorhin dachte ich sogar kurz, dass es sich um eine Brücke zwischen Dimensionen handelt, dass wir auf einer Seite des Spiegels stehen und jenseits davon ..." Er seufzte. „Ja, das ist wohl das Problem. Wir können nicht wissen, was dort ist."

Denise nickte langsam und bedächtig. „Was wäre, wenn diese Singularität – dieses Objekt – in mehr als einer Version eines Multiversums existiert, wenn wir auf eine flache Projektion eines Phänomens blicken, das so viele Dimensionen hat, dass wir gar keine bekannte Theorie darauf anwenden können?"

„Das ist alles sehr gut möglich. Und normalerweise

würde ich diese spannenden Überlegungen zu gern vertiefen, aber leider brauchen wir möglichst schnell praktische Lösungen, einen Weg, das alles ...“ Er machte eine Pause und sah Tschevtschenko fragend an. Verschwörerisch leise ergänzte er. „Das alles hier zu beenden.“

Tschevtschenko schluckte schwer, hielt seinem Blick aber stand. „Ich ...“, setzte sie an und verstummte wieder. Sie warf einen Blick ans andere Ende des Raums, wo sich gerade ein Trupp Soldaten um ihren Kommandanten sammelte.

„Denken Sie darüber nach“, sagte Markinson. „Wichtig ist, dass wir einen Weg finden, die drohende Katastrophe zu verhindern.“

Tschevtschenko nickte und wandte sich ab, um an der Konsole weiterzuarbeiten.

„Vielleicht haben wir noch eine Chance, in den Kontrollraum zu kommen“, sagte nun Denise im Flüsterton.

„Wie? Du hast doch gesehen, was mit dem armen Teufel passiert ist, den Borissow durch die Barriere gejagt hat?“

„Ja, natürlich“, erwiderte Denise mit hörbarer Trauer in der Stimme, doch sie fing sich sofort wieder und fuhr bestimmter fort: „Trotzdem. Schau dir die Simulation an. Die Zeitebenen verändern sich, manche weiten sich aus, andere ziehen sich zusammen. Sie verschieben sich auch im Winkel zum Zentrum. Wenn wir lange genug warten, könnten sich Wege auftun – in die Zentrale ... und vielleicht sogar hier raus.“

„Ich glaube kaum, dass ...“ Markinson wurde von Tschevtschenko unterbrochen, die ihm die Hand auf die Schulter legte und in Richtung Schleuse nickte.

Dort betrat gerade Dimitri Sowa den Raum und sah sich mit finsterem Blick um. Er stürmte auf Borissow zu und packte ihn am Kragen. „Was zur Hölle ist hier passiert!?“, fuhr er ihn an.

Der Kommandant konterte den wütenden Ausbruch des Geheimdienstmannes mit eisigem Schweigen. Erst als Sowa ihn losließ, antwortete er. „Es gab anscheinend eine größere Anomalie innerhalb des Reaktors, die unsere Wissenschaftler noch nicht genau erklären konnte. Saljewitsch wurde getötet. Ich habe Tschevtschenko die Leitung übertragen.“

Sowa blickte sich um und entdeckte Markinsons Gruppe an Wissenschaftlern mit Tschevtschenko und Garner. Mehr als einen grimmigen Blick hatte er jedoch nicht für sie übrig.

„Kommen Sie mit, Borissow, wir müssen in aller Ruhe reden!“ Dann machte er kehrt und verschwand – gefolgt vom Kommandanten aus der hochgeheimen Waffenebene.

Draußen ergriff Sowa wieder das Wort. „Wissen Sie eigentlich, was ich auf mich nehmen musste, um hierherzukommen? Ich bin durch feuchte Technikschächte gekrochen, musste Türen aufbrechen.“

Borissow zuckte mit den Schultern. „Sie haben es ja geschafft. Offenbar ist das FSB-Training doch nicht so anspruchslos, wie ich immer dachte.“

„Sie finden das amüsant?“, herrschte Sowa ihn an. „Wie viel Wodka haben Sie heute eigentlich schon in sich reingekippt?“ Er winkte ab. „Vergessen Sie es! Wir stehen alle etwas unter Strom, würde ich sagen.“

„Es wäre gut, wenn es so wäre. Die ganze Anlage läuft auf Notstrom. Der Reaktor ist ausgefallen“, stellte Borissow klar.

„Haben die Amerikaner etwas damit zu tun?“

Borissow schüttelte den Kopf. „Ich wünschte, das würde stimmen. Aber so einfach ist die Lage nicht. Weder Garner noch Markinson hatten Gelegenheit, Sabotage zu verüben. Unsere eigenen Leute wissen ebenfalls nicht, was passiert ist.“

„Unbefriedigend!“, knurrte Sowa.

„Es ist noch schlimmer. Wir haben jeglichen Kontakt zur Außenwelt verloren. Genau genommen sind sogar große Teile der Basis unerreichbar. Es muss an diesen Barrieren liegen, sie sind für Menschen unüberwindbar und auch für Signale. Oder wir haben noch nicht herausgefunden, wie wir ihre Wirkung neutralisieren können.“

Sowa nickte. „Ich habe es mit Mühe hierhergeschafft. Diese Felder sind überall und machen es fast unmöglich, auf vernünftige Weise vorwärtszukommen. Aber das ist vielleicht auch gut.“

„Wieso das?“, erkundigte sich Borissow.

Sowa zog ein Tablet hervor. „Ich war gerade in der Sicherheitszentrale, als diese ... ja, Eruption ... stattgefunden hat. Es hab einen Alarm, der jedoch im Chaos unterging. Trotzdem konnte ich diese Kameraaufnahmen aus einem Versorgungsschacht sichern.“ Er startete eine Videosequenz, die eine kleine Gruppe getarnter Kämpfer zeigte, die sich vorwärtsbewegte.

„Ein feindlicher Trupp“, kommentierte Borissow verwundert. „Das ist unmöglich, unsere Schutzmaßnahmen sind ...“

„Sie sind ein Versager, Borissow!“, schnitt ihm Sowa das Wort ab. „Ihre Arroganz hat Sie unvorsichtig werden lassen. Aber das hier ist der eindeutige Beweis.“

Borissow schwieg.

„Sie haben die Gefangenen befreit! Aber es ist Ihr Glück, dass sich diese Typen – soweit wir es beurteilen können – noch außerhalb des innersten Bereichs befinden. Sie sind jenseits der Barriere.“ Sowa lud eine weitere Kameraaufzeichnung. „Das hier ist kein Standbild, auch wenn die Männer wie eingefroren wirken, sie bewegen sich – unendlich langsam.“

„Das ist gut“, antwortete Borissow knapp.

„Gut ist etwas anderes! Aber angesichts der Lage haben Sie recht. Wir wissen nicht, ob es so bleiben wird. Deshalb ordne ich an, dass Sie alle verfügbaren Männer ausschicken, damit sie sämtliche potenziellen Wege in Richtung Reaktorbereich sichern.“

„Ich werde mich sofort darum kümmern!“, sagte Borissow und nickte zackig.

„Und wehe, Sie versagen noch einmal! Ich werde jetzt mit den Wissenschaftlern reden. Wir müssen eine Kommunikation mit Moskau herstellen.“ Sowa ließ Borissow stehen und ging wieder auf die Schleuse zu.

25

Kreml, Moskau,
unterirdischer Kommandoraum,
22:06 Uhr

Der unterirdische Schutzraum hatte keinen Glanz, keinen Stil, keinen Funken Würde. Präsident Anatoly Bolshakov hasste ihn. Er wusste natürlich, dass die dicken, stahlarmierten Betonwände notwendig waren, ebenso, dass der Raum tief unter der Erde lag und mattes, künstliches Licht das Tageslicht ersetzte.

Für gewöhnlich hielt er Besprechungen in seinem ebenfalls abhörsicheren Besprechungsraum in der Präsidentenresidenz ab, aber diesmal hatten sich die Generäle durchgesetzt – vermutlich zu Recht, denn die Lage war verworren und kritisch.

Der Raum war bevölkert von Uniformträgern mit unzähligen Rangabzeichen, die um einen massiven Tisch aus schwarzem Granit saßen. Er war das einzige individuelle Möbelstück mit Klasse, das Bolshakov hatte hierherschaffen lassen, mit wahnsinnigem Aufwand. Denn der Tisch war viel zu schwer und zu groß gewesen, um durch die Sicherheitstür aus gehärtetem Stahl zu passen. Durch eine neue Doppeltür, die er extra hatte einbauen lassen und den verbreiterten Aufzugsschacht war es schließlich gelungen.

Bolshakov hob die Hand und erteilte General Igor Ivchenko das Wort, ein schmaler Mann mit glatt rasiertem Schädel und tief liegenden Augen.

„Herr Präsident, ich werde mich kurzfassen und Sie auf den neuesten Stand bringen. Vor etwas mehr als einer Stunde wurde ein Angriff auf die Einrichtung Orel-8 in Kamtschatka registriert."

Ein Murmeln ging durch den Raum. Bolshakovs Augen verengten sich. Er wusste längst, dass es einen Angriff gegeben hatte, sonst würde diese Sitzung nicht stattfinden. „Ich will wissen, von wem, verdammt!", sagte er ungehalten.

„Ein Tarnkappenbomber, amerikanische Bauart. Wahrscheinlich vom Typ B-2 oder Nachfolger. Er hat eine bunkerbrechende Waffe abgeworfen", erklärte Ivchenko.

„Und dann? Was genau ist passiert?" Bolshakovs Stimme verriet seine Unzufriedenheit mehr als deutlich.

Ivchenko zögerte. „Das ist das Problem, Herr Präsident. Es gab keine Detonation. Es wurde kein Einschlag registriert, die Satelliten zeigen keinen Krater. Die Bombe verschwand – einfach so."

Ein anderer General, Piotr Sorokin, hakte ein. „Das ist nicht ganz korrekt. Unsere Satellitenaufnahmen zeigen etwas – eine Art Kuppel. Sie ist mehr oder weniger transparent und wirkt fast wie eine Lichtverzerrung. Die gesamte Basis scheint dadurch abgeschirmt."

Bolshakov beugte sich vor, betrachtete die Bilder auf einem in den Tisch eingebauten Monitor. Die schimmernde Hemisphäre über der kargen Landschaft sah aus wie eine optische Täuschung – eine Luftspiegelung, eingefroren in der Zeit. „Ist das ein Kraftfeld?", fragte er leise.

„Vielleicht. Oder eine Nebenwirkung dessen, was dort unten passiert." Ivchenko wischte über ein Tablet, und die Anzeigen veränderten sich. „Hier – am Rand der Kuppel. Man sieht ein Objekt. Es scheint die Bombe zu sein. Sie wirkt ebenfalls wie eingefroren."

„Steckt sie dort fest? Oder erzeugt sie dieses Feld, das wir sehen?", fragte Bolshakov.

„Wir wissen es nicht. Unsere Kommunikationsversuche sind gescheitert. Orel-8 ist ... unerreichbar. Nicht zerstört allem Anschein nach. Aber dennoch komplett isoliert."

„Und was sagt der FSB dazu?", knurrte Bolshakov.

Ein Mann in zivilem Anzug, Direktor Orlow, zuckte die Schultern. „So leid es mir tut, aber wir haben keine Antwort. Unser Agent Dimitri Sowa ist ebenfalls nicht erreichbar. Die aktuelle Theorie lautet, dass eine Instabilität in der Singularität selbst diesen Effekt ausgelöst haben könnte. Oder ..." Er stockte. „... oder die Amerikaner haben etwas eingesetzt, was wir nicht kennen, das sich unseren Erkenntnissen bisher entzogen hat. Das halte ich zwar für extrem unwahrscheinlich, aber es könnte auch eine gänzlich neue Technologie sein."

Bolshakovs Faust krachte auf den Tisch. „Genug! Ich will keine Theorien. Ich verlange Klarheit! Und ich will Vergeltung. Noch heute!"

Sorokin trat vorsichtig näher. „Herr Präsident, wir raten zur Zurückhaltung. Die globale Lage ist angespannt. Eine Eskalation könnte ..."

„Eskalation? Die haben uns angegriffen! Auf unserem Boden! Denken Sie, ich lasse mir das gefallen?" Bolshakovs Stimme bebte vor Zorn. „Mobilisieren Sie die Fernostflotte. Und aktivieren Sie den Prototypen."

Ein leises, eisiges Schweigen legte sich über den Raum.

„Der Prototyp lagert innerhalb der Sphäre. Und er ist noch nicht vollständig getestet“, wagte Orlow einzuwenden.

„Ach, vergessen Sie das! Die Amerikaner wollen Krieg? Dann sollen sie die Tore zur Hölle aufgestoßen bekommen.“

Ivchenko salutierte zögernd. „Jawohl, Herr Präsident. Die Mobilmachung beginnt sofort.“

Bolshakov blickte wieder zum Monitor, der das Bild der Kuppel in Kamtschatka mit der darin steckenden Bombe zeigte. „Die glauben also, sie hätten uns in die Ecke gedrängt? Aber sie haben den russischen Bären nur gekitzelt.“

***

Waffensektion unterhalb des Reaktorkerns, Orel-8

Nachdem Borissow und Sowa die Waffensektion verlassen hatten, war Markinson zusammen mit Denise Garner in eine ruhige Ecke zwischen Aggregaten, Rohrleitungen und Messinstrumenten gegangen, wo sie außer Hörweite der verbliebenen Soldaten waren. Halb im Schatten einer gewölbten Wandverkleidung, die wegen der zuvor unablässig dröhnenden Vibrationen aus dem Reaktor bereits von feinen Rissen durchzogen war, standen sie nun schon eine Weile und haderten mit ihren Optionen. Sie sahen allesamt nicht besonders gut aus.

„Eines ist sicher: Wenn wir das Ding nicht bald stoppen“, sagte Markinson, „wird es sich weiter aufladen, bis es eine erneute Eruption erzeugt – eine, die niemand kontrollieren kann und die wohl keiner hier überlebt. Wir wissen beide, dass die Singularität schon jetzt nicht mehr stabil ist. Und ich bin mir sicher, dass die aktuelle Phase nur die Ruhe vor dem Sturm ist."

Denise nickte, ihr Blick ging durch ihn hindurch, als sähe sie bereits das, was passieren würde. „Ich bin deiner Meinung. Die Singularität zieht immer mehr Energie ab, sogar die Luft wird zunehmend kühler. Da braut sich etwas zusammen. Ich habe die Messungen der letzten Wochen nochmals überprüft und die weitere Entwicklung berechnet. Wenn die stimmt, wird sich das alles in einer gigantischen Explosion entladen, die jede Atombombe alt aussehen lässt."

Markinson schüttelte den Kopf. „Ich glaube, selbst das ist noch untertrieben. Ich habe die Folgen ebenfalls berechnet. Laut der Messwerte, die uns kurz vor dem Übergang in diese neue Phase der Singularität erreicht haben, hat sie mittlerweile eine Größe, die ..." Er stockte kurz und suchte nach einem passenden Vergleich. „Nun, wir alle erinnern uns an den Asteroiden, der die Dinosaurier ausgelöscht hat."

Denise seufzte schwer. „Noch nie habe ich so sehr gehofft, dass du dich irrst! Aber leider sind uns die Hände gebunden, denn der Reaktor kann nicht von hier aus gesteuert werden. Das geht nur über den zentralen Kontrollraum, den wir aktuell nicht erreichen können. Außerdem verlangen die Sicherheitsprotokolle eine biometrische Bestätigung von mindestens zwei Offizieren ..., einer davon wäre Borissow. Und wir wissen, dass der uns eher umbringt, als mit uns zusammenzuarbeiten."

„Was ist mit einer Überbrückung?" Markinsons Stimme klang verzweifelt nüchtern. „Können wir uns nicht irgendwie einklinken? Das verdammte Steuerungsinterface hacken?“

„Das alles ist mit den besten Algorithmen verschlüsselt, die man sich vorstellen kann. Wir bräuchten Zeit und einen Supercomputer, um es überhaupt versuchen zu können“, erklärte Denise.

„Selbst wenn wir in den Kontrollraum kämen, könnten wir also nichts tun, bevor die nächste Gravitationseruption alles dem Erdboden gleichmacht.“ Markinson stieß einen Seufzer aus. „Verdammt, ich hasse diese Untätigkeit. Gibt es denn nichts, was wir von hier unten aus unternehmen könnten? Einen Kurzschluss? Einen Überlastungsimpuls?“

„Vergiss es, die Sicherheitssysteme sind redundant bis ins Absurde“, sagte Denise. „Außerdem ist hier bis auf ein paar Computer alles tot, das siehst du doch. Wir haben Glück, wenn der Notstrom noch so lange hält wie berechnet. Und auch daran glaube ich nicht, so unablässig, wie die Energie in den Reaktor fließt.“

Ein leises, aber hörbares Knirschen ließ beide herumfahren.

Zwischen zwei Kühlaggregaten kam Dr. Arina Tschevtschenko heraus. Sie hob beschwichtigend die Hände. „Ich habe nichts gehört, was ich nicht ohnehin schon wusste.“ Sie wirkte erschöpft, die Haut blass. „Aber ich habe nachgedacht. Über Ihren Plan. Und vielleicht habe ich etwas, das Sie interessieren könnte.“

Denise und Markinson sahen sie gespannt an.“

„Ich bin auf Ihrer Seite, das haben Sie doch schon gemerkt, oder?“ Sie machte eine Pause, um ihre Worte wirken zu lassen.

Markinson hatte zwar genau das gehofft, aber es konnte genauso gut ein Trick sein. Er versuchte, zu lächeln. „Okay, was haben Sie für uns? Gibt es etwas, das wir nicht bedacht haben?“

„Ich weiß von einem Zugang, der von dieser Waffensektion aus in den darüber liegenden Reaktor führt. Der Schacht war während der Bauphase notwendig und wurde nur mit einer Revisionsöffnung verschlossen. Sie wissen, was das ist? Eine technische Wartungsschleuse. Sie ist offiziell gesperrt und mit einem Alarm gesichert, aber da die allermeisten Systeme ausgefallen sind, denke ich nicht, dass die Sicherung noch aktiv ist.“

Markinson musterte sie eine Weile. „Aber was soll das bringen?“

Tschevtschenko trat näher, flüsterte: „Dieser vertikale Versorgungsschacht führt direkt in den äußeren Schirm des Reaktorkerns. Da gibt es keine Kontrollen, keine biometrischen Prüfungen. Nur ... Strahlung. Und vermutlich Raumzeitverzerrungen.“

Denise schluckte. „Sie wollen, dass wir da reinklettern?“

„Ich will gar nichts“, sagte Tschevtschenko. „Ich sage nur: Wenn man dort drinnen einen ausreichend starken Impuls einspeist – genau in der korrekten Frequenz und Phasenlage –, dann könnte man vielleicht eine instabile Rückkopplung im Inneren provozieren. Der Reaktor würde sich selbst abschalten ... theoretisch zumindest. Leider ist nicht garantiert, dass derjenige, der dort hineingeht, es auch überlebt.“

Markinson sah sie lange an. Dann blickte er zu Denise.

Sie schüttelte den Kopf. „Du wirst doch nicht ...“

„Wenn das unsere einzige Chance ist, dann müssen wir sie nutzen“, unterbrach er sie.

Denise sah ihn mit einem Blick an, den er nicht zu deuten wusste. Er spiegelte gleichzeitig Angst, trotzigen Mut und Traurigkeit. „Dann bete ich besser, dass die Gravitation dich da drin nicht auseinanderreißt.“

„Was treiben Sie hier?“, rief eine wütende Stimme hinter ihnen. Es war Dimitri Sowa, den niemand von ihnen kommen gehört hatte.

„Wir besprechen die äußerst beschissene Lage“, sagte Markinson frei heraus. Er fühlte sich ertappt, aber wusste auch: Angriff war die beste Verteidigung.

„Ist das so? Dann lassen Sie mich an Ihren Erkenntnissen teilhaben!“, forderte Sowa.

Markinson hatte nicht die geringste Lust, länger um den heißen Brei herumzureden. Er hatte aber auch nicht vor, seinen Sabotageplan zu enthüllen.

Oder vielleicht doch?

Soeben war ihm ein Geistesblitz gekommen. Er räusperte sich. „Okay, eigentlich wollte ich es nicht erwähnen, weil ich es für zu riskant halte, aber Dr. Tschevtschenko hat gerade einen Pan vorgeschlagen, wie man den Reaktor wiederherstellen könnte, ich meine, die ursprüngliche stabile Phase.“ Er sah prüfend zu Tschevtschenko.

Spielt sie mein Spiel mit?

Zaghaft nickte die Wissenschaftlerin. „Es ist die einzige Lösung, die ich sehe“, sagte sie knapp.

„Also, es ist folgendermaßen“, ergriff Markinson wieder das Wort. „Man muss von hier aus in das Innere des Reaktors kriechen und ihn im Kern neu starten. Mit einem hochenergetischen Impuls aus nächster Nähe. Leider ist man dort oben innerhalb der Schirmung, was es womöglich zu einem Himmelfahrtskommando macht. Ich sagte Tschevtschenko bereits, dass ich nicht zulassen werde, dass sie oder jemand anders dort hineinsteigt."

Ein fieses Grinsen erschien auf Sowas Gesicht, das Markinson verriet, dass er seinen Köder geschluckt hatte.

„Das haben wohl kaum Sie zu entscheiden. Aber dennoch: Die Lösung ist ganz einfach, Dr. Markinson", sagte Sowa gelassen.

„Ich sehe schon an Ihrem Gesichtsausdruck, dass Sie wollen, dass *ich* gehe. Vergessen Sie es!", erwiderte Markinson heftig.

Sowa sah zu Denise Garner. „Sie erinnern sich doch, was alles auf dem Spiel steht."

Markinson machte ein gequältes Gesicht, seufzte schwer und hoffte, dass seine bescheidenen Schauspielkünste ausreichen würden. „Sie sind ein Schwein und ein Feigling", sagte er trocken.

„Nicht im Geringsten. Denn ich werde Sie persönlich dort hinein begleiten und dafür sorgen, dass Sie keine Dummheiten machen!"

Scheiße, dachte Markinson. Daran hatte er bei aller Spontaneität nicht gedacht. Sowa war klug und könnte seinen Plan dort drinnen jederzeit vereiteln. Er ließ es sich aber nicht anmerken. „Sehr gut, Sowa", sagte er kühl. „Ich kann immer einen Assistenten gebrauchen."

26

Major Craig Armstrong war nun am Ende seiner Kräfte. Er wollte es sich nicht eingestehen, aber er wusste, dass er seinen Körper über Gebühr beansprucht hatte, obwohl er noch schwer verletzt war. Keuchend sank er nieder und lehnte sich gegen die kalte Wand des Korridors.

Das hier sollte also sein Grab werden? Eine feindliche Basis am Arsch der Welt, aus der es kein Entrinnen mehr gab? Nicht für ihn und vermutlich auch für niemanden sonst.

Ein wenig wunderte er sich selbst über die trübsinnigen Gedanken, die ihn überkamen, aber vielleicht lag es an seinem nahenden Tod.

Bhaku trat neben ihn und legte ihm eine Hand auf die Schulter. „Du musst durchhalten." Der Junge lächelte ihn an.

Armstrong spürte einen Stich im Herzen. Er sollte diesem Jungen ein Vorbild sein und erhobenen Hauptes in den Untergang schreiten, wenn es schon nicht zu vermeiden war. Oder noch besser, ihn irgendwie hier herausschaffen. „Ich ... bin bloß müde", sagte er. „Meine Verletzung ..." Dann straffte sich Armstrong. „Es geht schon wieder!"

Derweil kamen Oleg und Ivar hastig aus einem Seitengang zurück. Sie waren vor etwa zehn Minuten zu einer Erkundung aufgebrochen, während die anderen sich hier in einem Lagerraum versteckt hielten.

Olegs Stirn glänzte vor Schweiß, Ivars Stimme klang ernüchtert. „Wir waren jetzt am Ende aller Abzweigungen, die in Richtung Zentrum führen. Keine Chance, zum Kontrollraum durchzukommen. Auch der Weg zum Reaktor ist durch eines dieser Energiefelder abgeschottet."

„Aber das Gleiche gilt auch für die Russen", ergänzte Oleg atemlos. „Die sind eingeschlossen und haben keine Möglichkeit, da rauszukommen. Das ist unsere Chance."

Ein Raunen ging durch die kleine Gruppe.

„Wie meinst du das?", wollte Kora wissen.

Auch Severin Lucas trat einen Schritt vor, sein Blick war wachsam.

„Zeig es ihnen", sagte Oleg an Alexej gerichtet.

Der Kollaborateur, der bis jetzt an der Wand gelehnt hatte, kniete sich hin, faltete einen Plan auseinander und strich ihn auf dem Boden glatt. „Ich glaube, wir können die Energieversorgung massiv schwächen", sagte er. „So wie es aussieht, gibt der Reaktor momentan fast nichts mehr ab. Entweder, weil man ihn drosselt oder wegen der jüngsten Singularitätsemission. Ich tippe auf Letzteres. "

Lucas runzelte die Stirn. „Heißt das, wir können etwas tun?"

„Ja." Alexej zeigte auf eine Abzweigung. „Der Weg zu den Diesel-Generatoren eine Etage tiefer ist nicht versperrt. Und fast unbewacht. Ein paar versprengte Soldaten – nicht mehr. Die Technik-Crew dort unten hat sicher längst den Mut verloren. Die sitzen vermutlich in den Ecken, starren auf ihre Schuhe und beten zur Jungfrau Maria."

Oleg ergriff wieder das Wort. „Wenn wir diese

Diesel-Aggregate außer Betrieb setzen, läuft die Anlage nur noch auf Batterie – und das nicht sehr lange. Dann müssen sie weitere Systeme abschalten. Und vielleicht ... vielleicht auch den Reaktor."

„Und wenn wir richtig Glück haben", fügte Lucas hinzu, „verschwinden diese verdammten Kraftfelder auch. Dann ist der Weg frei." Er sah sich um, sein Blick traf den von Armstrong. „Wenn niemand einen besseren Plan hat, jagen wir einfach alles in die Luft."

Doch niemand hatte eine Alternative parat.

Kora nickte nun und auch Ivar stimmte ein. „Das ist doch endlich eine Perspektive!", sagte der Anführer der Separatisten.

Major Craig Armstrong trat mit einem leichten Hinken nach vorn, der Verband unter seiner Jacke war blutgetränkt, doch seine Haltung blieb aufrecht. Er sprach ruhig: „Bevor ihr loszieht, müssen wir noch etwas klären. Ich will, dass Nikan und Bhaku gehen. Es ist Wahnsinn, sie hier drin zu behalten. Ich weiß, die Chance, dass sie einen Weg bis nach draußen finden, ist klein. Aber dennoch. Vielleicht gelingt es, wenn die Generatoren ausfallen."

„Ich werde kämpfen! So habe ich es versprochen", protestierte Nikan mit heiserer Stimme.

Armstrong legte ihm die Hand auf die Schulter. „Das hier ist nicht dein Krieg. Nicht eurer. Und Bhaku ... Bhaku gehört nicht in diese Hölle."

Oleg nickte zustimmend. „Wenn wir die Generatoren abschalten, könnten die Verriegelungen der Schleusen versagen. Aber es gibt keine Garantie. Ihr könntet durch den Versorgungsschacht entkommen, sofern sich dort nicht auch eine Barriere gebildet hat. Probiert es, und ihr habt womöglich Glück."

Ivar nickte. „Geht! Der Amerikaner hat recht, das hier ist nicht euer Kampf."

Nikan zögerte, dann sah er Bhaku an. Der Junge blickte ihm in die Augen. „Komm", sagte er leise. „Vielleicht sehen wir das Licht der Sonne wieder."

Sie verabschiedeten sich, dann eilten die beiden Ewenen aus dem Lagerraum und nach rechts den Gang entlang.

Nun wandte sich Armstrong an Lucas. „Und ich gehe zur Krankenstation."

„Aber ..." Lucas' Stimme war ernst. „Du hältst dich kaum auf den Beinen."

„Ich kann immer noch etwas tun", knurrte Armstrong. „Nicht viel, aber vielleicht genug, um Baxter nicht zurückzulassen." Er blickte zu den Separatisten und ergänzte: „Außerdem seid ihr ohne mich schneller!"

Lucas sah ihn lange an und Armstrong wusste, was sein Blick sagte: *Das ist sinnlos.* Aber er sprach es nicht aus. Dann nickte er knapp. „Geh. Und wenn du sie hast ... bring sie da raus. Und stirb nicht dabei."

Ein kurzes Lächeln zuckte über Armstrongs Gesicht. „Ich versuch's."

Kora, Ivar, Oleg und die anderen machten sich bereit zum Abmarsch, prüften Ausrüstung und Waffen. Alexej drückte Armstrong den Plan in die Hand.

Lucas schulterte eine Tasche mit Sprengstoff, die man ihm reichte.

„Auf geht's zur Generatorsektion", ordnete Kora an, und die Gruppe setzte sich in Bewegung.

Armstrong trat an die Tür und sah ihnen nach, bis sie hinter der nächsten Biegung verschwunden waren, dann machte auch er sich auf den Weg.

Wenige Minuten, nachdem sich die Gruppe

getrennt hatte, erreichten die Separatisten den Generatorbereich. Schon durch die Stahltüren war zu hören, dass die Dieselaggregate auf Hochtouren liefen, um die Anlage mit Strom zu versorgen. Sogar die Rohre an den Wänden vibrierten leicht.

Der Geruch von Öl und verschmortem Gummi hing in der Luft, während sich die Separatisten mit leisen Schritten die letzten Meter an den Zugang heran bewegten.

Ivar lief vorn, direkt hinter ihm Kora, Oleg und Alexej. Lucas bildete die Nachhut. Jeder trug seine Waffe feuerbereit in den Händen.

Die Stimmen ihrer Feinde waren dumpf durch die Tür zu hören – russische Soldaten. Wegen des Lärms der Aggregate mussten sie schreien, um sich zu verständigen.

Ivar und die anderen lauschten gespannt, um herauszufinden, wie viele es waren.

Nach einem Moment sagte Kora: „Drei Kontakte, maximal vier."

Mehr Sicherheit hatte man der Generatorhalle offenbar nicht zugeteilt – oder es waren einfach nicht mehr Männer verfügbar, weil sie in anderen Teilen der Basis festsaßen.

Kora warf Lucas einen Blick zu, den er nicht deuten konnte. Vielleicht war es Vorfreude, vielleicht etwas anderes – dann hob Ivar die Hand, und zwei der Separatisten rissen die Tür auf. Grelles Licht fiel in den Gang.

Sofort feuerte Kora. Auch von drinnen wurden Schüsse abgefeuert. Einer der Separatisten schrie auf und ging zu Boden.

Haben die Russen uns erwartet?, schoss es Lucas in

den Sinn. Er ging auf die Knie und rutschte vorwärts, sodass er einen Blick in die Halle werfen konnte.

Eine Kugel flog in seine Richtung und schlug Funken an der schweren Metalltür, hinter der Lucas kauerte. Er huschte kurz aus der Deckung und feuerte blind zurück, wusste aber nicht, ob er etwas getroffen hatte.

„Sie verschanzen sich hinter den Generatoren!“, schrie Kora. „Ich geh rein, dann nehmen wir sie in die Zange.“ Irrsinnige Entschlossenheit lag in ihrer Stimme.

Bevor jemand protestieren konnte, rannte sie hinein und hechtete hinter ein Steuerpult. Eine Feuersalve prasselte in die Wand. Eine einzige Kugel fand ihr Ziel – und das genügte. Kora stolperte, fiel hinter das Pult, versuchte noch, sich hochzustemmen, das Gewehr zu heben. Dann sackte sie zusammen und blieb liegen. Lucas konnte von der Tür aus sehen, dass ihre Augen weit offen standen, so, als könne Kora nicht glauben, dass dies ihr Ende war.

„Verdammte Bastarde!“, brüllte Ivar, zog den Stift aus einer Handgranate, wartete zwei Sekunden und schleuderte sie dann über die erste Reihe an Generatoren hinweg. Genau dorthin, wo er die russischen Soldaten vermutete. Die hatten keine Zeit mehr, um zu reagieren.

Ein spitzer Schrei, dann die Druckwelle. Splitter regneten durch die Tür, gefolgt von dichtem Qualm. Die Russen waren gewiss tot.

Einen Moment später taumelte ein Techniker in orangenem Overall aus der Tür, verletzt und desorientiert schlug er im Gang der Länge nach hin.

Lucas spürte nun ebenfalls einen brennenden Schmerz – eine rote Linie zog sich über seinen rechten

Oberarm. Ein Streifschuss? Nein, das musste ein umherfliegendes Fragment der Generatoren gewesen sein.

„Blutest du stark?“, fragte Oleg, der neben ihm kauerte.

„Geht schon“, erwiderte Lucas knapp.

Ivar kam ebenfalls zu Lucas gehetzt. „Her mit der Tasche. Wir bringen den Sprengstoff an, bevor sie Verstärkung schicken.“

Lucas überreichte den Beutel mit den Sprengsätzen. Ivar und Oleg eilten in die Halle hinein. Lucas stand auf und gab ihnen zusammen mit einem weiteren Kämpfer Deckung.

Langsam lichtete sich der Rauch hier drinnen, doch die Gase brannten in Augen und Lunge. Und es war immer noch laut. Die vorderen Aggregate waren von der Detonation zwar zerstört worden, aber die Hauptgeneratoren weiter hinten schnurrten munter vor sich hin.

Mit geübter Hand befestigten Ivar und Oleg die Ladungen an den neuralgischen Punkten der Stromerzeuger. Die Anzeigen der Zünder leuchteten bereits. „Wie lange?“, fragte Ivar.

„Zwei Minuten!“, meinte Oleg.

Beide programmierten die Zeitzünder.

„Bitte, nicht schießen!“, schrie jemand.

Sofort fuhren alle herum und brachten die Waffen in Anschlag.

„Ein Techniker“, sagte Oleg knapp.

„Raus mit dir, sonst bist du gleich Hundefutter!“, fuhr Ivar ihn an.

Der Mann zuckte zusammen, besann sich und rannte an Lucas vorbei zur Tür hinaus.

„Aktivieren!“, rief Oleg.

Beide Zünder wurden synchron scharfgemacht. Der Countdown begann herunterzuzählen.

Sie rannten hinaus. Die Schritte hallten durch den leeren Gang wie Hammerschläge, begleitet vom hektischen Keuchen der Männer. Sie überholten den Techniker und hetzten um die nächste Biegung.

Lucas drehte sich nicht mehr um. Er wusste, dass sie nur noch Sekunden von der Detonation entfernt waren – und dass die Ladungen reichten, um weit mehr als nur die Generatoren zu zerstören.

Dann ein ohrenbetäubender Knall – eine Druckwelle fegte durch die Gänge und riss sie zu Boden. Lucas kam es so vor, als sauge man ihn durch ein gigantisches Staubsaugerrohr. Und genauso dunkel wurde es fast im selben Moment. Das Licht der Deckenleuchten erlosch im Bruchteil einer Sekunde.

Lucas schlug hart gegen die Wand, einer der anderen landete auf ihm. Er rang nach Luft.

Hinter ihnen lag nichts als Qualm, brennende Trümmer und eingestürzte Gänge.

Eine Notbeleuchtung weiter vorn im Korridor ging an – blasses Rotorange. Sie krochen darauf zu. Das Licht war schwach, gespenstisch. Ihre Schatten flackerten wie geisterhafte Schemen an den Wänden.

Allmählich wurde die Luft besser, offenbar lief die Lüftung hier noch.

Lucas richtete sich auf, untersuchte sich nach weiteren Verletzungen. Der Arm war blutverschmiert, die Hände voller Ruß. Aber ansonsten schien er wie durch ein Wunder nicht schwer verletzt. „Scheiße, verdammt“, fluchte er und sah zu Ivar. „Das war heftig. Wie viel Sprengstoff habt ihr in die Ladung gepackt?“

„Auf jeden Fall genug“, sagte der knapp. „Es hat seinen Zweck erfüllt, oder?“

Noch einen Moment verharrten sie, prüften ihre körperliche Verfassung und schöpften neue Kraft. Sie lauschten auf die Geräusche in der Anlage – hatte sich etwas verändert? Das Brummen der Generatoren war verstummt, nur das Knistern des Schwelbrandes hinter ihnen und das leise Tropfen von Kühlflüssigkeit aus leckgeschlagenen Rohren waren zu hören.

Oleg stand kopfschüttelnd neben ihm. „Wir haben’s geschafft. Die Hauptsysteme sind weg. Sie müssen in Kürze alles abschalten.“

„Das werden wir sehen“, meinte Alexej und ergänzte: „Wenn wir Glück haben.“

„Und was machen wir, wenn nicht?“, fragte Lucas.

Ivars Stimme war ruhig. „Dann jagen wir auch den Rest in die Luft.“ Er legte die Hand auf den Beutel mit den restlichen Sprengladungen.

So wie in diesem Moment war sich Lucas noch nie bewusst gewesen, dass er Teil eines Kamikazekommandos war. Aber die Vorstellung schreckte ihn komischerweise nicht. Er wusste nun, dass es so war, und er akzeptierte es mit einer Ruhe, die ihm selbst höchst merkwürdig vorkam. Und doch legte sie sich über ihn wie eine warme Decke. Er sah auf die zertrümmerten Gänge hinter sich, dann nach vorn – in den Schacht, der dort im Zwielicht lag und den Weg in sein Verderben markierte. So gelassen, dass es in dieser Situation beinahe befremdlich wirkte, sagte er: „Jetzt beenden wir, was wir angefangen haben.“

27

William Markinson sah hinauf zur Decke der Halle und beobachtete, wie zwei Techniker in etwa zehn Metern Höhe die Deckenverkleidung abnahmen und damit den Wartungsschacht freilegten, der bis in das Herz des Reaktors führte. Sie entnahmen eine Schicht Dämmmaterial und ließen es zu Boden fallen.

„Das ist eine Scheißidee, Will“, sagte Denise leise und schüttelte den Kopf.

„Ja, vielleicht. Aber leider die einzige, die halbwegs durchführbar scheint“, erwiderte Markinson.

„Ich ... ich will dich nicht wieder verlieren“, sagte sie zaghaft und nahm Markinsons Hand. „Auch wenn keiner von uns damals mutig genug war, den nächsten Schritt zu machen, so haben wir doch immer ...“

„Es ist gut“, unterbrach Markinson sie. „Ich weiß, als Wissenschaftler sollte man kein Wort wie Schicksal benutzen, aber es ist so. Ich werde dort hinaufsteigen, die Vergangenheit hinter mir lassen und hoffen, dass es noch eine Zukunft gibt – für uns, für alle hier.“

Denise nickte stumm. Dann umarmte sie Markinson und drückte so fest zu, dass ihn seine angeknackste Rippe schmerzhaft in die Seite stach. Aber er ertrug es. Vielleicht war es das letzte Mal, dass er die Gelegenheit dazu hatte.

Jemand räusperte sich lautstark. Es war Tschevtschenko, die damit die Rückkehr von Dimitri Sowa ankündigte.

Er hatte in den letzten Minuten die Soldaten instruiert und Ausrüstung gepackt. Nun kam er mit schnellen Schritten näher. „Sind Sie fertig?“, wollte er wissen.

„Es kann losgehen“, antwortete Markinson.

Tschevtschenko reichte ihm den Emitter, der im Inneren der Schirmung den Energieimpuls abgeben sollte. „Das Gerät ist kalibriert, zumindest, so gut das von hier aus ging. Denken Sie aber daran, genau die Phasenlage zu bestimmen und den Impuls zu synchronisieren. Das Gerät wird dann den richtigen Moment anzeigen.“

„Danke“, sagte Markinson und schenkte ihr ein Lächeln. „Wird schon schiefgehen.“ Er meinte es wörtlich und hoffte dabei sehr, dass der Versuch gehörig schiefging – zumindest in jenem Sinne, den sie Sowa vorgegaukelt hatten. Sollte es ihm auf diese Weise gelingen, die Singularität kontrolliert kollabieren zu lassen, bestand tatsächlich noch eine Chance, die Lage zu stabilisieren und alles zu einem guten Ende zu bringen.

Die Techniker waren mit ihrem Werkzeug wieder von der langen Leiter herabgestiegen und machten Platz für Markinson und Sowa, die unten warteten.

„Okay, gehen wir es an“, sagte Markinson, steckte den Emitter in eine kleine Umhängetasche und griff nach der ersten Sprosse.

Er begann den Aufstieg, dicht gefolgt von Sowa, der ihn nicht aus den Augen ließ und dessen Pistole gut sichtbar in einem Holster rechts am Gürtel steckte. Auf der linken Seite trug er ein großes Kampfmesser in einer ledernen Scheide sowie ein Handfunkgerät, das jedoch Markinsons Berechnungen zufolge innerhalb der

Reaktorhülle nicht funktionieren dürfte. Sie waren demnach ganz auf sich allein gestellt. Er und der Russe – Mann gegen Mann. Markinson hoffte, dass er seine Maskerade lange genug aufrechterhalten konnte, bis der Impuls initiiert worden war und der Effekt nicht mehr aufzuhalten war.

Sie erreichten den Zugang zum Schacht in zehn Metern Höhe. Die Leiter endete, aber innerhalb des etwa 80 mal 60 Zentimeter großen Schachtes konnten sie nahtlos weiterklettern, da an einer Seite Stahlsprossen direkt in die Wand einbetoniert waren. Sie durften nur nicht danebentreten, denn es gab keine Möglichkeit, sich zu sichern, und wenn man einmal abrutschte, fiel man senkrecht in die Tiefe. Dass Sowa ihn auffangen würde – ob er nun wollte oder nicht –, glaubte Markinson nicht. Letztlich war es auch egal, möglicherweise waren sie beide längst erfroren, bevor es so weit käme. Sie waren erst gute zwei Meter in den Schacht vorgedrungen, da war die Temperatur bereits um 20 Grad gefallen. Sie mochte nun um den Gefrierpunkt liegen, ein deutliches Zeichen dafür, dass die Singularität, der sie sich näherten, immer mehr Energie aus der Umgebung zog.

„Markinson!“, rief Sowa zu ihm hinauf. „Ist das normal, dass wir hier drin schockgefrostet werden?“

„Ich weiß es nicht“, gab er zu. „Aber Sie sind doch Russe, sagen Sie nicht, dass Ihnen das viel ausmacht.“

„Ich stamme aus Moskau, nicht aus Sibirien“, merkte Sowa an.

„Schön, dann lernen wir uns endlich etwas näher kennen. Meine Lieblingsfarbe ist übrigens grün“, sagte Markinson. Er hatte kein echtes Interesse daran, mehr über Sowa zu erfahren, aber er hoffte, dass er den

Agenten damit vielleicht etwas ablenken konnte. Und dass er sich selbst auch davon abhalten konnte, zu sehr an die immer unangenehmer werdende Kälte zu denken.

Sowa stieg nicht auf den Smalltalk ein, sondern meinte nur: „Ihre Lieblingsfarbe ist mir scheißegal. Mein Instinkt sagt mir nur, dass wir es hier drin nicht allzu lange aushalten werden, wenn das so weitergeht. Wir haben keine Polarausrüstung. Und selbst wenn, kämen wir in diesem engen Schacht nicht weit."

„Da haben Sie recht. Aber ich kann Ihnen nicht sagen, wie es jetzt weitergeht, wie schlimm es womöglich noch …" Markinson verstummte, als ihn eine plötzliche Schwindelattacke überkam. Eine Hand glitt von der Sprosse und beinahe wäre er hinabgestürzt. Der Schacht schien sich rasant zu drehen. Markinson wurde übel und er stieß ein Stöhnen aus, versuchte krampfhaft, sich zu besinnen.

Und mit einem Mal war der Schwindel verpufft. Doch dafür kam es Markinson nun so vor, als bewege er sich nicht durch Luft, sondern durch transparenten Sirup, der seine Bewegungen schwerfällig und quälend langsam machte.

„Was …", setzte er an und merkte, dass sich das Wort in Zeitlupe aus seinem Mund quälte, so, als laufe sein Geist auf Hochtouren, aber der Körper auf Sparflamme.

Das mussten Effekte sein, die in unmittelbarer Nähe zur Singularität auftraten. Sie waren kaum mehr als fünf bis zehn Meter von ihr entfernt. Niemand wusste, wie sich das auswirken mochte.

Markinson spürte ein Kribbeln auf der Haut, das er nicht zuordnen konnte, es konnte von der Kälte kommen, fühlte sich aber gleichzeitig wie fieser Sonnenbrand an.

Fluide Zeit, kam es Markinson in den Sinn. Falls er das hier wie durch ein Wunder überlebte, würde er den Effekt so nennen.

Er neigte unendlich langsam den Kopf und wollte nachsehen, was Sowa tat. Endlich kam der Russe in sein Sichtfeld. Nein, es waren zwei Sowas, im nächsten Moment drei und dann ganz viele, die sich auffächerten wie eine Mehrfachbelichtung, die man virtuell auseinanderzog.

Noch bevor Markinson ganz begriffen hatte, was er da wirklich wahrnahm, sah er, dass einige der Abbilder von Sowa ihre Pistole zogen und sie direkt auf ihn richteten.

Sein Verstand raste. Was tat der Kerl? Und welches dieser Bilder war real? Alle oder keines? Waren das Möglichkeiten oder Déjà-vus? Blickte er hier in einen Riss zwischen den Facetten eines Multiversums?

Sah Sowa ihn womöglich genauso und konnte sich nicht entscheiden, was er tun sollte?

Markinson beschloss, weiter zu klettern und die Sache nach Plan zu beenden, da gab es einen Knall hinter ihm, der unnatürlich nachhallte und in dem Schacht Pingpong spielte.

Hatte Sowa geschossen? Er spürte keinen Schmerz.

Im nächsten Moment sah er sich gleichzeitig am Fuß der Leiter stehen und mit Denise reden und oben an der inneren Schirmung den Impuls vorbereiten.

Was war wirklich, was Zukunft, was Vergangenheit? Er konnte diese Frage nicht beantworten, aber er kletterte weiter, obwohl sich der Raum um ihn herum anfühlte wie transparentes Gummi. So, als schwimme er stromaufwärts durch eine geschmolzene, zähflüssige Version der Welt.

Quälend lange Minuten – oder waren es Stunden? – später erreichte er das Ende der Leiter. Dort lag ihr Ziel, die innere Ummantelung des Reaktorraums.

Noch einmal sah Markinson zu Sowa, der direkt unter ihm war. Sein Mund bewegte sich, aber die Worte waren stumm, so, als könnten sie nicht bis zu ihm vordringen. Der Agent stieg die letzten Sprossen hinauf und quetschte sich neben Markinson auf einen Absatz.

Wie automatisiert hob Markinson den Emitter hoch und wusste auf einmal nicht mehr, was er damit machen sollte.

Warum bin ich hier?

Irgendetwas vernebelte seinen Geist.

Sowa neben ihm packte ihn an der Schulter, schüttelte ihn. Sein Blick spiegelte Panik wider. Auch er begriff wohl nicht, was mit ihnen geschah. Er stieß einen Schrei aus, den Markinson verzerrt und viel zu tieffrequent wahrnahm. „Tun Sie es!“, vernahm er seine Stimme, die klang wie von einem kaputten Tonbandgerät, das unter einem dicken Kissen lag.

Markinson legte den Finger auf den Auslöser. Nun kam die Klarheit zurück. Er musste das hier beenden. Wie es auch immer ausgehen mochte.

Die Phase prüfen, zuckte es durch seinen Geist. Das hatte Tschevtschenko gesagt. Es kam ihm vor, als läge das Gespräch Jahre zurück.

Wieder blickte er zu Sowa. Seine Waffe steckte im Holster. War das vorhin eine Vision gewesen? Hatte er geschossen? Würde er noch schießen?

Markinson wandte sich dem Reaktor zu. Dort, direkt unter dieser dünnen Hülle, lag sie. Die

Singularität, ein Mysterium, das Markinson sein Leben lang auf mathematischem Wege zu ergründen versucht hatte. Und jetzt lag sie ganz praktisch vor ihm und jagte ihm eine Heidenangst ein.

Er hob den Emitter und startete die Messung. Aber er kam nicht mehr dazu, sie zu beenden.

Eine heftige Erschütterung ließ ihn zusammenzucken. Der Emitter fiel ihm aus der Hand. Die Zeit machte einen Sprung, und Markinson hätte beinahe wieder die Orientierung verloren. Das Gefühl der Schwerfälligkeit war verschwunden.

„Was haben Sie getan?!“, kreischte Sowa und zog die Waffe.

„Noch gar nichts!“, schrie Markinson zurück. „Die Schirmung versagt! Der Strom muss weg sein.“

Markinson hob hastig den Emitter auf und drückte den Auslöser, ohne die Messung zu wiederholen. Es hatte nicht die geringste Wirkung.

Es war ohnehin längst zu spät, als dass es noch einen Unterschied gemacht hätte. Mit einen Schub, der die Eiseskälte in Hitze umschlagen ließ, kehrte die Singularität erneut ihre Energierichtung um und dehnte sich aus, über die Grenzen der inneren Begrenzung hinweg. Binnen Millisekunden verschluckte sie die beiden Männer, so, als seien sie gar nicht physisch anwesend. Dann kehrte sie in eine stabile Phase zurück. Der große Knall blieb aus – vorerst.

28

Professor Charles Mannheimer wusste, dass er sprichwörtlich mit seinem Latein am Ende war. Die Zeit, die man ihnen eingeräumt hatte, um eine Lösung zu finden, war um. Und er hatte keine Lösung. Das war die verheerendste Niederlage in Mannheimers Karriere als Wissenschaftler. Er vermochte trotz all seiner Weisheit und Erfahrung, ungeachtet der modernsten Technologie und aller erdenklichen Ressourcen keine Lösung zu finden.

Der Präsident würde in seiner gefürchteten Haudraufmanier versuchen, diese Bedrohung auszuschalten, und dabei eine nukleare Katastrophe heraufbeschwören. Und es gab nichts, das er oder sonst jemand dagegen tun konnte. Beinahe kam es ihm so vor, als sähe er bei einem Theaterstück zu – einer Tragödie, düsterer, als Shakespeare sie je hätte schreiben können. Die Schauspieler – ob nun besonders begabt oder nicht – klebten am Skript. Und dieses verlangte einen dramatischen Höhepunkt, nach dem alle zu sterben hatten.

Natürlich bestünde jederzeit die Möglichkeit, das Stück abzubrechen. Die Schauspieler könnten sich die Kostüme herunterreißen und aufhören, dem Werk eines verrückten, fatalistischen Autors zu folgen, aber sie taten es nicht. Sie waren in ihren Rollen gefangen.

Mannheimer merkte nun endlich, wie seine Gedanken immer mehr in diese philosophischen Gefilde abdrifteten, und rief sich zur Ordnung. Er steckte wohl selbst schon zu tief in seiner Rolle, als dass es ihm gelänge, die nötige Distanz herzustellen, die es für das Auffinden der Lösung unbedingt brauchte.

Anita Grey betrat das Labor und kam auf ihn zu.

„Etwas Neues?“, erkundigte er sich und hoffte, dass sie etwas gefunden hatte, was sie weiterbrachte.

Grey seufzte. „Ich habe das Ausmaß der Zeitdilatation berechnet. Innerhalb der Kuppel scheint sich die Zeit um den Faktor 90.000 zu verlangsamen. Das bedeutet, eine Sekunde entspricht etwas mehr als einem Tag. Wenn wir nun einbeziehen, dass die Bombe von ihrer jetzigen Position bis zum unterirdischen Höhlensystem, in dem sich die Anlage befindet, normalerweise etwa vier Sekunden braucht – und wir berücksichtigen, dass die Satellitenbilder 18 Stunden alt sind – dann können wir mit ziemlicher Sicherheit sagen, dass sie in drei Tagen ihr Ziel erreichen wird und die Basis auslöscht.“

Mannheimer nickte langsam. Half ihnen das weiter? Vielleicht konnten sie auf Harper und den Präsidenten einwirken und ihm klarmachen, dass sich die Sache in drei Tagen von selbst erledigen würde. Doch er wollte nicht allzu viel Hoffnung in diese Idee setzen, denn erstens konnte die Singularität innerhalb dieser drei Tage kollabieren und die ganze Halbinsel wegsprengen, und zweitens wusste niemand, welche Maßnahmen die Russen womöglich vorher ergriffen.

„Meinst du, wir sollten einige russische Kollegen kontaktieren?“, fragte Mannheimer plötzlich.

Grey sah ihn irritiert an. „Was? Wen denn?“

Mannheimer schüttelte den Kopf. „Vergiss es, ich bin verzweifelt. Das ist ein militärisches Projekt, vermutlich sind alle, die damit auch nur entfernt zu tun haben, abgeschirmt oder stecken unter dieser Glocke fest."

„Wir sollten noch mal mit Harper reden", schlug Grey vor. „Überzeugen wir ihn davon, dass er die drei Tage abwartet, bis die Bombe ihr Ziel erreicht. Danach können sie immer noch weitere Maßnahmen ergreifen."

„Das ist wohl das ...", setzte Mannheimer an und wurde von einem lauten Piepen unterbrochen. Es kam von den Messstationen, die mit den weltweit verteilten Gravitationssensoren verbunden waren.

Grey eilte zur Konsole. „Da! Wieder eine Eruption in Kamtschatka. Ziemlich heftig."

„Das ist nicht gut", stellte Mannheimer nüchtern fest. „Der Präsident wird das als Zeichen sehen, dass alles noch schlimmer wird. Und ich kann es ihm nicht mal verübeln. Es ist vermutlich längst nicht mehr aufzuhalten."

Grey schüttelte schwach den Kopf, aber auch sie hatte nicht die Kraft, zu protestieren. „Wir rufen trotzdem Harper an", beschloss sie und griff zum Telefon.

***

Es gab einen dumpfen Knall, und der Boden auf der Waffenebene zitterte bedrohlich. Einige der Bildschirme fingen an zu flackern oder gingen ganz aus.

„Was war das? Haben sie es geschafft?", fragte Denise Garner aufgeregt und starrte auf den Monitor vor sich, der weiterhin stabil funktionierte. Sie suchte nach Hinweisen, dass sich durch die jüngste Erschütterung das Verhalten der Singularität womöglich zum Besseren änderte.

„Ich glaube, das war kein gutes Zeichen“, sagte Tschevtschenko mit ängstlicher Stimme. „Das ist vermutlich eine Explosion gewesen. Und die Folgen sind ziemlich übel, wenn ich mir die Anzeigen ansehe. Die Generatoren scheinen jetzt komplett ausgefallen zu sein, und wir laufen nur noch über Batterie.“

„Und die Steuerungssysteme? Der Reaktor?“

„Einen Moment bitte.“ Tschevtschenko wandte sich dem Kontrollpult zu. „Die Sensoren und Messinstrumente funktionieren noch, aber die Schirmung bricht ein.“

Denise sah hoch zum Ende der langen Leiter, wo vor wenigen Minuten Markinson und Sowa im Wartungsschacht verschwunden waren. Sie spürte einen dicken Kloß im Hals. „Und was wird jetzt?“, fragte sie leise und fürchtete, dass sie im nächsten Moment von einer Eruption kosmischen Ausmaßes verschluckt werden könnte.

Sie erhielt keine Antwort, denn Tschevtschenko war bereits in weitere Analysen vertieft und hatte ihre letzte Frage wohl gar nicht bemerkt.

Obwohl Denise spürte, dass sie den Mut zu verlieren drohte und sich große Sorgen um Markinson machte, wollte sie nicht aufgeben und versuchte ebenfalls, mehr aus den Messdaten zu machen. Kaum hatte sie die Anzeigen aktualisiert, da schrillte ein Alarm los und mehrere rote Warnhinweise fluteten den Bildschirm.

„Oh verdammt“, hörte sie Tschevtschenko sagen und dachte in diesem Moment genau dasselbe. Was hatte Markinson getan? War der Versuch fehlgeschlagen? Oder passierte nun genau das, was sie gehofft hatten?

„Die Singularität“, setzte sie zaghaft an und versuchte, zu bestimmen, was gerade passierte.

„Nein, sie ist noch da“, kam ihr Tschevtschenko zuvor. „Sie ... Es sieht so aus, als würde sie wieder Energie abgegeben.“ Sie stockte. „Aber den Anzeigen zufolge können die beschädigten Reaktorsysteme sie nicht verwerten.“

Denise suchte in den Daten nach einer Erklärung, dann sah sie es. „Sie ist gewachsen!“, stieß sie hervor und erkannte, was das bedeutete. Markinson musste tot sein. Bei den gegenwärtigen Ausdehnungen und der abgegebenen Energiemenge war es so gut wie ausgeschlossen, dass jemand dort drinnen die letzte Eruption überlebt hatte. Selbst hier unten schienen sie allmählich in Gefahr zu sein. Resigniert ließ sie sich auf den Stuhl sacken. Das war das Ende. Ihre letzte Chance schien verpufft zu sein. Jetzt konnten sie genauso gut hier sitzen und warten, dass sie das Ding verschlang. Oder dass es mit einem unvorstellbaren Knall hochging.

„Ich ...“, sagte Tschevtschenko vorsichtig. „Es tut mir leid um deinen Freund.“ Sie legte Denise die Hand auf die Schulter und es fühlte sich zumindest wie ein kleiner Trost an.

„Danke“, erwiderte sie. „Nicht, dass es jetzt noch einen großen Unterschied machen würde, aber ...“ Sie brach ab, als ihr etwas auf dem Bildschirm ins Auge sprang. Hinter den ganzen Warnhinweisen lag noch die von ihr erstellte Karte der Zeitverzerrungen. Sie hatte sich offenbar gerade aktualisiert. Sie holte das Fenster in den Vordergrund und vergrößerte es. „Warte mal, das ... Siehst du das hier?“

„Ja, die Zeitblasen verschieben sich“, stimmte Tschevtschenko zu. „Das muss eine Folge des letzten

Ausbruchs sein. Dort!“ Sie zeigte auf einen Bereich, der zuvor unerreichbar gewesen war.

„Ein Korridor!“, sagte Denise sofort. „Wir können auf diesem Weg in den Kontrollraum gelangen.“

„Und was dann?“, wollte Tschevtschenko wissen.

„Keine Ahnung, das werden wir sehen. Eins nach dem anderen. Hier können wir jedenfalls nichts tun und sind außerdem der Strahlung ausgesetzt. Dort oben haben wir immerhin noch eine kleine Chance, etwas auszurichten. Vielleicht bringen wir Borissow dazu, dass er seinen Code eingibt.“

Tschevtschenko schüttelte den Kopf. „Das kann ich mir nicht vorstellen, aber du hast recht. Hier unten haben wir alle Möglichkeiten ausgeschöpft.“

„Jetzt müssen wir nur noch den da überzeugen“, sagte Denise und zeigte auf den einsamen Soldaten, der an der Schleuse Wache schob. Sie verschwendete keine Zeit und ging auf ihn zu. Tschevtschenko folgte ihr.

Sie stellte sich direkt vor den Soldaten, der sich bemühte, regungslos zu verharren und durch Denise hindurchzusehen.

Aber Denise hatte nichts mehr zu verlieren und baute sich vor dem Mann auf. Sie blickte ihm direkt in die Augen, sodass er ihr nicht ausweichen konnte. „Hey, wir müssen in den Kontrollraum. Sofort!“, sagte sie so energisch, wie es ihr möglich war.

„Nein“, knurrte der Wachmann.

„Lassen Sie uns durch, Mann! Sonst fliegt hier gleich alles in die Luft.“

Der Soldat schüttelte stumm den Kopf und hob sein Gewehr an.

„Hör mal, Sergej“, ergriff Tschevtschenko das Wort.

„Wir wollen die Lage unter Kontrolle bringen. Du musst doch gemerkt haben, wie übel das alles hier schiefgeht!"

„Ich habe meine Befehle", beharrte der Wachmann.

„Die Befehle sind idiotisch", merkte Denise an.

„Weißt du, was passieren wird, wenn wir nichts tun?", fragte Tschevtschenko ruhig und wartete einen Moment, bevor sie fortfuhr. „Der Reaktor wird außer Kontrolle geraten und die Singularität wird explodieren. Und jetzt glaub nicht, dass die Folgen so harmlos sind wie in Tschernobyl, wie Hiroschima ... Nicht einmal die größten Atombomben der Welt könnten einen solchen Schaden anrichten." Tschevtschenkos Stimme wurde immer eindringlicher und drohender. „Wenn der Reaktor hochgeht, sterben nicht nur alle in dieser Basis. Nein, der Radius der Verwüstung wird mindestens 300 Kilometer betragen. Halb Kamtschatka wird weg sein ... wenn das überhaupt reicht."

Der Soldat sah sie nun direkt an, sein Blick zeigte tiefe Besorgnis.

„Ich lüge nicht, ich habe keinen Grund dazu. Du weißt, dass es so ist, dass das alles hier eine einzige Katastrophe ist."

„Ich ...", sagte der Soldat. „300 Kilometer?"

„Mindestens", bekräftigte Tschevtschenko. „Es sei denn, wir handeln!"

„Meine Frau ist in Ust-Kamtschatsk, das sind keine 100 Kilometer", sagte der Soldat erschrocken. „Meine Kinder, ich dachte niemals, dass das hier ..." Er atmete schwer und ließ das Gewehr sinken.

„Es tut mir leid, dir das zu sagen, aber sie sind genauso in Gefahr wie wir. Doch es ist noch nicht zu spät, die richtige Entscheidung zu treffen", sagte Tschevtschenko.

„Geht!“, erwiderte der Soldat prompt und wandte sich dem Zutrittsterminal hinter ihm zu. Er hielt seine Karte an den Leser und die Schleuse tat sich auf.

Dann trat er mit den beiden Frauen nach draußen und übergab Tschevtschenko seine Karte. „Damit kommt ihr in den Kontrollraum, falls euch das hilft. Viel Glück!“

„Danke, Sergej. Das war sehr mutig. Und ich hoffe, wir sehen uns wieder.“

Dann rannten Denise und Tschevtschenko los, immer noch hoffend, dass es ihnen gelingen würde, im Kontrollraum etwas auszurichten.

***

US-Atom-U-Boot *USS Raleigh*, Nordwestpazifik, Tiefe: 250 Meter

Ein sanftes Vibrieren durchzog den stählernen Leib des U-Bootes. Überall roch es nach Schmieröl, Brackwasser und dem Schweiß der Matrosen, den selbst die modernsten Filtersysteme nicht gänzlich aus der Luft bekamen. Die Beleuchtung auf der Brücke war gedämpft, die Anzeigen schimmerten grünlich und warfen ein gespenstisches Licht auf die Gesichter der Besatzung.

Kapitän Leonard Reese stand äußerlich zwar ruhig, aber innerlich umso angespannter vor dem taktischen Display, das alle relevanten Daten der Sensoren zusammenfasste. Der Bildschirm zeigte drei rote Punkte, die sich sehr langsam bewegten – russische Jagd-U-Boote. Sie hielten sich momentan in respektvoller Entfernung zu ihnen auf, aber jeder hier auf dem Boot wusste, dass ein auf den ersten Blick groß erscheinender Abstand in Sekunden zu tödlicher Nähe werden konnte.

„Sir, die *Saratov* hat sich mittlerweile auf 450 Meter genähert. Peilung 135 Grad. Tiefe unverändert bei 270 Metern“, meldete Commander Steven Mosley mit einer erstaunlich ruhigen Stimme.

Reese wusste, dass sich die felsenfeste Gefasstheit seines Ersten Offiziers auch in äußerst kritischen Situationen kaum änderte – und er bewunderte Mosley für diese stoische Gelassenheit. Doch der Eindruck mochte täuschen, denn auch Mosley war sich der Gefahr bewusst, in der sie sich befanden.

Die Augen des Ersten Offiziers waren auf die Anzeigen vor ihm fixiert. Dann neigte er leicht den Kopf zur Seite. „Sie tanzen um uns wie Haie um ein aussichtsreiches Beutetier“, kommentierte er schließlich, ohne dass es in irgendeiner Weise besonders bedrohlich geklungen hätte.

Reese ging nicht auf den Vergleich ein, der ihm nicht besonders gefiel. Er wollte auf keinen Fall ein Beutetier sein, aber er musste doch anerkennen, dass sie gegenwärtig ganz klar in der Unterzahl waren. „Die wollen wohl wissen, was wir vorhaben“, murmelte Reese und stieß dann einen Seufzer aus. „Dabei wüsste ich das selbst gern.“

„Vermutlich warten sie nur auf den kleinsten Anlass, um das Feuer zu eröffnen“, meinte Mosley.

Plötzlich ertönte ein leises Ping vom Funkterminal. „Captain, eingehende Nachricht, hochverschlüsselt“, meldete der Funker und wartete auf Anweisung.

„Decodieren und ausdrucken“, ordnete Reese an und nickte Mosley zu. Beide gaben an den Konsolen ihre Zugangscodes ein, um den Vorgang zu autorisieren.

Der Funkoffizier startete den Dechiffrierprozess und übergab kaum eine Minute später einen Ausdruck an den Kapitän. „Neue Befehle, Echtheit bestätigt. Gültig ab sofort“, fasste er zusammen.

Reese nahm das Dokument entgegen und überflog die Zeilen gemeinsam mit Mosley, der neben ihm stand.

„Code Delta Tango Red“, sagte er. Er nahm den Hörer der bootseigenen Intercom zur Hand und öffnete eine Leitung in den Waffenraum. „Vorbereitung auf Startprozedur. Raketenstatus rot – Finalfreigabe steht aus“, sagte er und bekam ein „Aye, aye, Sir“ als Bestätigung.

Commander Mosley starrte den Kapitän an. Zum ersten Mal wirkte der Mann ein wenig beunruhigt. „Keine Übung?“, hakte er nach, obwohl er selbst genauso gut wusste, was der Befehlscode bedeutete.

„Es ist ernst“, erwiderte der Kapitän trocken. Dies war nicht die Zeit für Emotionen. Jetzt hieß es, Befehle auszuführen.

Ein Moment unangenehmer Stille legte sich über die Brücke, während Reese sich umsah. Selbst die Anzeigen schienen sich zu verlangsamen. Ihm war, als wären alle im Boot verstummt. Die Männer der Brückenbesatzung wussten: Wenn dieser Befehl ausgeführt wurde, war es nicht nur der Auftakt eines Krieges, es konnte sehr gut der Anfang vom Ende sein.

Mosley sprach aus, was viele wohl dachten. „Wenn wir feuern, sterben wir. Die russischen Boote warten nur darauf, dass wir auf Abschusstiefe gehen und die Luken öffnen. Selbst wenn unsere Raketen die Primärziele erreichen – wir werden es nicht überleben.“

„Wir tun, was von uns verlangt wird“, sagte Reese bitter. „Sie haben uns ohnehin im Fadenkreuz.“

Ein dumpfes Geräusch durchzuckte das Boot. Nicht laut – ein kaum wahrnehmbares Grollen. Wasserverdrängung. Eines der russischen U-Boote hatte den Kurs geändert. Alle Köpfe in der Kommandozentrale hoben sich. Jeder spürte es: Die Welt schob sich Zentimeter um Zentimeter näher an den Abgrund.

Der Waffenraum meldete sich über Intercom. „Raketensequenz für die Schächte 5, 7 und 11 programmiert. Zielkoordinaten bestätigen: Kamtschatka, Russland, Basis Orel-8 laut Einsatzbefehl."

Mosley hatte mitgehört und fragte: „Sollen wir den Rest der Crew informieren?"

Reese schüttelte den Kopf. „Wir warten. Noch haben wir den finalen Schussbefehl nicht."

Hinter ihnen begann Steuermann Stanley Morrow, ein frommer junger Mann aus Louisiana, leise zu murmeln. Es war ein Psalm aus der Bibel. „Der Herr ist mein Hirte, mir wird nichts mangeln …" Seine Worte krochen durch den Raum und erinnerten Reese daran, was außerhalb dieses Bootes alles auf dem Spiel stand und wie machtlos er im Grunde war. Dort unten im Bauch des Schiffes, umschlossen vom eisigen Meerwasser der Beringsee, lagerten die vernichtendsten Waffen, die die Menschheit je geschaffen hatte, und die das Potenzial hatten, diese selbst auszulöschen – noch eingepfercht in stählerne Zylinder, doch das Armageddon war kaum mehr als einen Tastendruck entfernt.

29

Krankenstation von Orel-8

Major Craig Armstrong hatte den Qualm der Explosion hinter sich gelassen und sich ohne weitere Zwischenfälle bis zur Krankenstation durchgekämpft. Gedämpfte Alarme heulten irgendwo am Ende eines Korridors, das Licht in den Gängen flackerte unregelmäßig. Die Russen schienen nach dem Ausfall der Generatoren alle Hände voll zu tun zu haben und kümmerten sich nicht um diesen strategisch unwichtigen Bereich der Anlage.

Armstrong presste sich an die Wand neben der Tür zur Krankenstation. Sein Gewehr zitterte leicht in der Hand, nicht aus Angst – sondern weil der Schmerz stechend seine Seite durchzuckte. Doch all das milderte nicht seine Entschlossenheit.

Noch einmal atmete er tief durch. Dann trat er die Tür ein.

Der russische Soldat, der sich gerade von einem Hocker erhob, konnte nicht einmal den Mund öffnen, um zu protestieren, geschweige denn seine Waffe heben. Armstrongs Schuss traf ihn zwischen die Augen. Er kippte nach hinten um und fiel krachend über den Hocker.

Im selben Moment schrie ein zweiter Wachmann auf, war aber geistesgegenwärtig genug, sich sofort hinter das erste Bett zu werfen – es war das Bett von Ruth Baxter, wie Armstrong sofort erkannte.

Der Russe zögerte nicht länger, riss seine Waffe hoch und feuerte.

Armstrong tauchte ab, hechtete hinter einen Metalltisch. Kugeln schlugen Funken am Stahl, Arzneiflaschen zerbarsten in einem Regen aus Scherben, Geschosse sirrten an Armstrong vorbei. Eine flog quer durch den Raum und traf einen Arzt, der gerade mit einer Schwester zur Tür rannte. Er stolperte, fiel röchelnd auf die Knie, Blut lief ihm aus dem Mund.

Die Schwester schrie auf, duckte sich und verschwand draußen im Gang.

Armstrong kniff die Augen zusammen, lauschte. Was tat der Russe? Nachladen? Er hatte nicht viel Zeit, er musste jetzt handeln.

Nun rannte Armstrong los – sprang, rollte sich über den Boden und landete hinter einem alten Medikamentenschrank. Er hatte freie Schusslinie hinter das Bett, gab zwei gezielte Schüsse – und traf. Der Russe kreischte, fiel, zuckte noch. Dann war es still.

Nur das Tropfen von Flüssigkeit aus zerfetzten Infusionsbeuteln war zu hören. Und Baxters schwacher Atem.

Armstrong kroch aus der Deckung in Richtung Bett. Blut und Glassplitter klebten ihm im Gesicht. Er trat an das Krankenbett. Baxters Gesicht war blass wie frisch gefallener Schnee, schweißnass. Die Lider flackerten. Dann öffneten sich ihre Augen einen Spalt.

Es dauerte einen Moment, dann versuchte sie, zu sprechen. „Armstrong ..., Sie ... Idiot“, krächzte sie. „Was machen Sie ...?“

Er lächelte schief, ein Schweißtropfen rann ihm über die Schläfen. „Ich rette Ihren Arsch, Colonel.“

„Vergessen Sie’s! Mein Arsch ist nicht mehr zu retten.“

„Nicht mit mir“, erwiderte Armstrong trotzig, schulterte das Gewehr und griff Baxter unter die Arme, um sie vorsichtig aufzurichten. Sie stöhnte auf, und er spürte im selben Moment einen höllischen Schmerz in der Seite. In dieser Sekunde begriff er, dass es ihm niemals gelingen würde, sie hier herauszubringen. Er hatte selbst kaum mehr die Kraft, zu stehen. Das dumpfe Pochen seiner wieder aufgerissenen Wunde raubte ihm die Kraft. Er sah an sich herunter und erkannte, dass seine Kleidung bereits blutdurchtränkt war.

Armstrong sank keuchend auf die Bettkante, das Gewehr rutschte ihm aus der Hand.

„Dann war’s das also“, sagte er leise.

Baxter drehte den Kopf zu ihm. „Sie sollten gehen. Jetzt.“

Er sah sie lange an. „Ich werde es nicht schaffen, das spüre ich. Nicht mal auf allen vieren. Und es hat eh keinen Sinn mehr. Die Separatisten ..., sie werden diese Anlage in Kürze hochjagen.“

Die Leuchtstoffröhren an der Decke summten und flackerten. Irgendwo piepte ein medizinischer Apparat. Alles wirkte auf einmal so fremd auf Armstrong, so entrückt. Als sei die Zeit bereits dabei, sich zu dehnen und zu krümmen. Er ahnte, dass es am Blutverlust lag und er nur noch wenig Zeit hatte, bevor er das Bewusstsein verlieren würde.

So saßen die beiden Soldaten nebeneinander im kalten Schein der Deckenlampen. Zwei zerschundene Figuren inmitten eines todgeweihten, streng geheimen Komplexes irgendwo im Nirgendwo.

„Es war eine Ehre, mit tapferen Kameraden wie Ihnen zu dienen“, flüsterte Baxter.

Armstrong griff nach ihrer Hand und drückte sie fest. „Wenn ich hier schon draufgehe, dann wenigstens in guter Gesellschaft.“

***

„Die Barriere ist weg!“, meldete Oleg und eilte von der Kreuzung zurück. „Wir können weiter vorrücken!“

Sofort setzten sich Ivar und seine verbliebenen drei Männer in Bewegung.

Severin Lucas und der Überläufer Alexej folgten ihnen und sicherten den Korridor nach hinten ab.

„Wie weit ist es noch bis zur Reaktorebene?“, raunte Lucas dem Russen zu.

„Drei Abschnitte, wir müssen durch zwei Schleusen und noch eine Etage runter“, erklärte Alexej. „Oleg kennt den besten Weg.“

Für Lucas klang das nicht im Geringsten beruhigend. Nur weil der Spion, der sie führte, den Weg kannte, hieß das nicht, dass sie es heil dorthin schaffen würden – selbst wenn die zuvor unüberwindliche temporale Barriere nun aus dem Weg geräumt schien. Und sie war vermutlich nicht die einzige ihrer Art in dieser Basis.

Kaum waren sie durch die nächste Schleuse getreten, stieg ihnen ein stechender Geruch in die Nase.

„Was ist das? Chlor? Ammoniak?“, erkundigte sich Ivar und machte halt. Er konnte – ebenso wie Lucas und die anderen – den Geruch offenbar nicht so richtig zuordnen.

Alexej trat zu Ivar nach vorn. „Das hier ist einer der

technischen Lagerbereiche für die Wissenschaftler. Hier wird alles Mögliche aufbewahrt, auch Chemikalien. Vermutlich ist durch den Stromausfall eines der Systeme abgeschaltet oder beschädigt worden. Ich denke aber nicht, dass es direkt giftig ist."

„So? Denkst du das?", knurrte Ivar und gab das Zeichen, weiterzumarschieren. Doch dazu kam es nicht mehr.

Ein Trupp russischer Soldaten stürmte aus einem Seitengang und eröffnete sofort das Feuer.

„Ein Hinterhalt!", schrie Ivar und wurde im nächsten Moment von einer Kugel in die Schulter getroffen.

Lucas ließ sich zu Boden fallen und robbte hinter einen Tank, aus dem eine gelbliche Flüssigkeit sickerte, die unpassenderweise nach süßen Mandeln roch.

Die Separatisten schossen mit allem, was sie hatten zurück, doch der Kugelhagel aus Richtung der Russen ließ vermuten, dass sie bei Weitem in der Überzahl waren. Und sie hatten anscheinend kein Interesse daran, Gefangene zu machen.

Lucas zog seine Pistole und lugte vorsichtig um den Tank. Er zielte sorgfältig und feuerte zweimal. Die erste Kugel zerfetzte einen Schlauch, aber die zweite traf einen Soldaten in den Bauch, sodass dieser zu Boden ging und sich zusammenkrümmte. Doch es half nicht viel. Der feindliche Trupp rückte bereits vor. Lucas wusste, ihm blieben nur noch Sekunden, bevor man ihn hier entdecken und kaltblütig erschießen würde. Hektisch suchte er nach einer Möglichkeit zu fliehen oder sich zu verstecken. Doch nichts schien ihm auch nur ansatzweise aussichtsreich. Dann fiel sein Blick auf einen Tank weiter hinten im Lager, er trug

Warnschilder, die seinen Inhalt als brennbar und explosiv auswiesen.

Lucas schnappte sich seine Ausrüstungstasche und rannte. Er erreichte den Tank und zog eine der Sprengladungen heraus. Hastig steckte er einen Zünder hinein und aktivierte den Countdown. Er stand standardmäßig auf 60 Sekunden und er hatte keine Zeit, das zu ändern. Dann hetzte er mit gezogener Pistole zurück nach vorn.

Schon stand ein Russe vor ihm und hielt ihm sein Gewehr vor die Nase. Ein teuflisches Grinsen umspielte seine Lippen.

Lucas ließ die Pistole fallen.

„Ich hab die letzte Ratte“, verkündete der Soldat. „Es ist einer der Amerikaner. Sollen wir ihn zum Kommandanten bringen oder doch gleich abknallen?“

Ein weiterer Russe stieg über die Leichen von Ivar, Oleg und den anderen Separatisten hinweg und stellte sich neben den ersten Soldaten.

Lucas spürte mit einem Mal eine unglaubliche Ruhe aus seinem tiefsten Inneren aufsteigen. Er wusste, dass es in wenigen Sekunden um ihn geschehen war, dass nichts, was diese beiden vor ihm sagten oder taten, daran noch etwas ändern konnte. Auch er selbst war dazu nicht mehr in der Lage. Er würde zur Hölle fahren und die Russen mitnehmen.

Der zweite Soldat griff zum Funkgerät. „Ich werde Borissow informieren.“

„Sag ihm, dass er am Arsch ist“, mischte sich Lucas lautstark ein.

Der erste Soldat schlug Lucas mit dem Gewehr in den Bauch. „Maul halten!“

Lucas spürte den Schmerz, aber es war ihm egal. Er

setzte ein zufriedenes Lächeln auf. „Zähl mal schön langsam von zehn an rückwärts“, sagte er.

Die Russen schienen für einen Moment irritiert und Lucas sprach weiter. „neun ... acht ... sieben ... sechs ...

Weiter kam er nicht, denn im nächsten Augenblick ging der ganze Lagerraum in einem gleißenden Feuerball unter.

30

Denise Garner und Arina Tschevtschenko konnten kaum glauben, dass sie es bis in den Kontrollraum geschafft hatten, ohne von jemandem bemerkt zu werden. Zwar hatten sie sich durch einen extrem schmalen Spalt zwischen zwei Zeitblasen quetschen müssen, aber auch das war letztlich gelungen, ohne Schaden zu nehmen. Nun lag der Kontrollraum tot wie eine Wüste vor ihnen.

Was für ein groteskes Stillleben, dachte Denise, doch im gleichen Moment wurde ihr bewusst, wie unpassend die Bezeichnung war. Hier lebte nichts und niemand mehr.

Überall auf dem Boden und den Stühlen lagen oder hingen grausig deformierte Körper. Offenbar waren sie Opfer einer der Gravitationswellen geworden, wie sie schon früher aufgetreten waren – nur schwerwiegender diesmal.

Tschevtschenko ging schwer atmend auf eine der Leichen zu, die faktisch in der Mitte zerrissen worden war. Zögerlich streckte sie die Hand aus. Sie wagte jedoch nicht, die Frau zu berühren. „Das ist ... das war Svetlana, sie ...“ Tschevtschenko wandte sich ruckartig ab, mit Tränen in den Augen.

Denise trat zu ihr und fasste sie fest an beiden Schultern. Sie sah ihr direkt in die Augen. „Wir müssen uns konzentrieren, auch wenn das alles hier furchtbar ist, wir müssen jetzt einfach funktionieren!“

Tschevtschenko brauchte einen Moment, dann nickte sie. „Natürlich ... ja“, sagte sie unsicher.

„Wie überlisten wir die Sicherheitssysteme?“, fragte Denise.

„Ich ... wir könnten versuchen ...“ Sie schüttelte den Kopf.

„Reiß dich zusammen!“, fuhr Denise sie an, da sie fürchtete, Tschevtschenko würde gleich einen Nervenzusammenbruch erleiden. Dann wäre sie ganz auf sich allein gestellt. Dies wollte sie um jeden Preis vermeiden.

Ihre Eindringlichkeit wirkte, Tschevtschenko besann sich. „Dort drüben“, sagte sie und zeigte auf die Hauptkonsole der Reaktorsteuerung. „Wir werden keinen direkten Zugriff erhalten, solange die biometrische Sicherung in Kraft ist. Ich habe keine Berechtigung. Aber vielleicht können wir doch etwas ausrichten und den Reaktor schrittweise herunterfahren.“

Denise schnappte sich Tschevtschenkos Hand und zog sie mit sich zur Konsole, in die ein biometrischer Netzhautscanner eingebaut war, welcher die vollen Administrationsrechte freigeben konnte. Leider besaßen nur drei Personen auf dieser Basis die Berechtigung dazu: Der bereits tote Saljewitsch, Kommandant Borissow und der FSB-Agent Sowa. Letzterer war zusammen mit William Markinson von der Singularität in seine Atome zerlegt worden. Und von Borissow fehlte seit Langem jede Spur. Vermutlich bekämpfte er mit seinen Truppen die eingedrungenen Separatisten. Und selbst wenn er hier gewesen wäre, hätte es kaum eine Chance gegeben, ihn von ihrem Vorhaben zu überzeugen. Sie mussten also wohl oder übel mit dem arbeiten, was die Systeme ohne Admin-Rechte zuließen – und das war zugegeben eher wenig.

„Fangen wir damit an, den Reaktor zu stabilisieren. Vielleicht können wir die Energie ableiten?“, meinte Denise.

„In Ordnung. Der Wirkungsgrad ist momentan extrem schlecht. Ich versuche, die Kollektoren neu auszurichten.“ Tschevtschenko machte einige Eingaben am Terminal und schüttelte dabei unentwegt den Kopf.

Denise prüfte die Ergebnisse und hoffte darauf, dass sich eine Veränderung einstellen würde, die den kritischen Zustand, in dem sich der Reaktor befand irgendwie abmildern würde. Doch es sah ganz und gar nicht danach aus.

„Ich verstehe das nicht“, sagte Tschevtschenko frustriert. „Egal, was ich tue, die Maßnahme wird sofort neutralisiert. Es ist fast, als ob jemand gegen mich arbeitet.“

Denise prüfte die Anzeigen auf ihrem Bildschirm und musste zugeben, dass sie recht hatte. „Seltsam“, murmelte sie.

„Seltsam? Das ist doch völlig unmöglich!“, erregte sich Tschevtschenko.

„Lass mich mal etwas versuchen“, bat Denise und tauschte mit Tschevtschenko die Plätze. Sie regelte die Feldstärke der Reaktoreindämmung um ein Prozent herunter und wartete, was passierte. Fast unmittelbar sank der Energie-Output um genau ein Prozent.

„Das …“, setzte Tschevtschenko an. „Das ist widersinnig. Der Output müsste steigen, und außerdem …“

Im nächsten Moment begann der Energiefluss aus der Singularität zu pulsieren. Drei kurze Spitzen von exakt plus zwei Prozent, gefolgt von drei langen und drei weiteren kurzen.

Die beiden Wissenschaftlerinnen starrten auf die Anzeigen.

„Das ist doch wohl ein Witz“, sagte Tschevtschenko, und es klang kein bisschen überzeugend.

„SOS“, übersetzte Denise. „Ich habe zwar keine Ahnung vom Morse-Code, aber das erkenne ich.“

„Markinson?“

„Nein, das kann nicht sein, da drinnen kann nichts überlebt haben“, betonte Denise, so sehr sie innerlich auch gern gehofft hätte, dass es anders wäre. Die Wissenschaftlerin in ihr sagte, dass das hier eine Halluzination sein musste.

Tschevtschenko gab derweil weitere Steuerbefehle in die Eindämmungssysteme ein. „Gleich wissen wir mehr.“

„Was hast du gemacht?“

„Ich habe die gleiche Botschaft in Form von Schwankungen im Kraftfeld zurückgeschickt.“

„Da kommt schon was“, stellte Denise nun fest. Sie schnappte sich ein Klemmbrett von der Arbeitsfläche und riss das oberste Blatt ab. Mit einem Stift notierte sie hektisch die Signale, während Tschevtschenko in der Datenbank der Anlage nach einem Verzeichnis des Morse-Alphabets suchte. Da die Anlage komplett von der Außenwelt isoliert war, war ein Zugriff auf das Internet unmöglich.

Dann ließ sie den Computer entnervt zurück und rannte zu einem Metallschrank an der hinteren Wand des Raumes. Sie riss die Tür auf und wühlte sich durch die Fächer. „Hier, ich hab’ was!“, sagte sie dann. „Notfall-Handbücher! Wenigstens in der Hinsicht ist auf das Militär Verlass.“ Sie schlug jenes auf, das mit „Kommunikation“ beschriftet war, und fand darin tatsächlich eine Anleitung für den Funkverkehr mittels Morse-Code. Sie riss das Blatt heraus und reichte es Denise, die es neben ihre Aufzeichnungen legte.

Sofort begann diese, die Botschaft zu übersetzen. Nach etwa drei Minuten war sie fertig und starrte auf das Papier, das ihre zittrige Handschrift trug.

Tschevtschenko schüttelte nur stumm den Kopf. „Das ist alles völlig unsinnig.“

„Ich weiß“, gab Denise zu. „Vielleicht habe ich einen Fehler gemacht?“

„Das glaube ich nicht. Der Code ist richtig übersetzt.“

„Aber was soll das dann?“, hakte Denise nach.

„Sieh dir an, wie viele Zahlen enthalten sind“, meinte Tschevtschenko. „Das sind offenbar keine Sätze, sondern Parameter. Lass mich mal etwas prüfen.“

Denise starrte derweil auf die letzte Zeile der Botschaft, die sie transkribiert hatte. Dort standen ganz eindeutig vier Buchstaben, die sehr wohl einen Sinn ergaben: „W I L L.“

Es konnte kein Zufall sein, dass diese geheime Botschaft mit der Kurzform von William unterschrieben war. War Markinson doch noch am Leben und hatte einen Weg gefunden, ihnen zu helfen? Das war ein verrückter Gedanke und Denise weigerte sich, ihn einfach so zu akzeptieren, aber andererseits war dieses ganze Unterfangen durch und durch verrückt – schon von dem Moment an, als es begonnen hatte. Warum sollte also das Ende nicht weniger irre sein? Sie besann sich und prüfte die Anzeigen der Sensoren aus dem Reaktorbereich.

Dann drehte sie sich zu Tschevtschenko. „Hast du was? Wir müssen langsam etwas tun, die Werte sehen gar nicht gut aus.“

„Ich … glaube schon. Aber diese Steuerbefehle sind ganz und gar abwegig. Sie müssten die Singularität eher noch weiter destabilisieren.“

„Vielleicht können wir es logisch nicht erklären. Es ist gut möglich, dass im Inneren dieses Phänomens ganz andere Gesetze gelten. Vorhin habe ich die Feldstärke der Eindämmung reduziert und auch die Energie ist abgesunken. Womöglich können wir, indem wir etwas tun, was uns kontraproduktiv erscheint, genau das Richtige erreichen?“

Tschevtschenko machte ein gequältes Gesicht. „Das ist …“ Sie stutzte. „Wie sagt man? Russisch Roulette?“ Sie musste kurz lachen. „Es ist alles so absurd, ich denke, ich verliere gleich den Verstand“, sagte sie.

„Ganz ruhig. Wir machen das jetzt. Es sei denn, du hast einen besseren Vorschlag.“ Denise sah sie durchdringend an.

Tschevtschenko schüttelte nur den Kopf. „Ich bin mit meiner Wissenschaft am Ende. Wir haben nur einen Versuch. Wenn wir scheitern, werden wir das vermutlich nicht mal merken, weil wir eine Millisekunde später nur noch Staub sind.“

„Vermutlich nicht mal das“, merkte Denise an. „Hast du die Befehle schon programmiert?“

„Ja, legen wir …“

Weiter kam sie nicht, denn ein Schuss zerfetzte ihren Kopf.

Denise konnte nicht begreifen, was geschehen war, huschte aber instinktiv in Deckung hinter der Steuerkonsole.

„Komm raus!“, hörte sie Kommandant Borissow brüllen. Durch einen Spalt zwischen den Geräten konnte sie sein blutüberströmtes, wütendes Gesicht sehen. Das war das Antlitz eines Mannes, der ohne mit der Wimper zu zucken mordete.

„Komm raus und ich lasse dich am Leben“, sagte er, doch sein Tonfall verriet, dass es niemals ernst gemeint war. Noch rührte sich Borissow nicht von der Stelle und musterte die Umgebung, aber er würde sehr bald die Geduld verlieren und zu ihr kommen.

Denise überlegte fieberhaft, was sie tun konnte. Hatte sie genug Zeit, um die von Tschevtschenko eingegebene Befehlssequenz zu aktivieren? Das war aussichtslos, denn Borissow würde sicher schießen, sobald sie sich nur einen Millimeter aus der Deckung wagte.

Dann erblickte sie am Rand des Konsolenaufbaus einen Arm in einer Tarnuniform. Sie gehörte zu einen der hier postierten Soldaten. Seine Hand umklammerte immer noch die Pistole. Wenn sie unbemerkt die zwei Meter bis zu ihm hin kriechen konnte, hatte sie vielleicht eine Chance, Borissow zu überrumpeln.

„Ich zähle jetzt bis zehn!“, knurrte Borissow. „Und bei null komme ich dich holen. Und das wird nicht schön werden.“

Das Ultimatum nahm Denise die Entscheidung ab. Sie kroch so leise wie möglich in Richtung des toten Soldaten und hoffte, dass ihre Bewegung von Borissows Position aus nicht zu sehen war.

„Zehn, neun, acht ...“, zählte er langsam mit seiner rauen Stimme, die Denise eine Gänsehaut bescherte.

Aber noch schoss er nicht.

Sie erreichte den toten Soldaten und mühte sich, die

Waffe aus seinen steifen Fingern zu bekommen. Es gelang ihr.

„Sieben, sechs, fünf …“, zählte Borissow weiter.

Denise hatte noch nie auf einen Menschen geschossen, nur mit dem Gewehr ein paarmal auf Tontauben. Sie entsicherte die Pistole, griff sich ein Ersatzmagazin, das hinter dem Konsolentisch lag.

Sie atmete noch einmal tief durch, und gerade als Borissow bei der Zahl zwei angekommen war, warf sie das Magazin so weit von sich weg, wie sie konnte. Sie wusste nicht, ob die Ablenkung gelingen würde, aber in ihrer Verzweiflung hatte sie ohnehin keine andere Wahl. Kaum hatte sie den Aufprall des Magazins auf dem harten Boden gehört, sprang sie auf, zielte und feuerte, bis ihr Magazin leer war. Sofort huschte sie wieder in Deckung. Unwissend, ob sie den Kommandanten erledigt hatte, lauschte sie. Nur leises Röcheln war zu hören, das bald darauf erstarb. Trotzdem wartete sie noch fast zwei Minuten für den Fall, dass es ein Trick gewesen war. Doch die Totenstille im Raum war erdrückend.

Sie stand vorsichtig auf. Borissow war tot. Um seine Leiche hatte sich eine riesige Blutlache gebildet. Das konnte kein Mensch überleben.

Sie drehte sich um. Tschevtschenko lag über das Terminal gebeugt da, in ihrer Stirn klaffte ein Einschussloch.

Diese Anlage hier ist mittlerweile ein verdammtes Massengrab, schoss es Denise in den Sinn. *Wird es auch mein eigenes werden?*

Sie richtete sich auf und schwor sich, dass sie es nicht dazu kommen lassen würde. Behutsam schob sie die tote Tschevtschenko von den Bedienelementen weg und betrachtete die Anzeigen. Ohne weiteres Nachdenken aktivierte sie die programmierten Befehle. Der Computer begann damit, die Änderungen vorzunehmen und ein anschwellendes Brummen aus dem Inneren des Reaktors zeigte Denise, dass es einen Effekt erzielte.

Doch dann geschah nichts mehr, außer dass ein grellrotes Pop-up mittig auf dem Bildschirm erschien. Der letzte Befehl war blockiert worden.

„Scheiße!“, fluchte Denise.

Der Hinweis meldete, dass für die Ausführung Admin-Rechte notwendig seien. Gleichzeitig gingen an dem Netzhautscanner mehrere strahlend blaue LEDs an.

Denise war fassungslos, denn sie hatte gerade den letzten Berechtigten erschossen. Dann hielt sie inne. Sie sah zu Borissows leblosen Körper. Sein Kopf war nicht getroffen worden.

Ein Schauer lief ihr über den Rücken, als sie den Gedanken zu Ende dachte. Übelkeit stieg in ihr auf und sie hatte das Gefühl, dass sie sich gleich übergeben würde. Aber sie überwand sich. Sie ging hinüber zum Kommandanten, packte ihn an der Uniformjacke und schleppte ihn mit aller Kraft, die sie aufbringen konnte, zum Terminal. Dabei zog sie eine breite Blutspur über den grauen Boden des Kontrollraums.

Schwer keuchend zerrte sie Borissow hoch. Mittlerweile war auch ihre eigene Kleidung völlig blutdurchtränkt und sie spürte die Wärme des Blutes auf ihrer Haut. Noch nie im Leben hatte sie ein derartig grausiges Gefühl verspürt, eine so brutale Nähe des Todes, einen Ekel vor sich selbst.

Beinahe hätten ihre Kräfte versagt, doch Denise biss

die Zähne zusammen. Sie hievte den Kopf bis zum Netzhauscanner hoch, positionierte die Augen davor und hoffte inständig, dass es klappen würde. Wäre sie religiös gewesen, hätte sie womöglich angefangen zu beten.

Doch die rot blinkende LED wollte nicht zu grün wechseln. Das Display am Terminal meldete nur eine fehlerhafte Erkennung. Noch zweimal versuchte Denise es, dann sank sie erschöpft zu Boden.

Es klappte nicht. Das verfluchte Ding musste eine Lebenderkennung haben, die verhinderte, dass jemand die toten Augen eines Admins missbrauchte.

Das ist das ultimative Ende, dachte Denise. Es gab nichts mehr, das sie tun konnte.

Das Brummen aus dem Reaktor schwoll an, bis es schmerzhafte Ausmaße annahm und Denise am ganzen Körper erzitterte.

Dann war mit einem Mal Ruhe. Absolute Lautlosigkeit. Doch es war die Ruhe vor dem Sturm, denn in diesem Moment verpuffte außerhalb der Basis die von der Singularität erzeugte Zeitblase. Die zuvor wie eingefroren in der Luft hängende Bunkerbombe fiel.

Für Denise gab es jedoch keine Möglichkeit, um dies zu realisieren. Und es wäre auch sinnlos gewesen, denn die Sprengkraft der stärksten konventionellen Bombe der Welt war lächerlich im Vergleich zu dem, was nur Millisekunden nach ihrer Detonation passierte.

31

Hochplateau über der Tundra, Kamtschatka,
24. September, Morgendämmerung

Auf dem zerklüfteten Felsplateau hoch oben über der weiten Ebene Kamtschatkas stand Humayun, der letzte große Schamane der Ewenen, und wartete auf das Ende. Der Wind strich beinahe sanft durch das schneeweiße Haar des alten Mannes. Es war klar, aber frostig, im Grunde ein schöner Tag – wenn es nicht der letzte wäre. Den Pelzmantel hatte der Schamane eng um sich geschlungen, während er den Blick gen Osten richtete, wo das Licht des jungen Tages die Berge in violettes Feuer tauchte.

Weiter unten am Fuß der Berge krochen Nebelschleier durch die Senken, während die Tundra im Licht des beginnenden Tages Kontur gewann. So friedlich lag dort ein schier endloser Teppich aus Moosen, Felsen und Sträuchern.

Der Schein trog – das wusste Humayun nur zu gut, besser als jeder andere sogar. Seit Tagen hatte er gespürt, dass sich die Schleier der Welt zu heben begannen, dass die letzte große Grenze schon sehr bald fallen würde. Die Lieder der Tiere waren längst verstummt. Der Himmel verharrte in Stillstand, nur die Erde pochte und rumorte ohne Rhythmus und ohne Harmonie.

Der Schamane schloss für einen Moment die Augen und murmelte uralte Worte, die seit Generationen von einem Schamanen zum nächsten überliefert worden waren. Worte, die nur die Geister verstanden.

„Negta … t'iere … E'gnádu … Mea ré … vanietar!"

Und doch spürte Humayun tief in seinem Herzen, was sie bedeuteten: „Der Dämon der Tiefe kommt. Die Zeit wird zerbrechen. Die Ahnen weinen."

Der Schrei eines Falken durchbrach die Stille und rief Humayun zurück ins Hier und Jetzt. Er schlug die Augen auf.

Dort unten in der Ferne tauchten zwei Gestalten zwischen den Felsen auf und rannten ins offene Gelände – sie wirkten winzig, verloren in der gewaltigen Weite. Ohne sie wirklich erkennen zu können, wusste der Schamane doch, dass es Nikan, der Sohn des Nordwinds, und sein Sohn Bhaku waren. Ein Funken Hoffnung flackerte in Humayuns Geist auf. Doch er verglühte ebenso rasch, wie er gekommen war.

„Auch sie … werden vergehen", flüsterte der Alte und kniete auf dem Plateau nieder. So lange er zurückdenken konnte, kam er hier an diesen heiligen Ort, um seine Rituale durchzuführen und seine Visionen zu erhalten. Und heute war der Tag, an dem die düstersten Vorahnungen Wirklichkeit werden sollten.

Unten in der Ebene rannten Nikan und Bhaku weiter, ahnungslos, machtlos gegen das unausweichliche Ende.

Humayun ritzte mit einem scharfen Stein ein Symbol in den Fels – eine Spirale, durchbohrt von einer Zackenlinie. Das Zeichen der zerfallenden Welten. Dann kamen sie – die Bilder.

Plötzlich war der Himmel nicht mehr Himmel, sondern ein Strudel aus Licht und Schatten. Die Erde öffnete sich, als würde sie gierig ihr Maul aufreißen. Der

Atem des Dämons stieg auf und vergiftete das Land. Die Berge stürzten ein, als wären sie aus Pergament. Sie zerbrachen in Abermillionen Fetzen, die der Wind in alle Richtungen trug. Dies war das Prinzip der kosmischen Auflösung.

„Jetzt wird es geschehen", flüsterte Humayun, während seine Stimme vom Wind verschluckt wurde. Er öffnete wieder die Augen – Vision und Wirklichkeit wurden eins.

Ein gigantischer Feuerball erhob sich über der Ebene. Gleißend. Grenzenlos. Gnadenlos. Ein alles verschlingendes, hungriges Blitzen, das nicht brannte, sondern die pure Tilgung war. Alles würde ausgelöscht werden, selbst die Erinnerung an die ewigliche Welt der Geister.

***

Kommandozentrale unter dem Kreml, Moskau
Wenige Minuten nach dem Kollaps der Singularität

Finstere Begräbnisstimmung lag über dem hermetisch abgeriegelten Besprechungsraum tief im Innern des russischen Regierungsbunkers. Trotz der schwermütigen Atmosphäre war die Luft wie elektrisch aufgeladen, die Gemütslage der Anwesenden schwankte zwischen fassungslos, resigniert und teilweise aggressiv. An den Wänden liefen die letzten erfassten Satellitenaufnahmen von Kamtschatka in Endlosschleife. Sie zeigten das Kollabieren der temporalen Blase, das Fallen der Bunkerbombe, Detonationen, Rauch und schließlich ein Lichtblitz, der kaum zu verglühen schien. Danach lag alles in tiefem

Schatten, dort, wo die Halbinsel gewesen war, klaffte eine gigantische Wunde in der Erdoberfläche, in die das zuvor verdampfte Meerwasser allmählich zurücklief. Das alles wirkte zu surreal, zu monströs und zu schrecklich, um es in seiner Gesamtheit zu begreifen, selbst wenn man die Sequenz nun schon ein dutzendmal gesehen hatte, so wie die hier versammelten Militärangehörigen und Experten.

Im Bunkerkommandostand anwesend waren Dutzende hochrangige Generäle, Wissenschaftler, Geheimdienstleiter.

General Sorokin stand, bleich wie Kreide, vor dem Bildschirm und sprach als Erster aus, was alle kaum glauben konnten: „Kamtschatka ist weg."

Niemand widersprach. Denn sie alle blickten auf dasselbe Bild: ein Krater von der Größe eines kleinen Landes – genau dort, wo eben noch die Halbinsel gewesen war.

„Wie kann es weg sein? Welche Art von Höllenbombe haben die Amerikaner da abgeworfen?", fragte General Ivchenko und erwartete keine Antwort. Stattdessen wiederholte er nur ein weiteres Mal das bereits Gesagte: „Einfach ... weg!"

„Der Knall war sicher bis zum Mond zu hören", murmelte ein Offizier aus der zweiten Reihe.

„Unsinn!", blaffte der Astrophysiker Dr. Piotr Stanislaw zurück, ohne aufzusehen. „Es gibt keine Atmosphäre auf dem Mond, Sie Genie."

„Wer zum Teufel hat dieses Projekt an die Wand gefahren?", erregte sich nun Sorokin und machte seinem Ärger Luft. „Wer hat versagt? Das Militär oder diese laborkitteltragenden Irren in Orel-8?"

Stanislaw wandte sich ihm zu. „Das Militär, ganz

klar. Sie gierten nach Resultaten. Sie wollten Waffen. Sie wollten göttliche Macht mit einer Zündschnur dran.“

General Ivchenko schlug nun mit der flachen Hand auf den Tisch. „Schluss mit diesem Unsinn! Diese Schuldzuweisungen helfen uns nicht weiter. Der Präsident kommt jeden Moment. Und wir haben besser einen klaren Lagebericht und eine Empfehlung, wenn er hier durch die Tür tritt! “

Wie aufs Stichwort öffnete sich die stählerne Schleusentür. Anatoly Bolshakov trat ein. Sein Gesicht war wie aus Stein gemeißelt. Kein glühender Zorn, kein Entsetzen – nur diese kalte, grausame Klarheit eines Mannes, der seine Entscheidung längst getroffen hatte. Er bewegte sich mit bedächtigen Schritten zum Kopf des Tisches, stützte die Hände auf die Tischplatte und sah in die Runde. Er würdigte die Satellitenaufnahmen keines Blickes, sondern sah nur in die Gesichter der Männer.

„Nun gut“, sagte er leise, aber die Worte waren scharf wie Messer. „Also hat sich dieses Experiment in Rauch aufgelöst. Unsere Feinde haben die Welt an den Abgrund gebracht. Kamtschatka ... war der Anfang.“

Bleiernes Schweigen lag über dem Raum, niemand wagte es, auch nur ein Wort zu sagen.

Dann erhob Bolshakov die Stimme. Sie füllte den Raum bis in den letzten Winkel. „Jede wahrhaft gründliche Reinigung braucht Feuer! Und dieses Feuer wird kommen und unsere Welt säubern – von Dekadenz, von Täuschung, von westlicher Arroganz. Wenn die Zeit der alten Ordnung abgelaufen ist, bedeutet es auch, dass darauf eine neue folgen wird! Die Welt wird besser und glanzvoller auferstehen.“

Die Anwesenden rührten sich nicht. Es gab keine

Gegenrede, keine Fragen – nicht von den Generälen, nicht von den Wissenschaftlern.

„Habt ihr mitgebracht, was wir jetzt benötigen?“, fragte Bolshakov an Sorokin gerichtet.

Der General nickte, winkte seinem Adjutanten, der hinter ihm stand. Ein junger Offizier, mit nervösem Blick und zitternden Händen, trat vor. Er trug einen mattschwarzen, dicken Koffer, den er so vorsichtig auf den Tisch legte, als würden darin rohe Eier transportiert.

Sorokin nahm den Raketenschlüssel, den er an einer Kette um den Hals trug, ab und legte ihn vor sich auf den Tisch. „Raketenfreigabeeinrichtung samt Schlüssel, wie befohlen“, sagte der General ruhig.

Die Luft im Raum schien sich in Sirup zu verwandeln, sodass kaum einer zu atmen wagte.

Bolshakov nickte. Er öffnete den Koffer und betrachtete die Kontrollen und Anzeigen einige Sekunden. Dann nahm er Sorokins Schlüssel und platzierte ihn im Schloss, daneben setzte er seinen eigenen ein. Er drehte beide Schlüssel und die im Koffer verbaute Konsole blinkte auf, forderte eine Autorisierung. Bolshakov legte die rechte Handfläche auf einen Scanner. Das Gerät analysierte seine Handvenen und sämtliche Fingerabdrücke. Ein rotes Licht verwandelte sich in ein grünes.

„Zielsequenzen aktiviert“, sagte eine synthetische Stimme.

Ein Bildschirm glitt mitten aus dem Tisch vor Bolshakov. Darauf war eine Karte der Vereinigten Staaten zu sehen, von roten Punkten übersät.

Langsam, wie bei einer Zeremonie, zählte Sorokin die Ziele auf: „Wie befohlen zwei Dutzend Ziele: Los

Angeles, San Francisco, Washington, D.C., New York, Houston, Chicago, Denver, Atlanta, Seattle …“

Der Finger des Präsidenten schwebte über dem finalen Bestätigungsfeld.

„Wenn der Bär fallen sollte“, sagte Bolshakov, „dann reißt er mit seinen Pranken die halbe Welt mit in den Abgrund.“

Dann drückte er.

***

Saul Harpers Miene wirkte so finster wie ein Gewittersturm im Winter, als er auf dem Videoschirm vor Charles Mannheimer erschien. „Professor, Sie haben es sicher schon von Commander Raines gehört, aber ich wollte noch einmal persönlich mit Ihnen sprechen, da wir beide ja von Anfang an in dieses Projekt involviert waren und ich das Gefühl habe, wir müssten uns noch aussprechen, bevor …“

„Bevor die Raketen hier einschlagen?“, unterbrach ihn Mannheimer rasch.

Harper nickte. „So in etwa.“

„Machen Sie sich keine Gedanken, Harper. Keiner von uns beiden hat sich mehr vorzuwerfen als der andere. Wir sind beide Opfer unserer eigenen Ungeduld und des Größenwahns geworden. Das alles war in dem Moment zum Scheitern verurteilt, in dem wir in dieses Wettrennen mit den Russen eingestiegen sind. Und leider gibt es nicht einmal einen Gewinner.“

„Nun, dann sind wir uns einig. Ich denke, es ist gut, das zu wissen.“

„Wie viel Zeit haben wir noch?“, erkundigte sich Mannheimer.

Harper sah kurz von der Kamera weg nach rechts. „Die ersten Raketen werden in 16 Minute einschlagen, wenn wir sie nicht abfangen können. Und Ihre Basis dürfte in einer knappen halben Stunde getroffen werden. Allerdings gehen wir davon aus, dass Sie dort unten einigermaßen gut geschützt sein werden. Nur …“

„Nur weiß das niemand mit Sicherheit. Und selbst wenn wir den Einschlag überleben, werden weder die Energie noch die Vorräte allzu lange reichen.“

„Ich weiß, dass es düster aussieht. Machen Sie das Beste draus.“

„Wie üblich“, kommentierte Mannheimer knapp.

„Wie üblich“, wiederholte Harper.

„Machen Sie's gut, Saul!“

„Sie auch, vielleicht gibt es ja noch Hoffnung.“

Mannheimer nickte langsam und bedächtig. Dann schloss er das Videofenster und ließ sich nach hinten auf seinen Stuhl sinken.

Was soll ich mit meiner vielleicht letzten halben Stunde auf dem Planeten anfangen?

„Das ist das Ende“, murmelte er. „Und ich habe nichts erreicht.“ Nun zog er die Schublade seines Schreibtisches auf und entnahm ihr einen silbernen Flachmann mit Whiskey. Er stellte ihn auf dem Tisch ab und betrachtete ihn eine Weile. Es kam ihm wie ein Klischee vor, sich in diesem Moment zu betrinken, damit das Ende nicht so grausam erschien. Da bemerkte er plötzlich, dass der Flachmann leicht zitterte. Der Schreibtisch vibrierte. Das konnte nicht von einer Detonation stammen. Nun schwoll ein Wummern an, das direkt aus dem Boden zu kommen schien. Mannheimer sah sich irritiert um. Die Frequenz des Brummens war unangenehm niedrig, nicht hörbar, aber tief in der Magengrube zu spüren. Übelkeit stieg in ihm auf.

In diesem Moment kam Anita Grey durch die Tür gestürmt. „Professor!“, rief sie außer Atem.

„Ja, ich weiß, eine Rakete kommt auf uns zu“, sagte er lakonisch.

„Nein, verdammt, das meine ich nicht. Professor, es ist unglaublich. Der Reaktor, PETE! Er ... er läuft. Ganz von selbst, ich ...“

Mannheimer sprang von seinem Stuhl auf. „Was? Das kann doch nur ein schlechter Witz sein! Wieso ausgerechnet jetzt? Das ergibt keinen Sinn.“

„Ich weiß. Kommen Sie!“

Gemeinsam eilten sie durch den Gang zum Fahrstuhl und fuhren weitere vier Etagen in die Tiefe.

Dort erwartete sie schon ein sichtlich verwirrter Assistent.

„Das ist Peter Morgenstern, er hat es zuerst bemerkt“, erklärte Grey.

„Was genau haben Sie getan?“, wollte Mannheimer wissen, als sie zusammen weiter in den Reaktorraum gingen, in dem sich eine stechend ozonhaltige Luft verbreitet hatte und in dem es unangenehm heftig wummerte.

„Ich ... Nichts, Professor“, stammelte Morgenstern und trat unruhig von einem Bein aufs andere. „Da war plötzlich ... Ich meine ...“

„Langsam. Wie hat es angefangen?“, fragte Mannheimer, während er um PETE herumging, um den Zustand des Reaktors zu begutachten.

„Ich habe eine Standard-Testreihe an den Systemen durchgeführt – nichts, was ich nicht schon ein dutzendmal genauso gemacht habe. Plötzlich gingen alle

Alarme an und die automatische Eindämmung wurde aktiviert.“

„Ohne, dass Sie etwas dazu eingeben mussten?“, mischte sich Grey ein. „Das sollte so gar nicht möglich sein!“

„Die Eindämmung hat sich von selbst angepasst?“, hakte Mannheimer kritisch nach. „Das ist doch genau der Punkt, an dem wir immer gescheitert sind. Und jetzt soll das wie durch Zauberhand geschehen sein?“ Er schüttelte ungläubig den Kopf.

„Der Reaktor ist stabil“, betonte Morgenstern. „Sehen Sie, die Singularität ist in perfektem Zustand.“

„Das allein ist schon höchst merkwürdig, künstliche Singularitäten bilden sich nicht von allein!“, brauste Mannheimer auf. „Das widerspricht allen Theorien. Ich will wissen, wo sie herkommt!“

„Professor, ganz ruhig“, versuchte Grey auf ihn einzuwirken.

„Ganz ruhig? In weniger als einer halben Stunde wird eine russische Atomrakete hier einschlagen. Und ausgerechnet jetzt gelingt das Experiment, an dem wir jahrelang verzweifelt sind? Das Schicksal hat einen miesen Humor!“

„Jemand muss das getan haben“, sagte Morgenstern unvermittelt. „Ich war es nicht, aber ...“ Er machte eine Pause. „Ich weiß, es klingt verrückt, aber ich dachte gerade, dass sich diese Anomalie von innen heraus gebildet hat.“

In diesem Moment fing der Reaktor an, noch stärker und nun auch deutlich hörbar zu schwingen, der Ton wurde allmählich höher und pendelte auf und ab, sodass es beinahe klang wie die verlangsamte Aufnahme einer Sirene.

„Was ist das nun wieder?“, fragte Grey und eilte zu den Kontrollpulten am Rand des Reaktorbereichs. Mannheimer und Morgenstern folgten ihr sofort.

Grey analysierte einige Sekunden lang die Daten und schüttelte unentwegt den Kopf. „Das ... hier sind Fluktuationen. Aber ...“ Sie verstummte kurz. „Sie ergeben ein Muster! Wie viel Zeit haben wir noch, bis die Raketen einschlagen?“, erkundigte sie sich.

Mannheimer sah auf seine Armbanduhr. „Ungefähr 22 Minuten.“

Morgenstern stieß ein nervöses Keuchen aus. „Oh mein Gott, wir werden alle sterben!“, kreischte er und stürmte aus dem Raum.

„Peter!“, rief Grey ihm nach, aber Mannheimer legte ihr die Hand auf die Schulter. „Lassen Sie ihn, er ist in diesem Zustand ohnehin keine Hilfe.“

Grey nickte und wandte sich wieder den Anzeigen zu. „22 Minuten, was sollen wir in dieser Zeit erreichen?“

„Moment“, bat Mannheimer. „Sehen Sie das? Das ist eine ganz einfache Modulation. Nur die Frequenz stimmt nicht. Sie ist viel zu niedrig.“

„Ich zeichne es auf“, meinte Grey. Nach wenigen Sekunden sprach sie weiter. „So, ich werde das Signal jetzt beschleunigen.“ Sie machte einige Eingaben und startete die Wiedergabe der Aufzeichnung. Ein immer noch ziemlich tief klingender Ton war zu hören. Grey stoppte und beschleunigte abermals.

Dann hörten sie es, eine verzerrte und unnatürlich klingende Botschaft. Doch ihr Inhalt war verständlich:

„Charles, wenn Sie das empfangen: Tun Sie nichts! Lassen Sie den Reaktor laufen, egal, was geschieht. Ich bitte Sie – Will.“

Mannheimer und Grey starrten sich an. Keiner der beiden konnte fassen, was sie eben gehört hatten.

„Spinne ich jetzt?“, fragte Mannheimer.

Grey deutete ein Kopfschütteln an, sah dann aber unvermittelt zum Reaktor. „Das ist doch Wahnsinn“, hauchte sie.

In diesem Moment stürmte Commander Raines herein. „Was zur Hölle ist hier los?“, brüllte er mit hochrotem Kopf und funkelte Mannheimer böse an. „Wieso läuft der Reaktor? Haben Sie denn schon vergessen, dass so ein Teufelsgerät gerade 200.000 Quadratkilometer von Russland gesprengt hat? Eine ganze verdammte Halbinsel ist weg!“

„Beruhigen Sie sich, Raines!“, erwiderte Mannheimer. „Wir haben Grund zu der Annahme, dass …“ Doch weiter kam er nicht. Ein heftiger Gravitationsimpuls riss alle im Reaktorraum von den Beinen.

„Sie elender Mistkerl!“, hörte Mannheimer Raines noch brüllen, dann kehrte allumfassende Geräuschlosigkeit ein. Die Realität verblasste wie hinter einem eingefrorenen Wasserfall. Die Zeit dehnte sich bis ins Unendliche und mit ihr Mannheimers Gedanken.

Alles ist null. Ewigkeit im Nichts, schoss es ihm durch den Kopf und er wusste, dass er in diesem Moment alles verstand. Die Antworten auf sämtliche Fragen der Welt lagen ausgebreitet vor ihm, doch jetzt interessierte ihn keinerlei Erkenntnis mehr. Das alles war zu groß, als dass ein menschlicher Verstand es begreifen konnte. Und dann gab es keine Dimensionen mehr, keine Materie, null Energie und keinen Raum, in dem man existieren konnte.

Alles ist null. Ewigkeit im Nichts.

32

Universität von Stanford, USA,
17. März 2025

Dr. William Markinson stand regungslos am Rednerpult im Vorlesungssaal auf dem Stanford-Campus und schwieg. Schon eine ganze Weile verharrte er so und konnte nicht so recht begreifen, wo er war, auch nicht, was zuvor geschehen war und was in diesem Augenblick passierte. Er erinnerte sich nur schemenhaft daran, *wer* er überhaupt war. In seinem Gehirn waren nur Nebel und Rauschen, die zaghaft nachließen.

„Professor Markinson? Geht es Ihnen nicht gut?“, fragte eine junge Studentin in der ersten Reihe, deren Namen Markinson vergessen hatte. Er legte den Kopf schief und sah sie an.

Was ist los mit mir? Hatte ich einen Schlaganfall?

Es dauerte noch quälend lange zwei Minuten, bis sein Verstand wieder halbwegs normal arbeitete und er zu logischem Denken fähig war. Dann löste sich der Brainfog endlich auf und Markinson besann sich. Er war wieder hier. In seinem alten Leben. Wie war das möglich?

War ich eben nicht noch …

Er brachte den Gedanken nicht zu Ende, so sehr er sich auch bemühte, eine stichhaltige Theorie aufzustellen. Er konnte mit aller Vernunft nicht fassen, was geschehen war, sondern es bestenfalls spüren.

Zögerlich sah er sich um, erkannte vor sich seinen

Laptop, den Stapel mit Fachbüchern, die aufgeschlagene Ledermappe mit seinen Notizen. Dahinter lagen die steil ansteigenden Reihen mit Sitzen, auf denen Studenten saßen und ihren offensichtlich verwirrten Professor anstarrten.

Nun wandte sich Markinson um und betrachtete das Bild, das der Beamer an die Wand warf. Es war das computersimulierte Schema eines Schwarzen Lochs mit einer Singularität in ihrem Kern. Markinson sah es ein paar Sekunden lang an, dann lachte er laut los.

„Sie haben ja alle gar keine Ahnung!“, sagte er schließlich und wandte sich wieder den Studenten zu. „Ich ... mir ist schwindelig ... der Kreislauf“, erklärte er abgehakt und deutete oben am Ende des Saals auf die Ausgänge. „Wir machen Schluss für heute!“, verkündete er, auch wenn die Uhr an der Wand verriet, dass die Vorlesung gerade erst begonnen haben konnte.

Tuschelnd und kopfschüttelnd erhoben sich Studierenden und verließen allmählich das Auditorium. Vermutlich waren sie einer weiteren Freistunde nicht abgeneigt.

Als alle gegangen waren, blieb Markinson allein im Raum zurück und versuchte, Klarheit zu erlangen. Er war hier. Warum? Wie ergab das alles einen Sinn? Er war ganz eindeutig jenseits dieser Grenze gewesen, von der er immer angenommen hatte, sie sei unüberwindlich. Aber was hatte er dort erlebt?

Ein Gesicht erschien zunächst konturlos und verformt vor seinem geistigen Auge. Es bildete sich aus schwarzem Nebel, der herumwaberte. Wer war das? Namen schossen in sein Gehirn. Denise Garner! Nein, das war sie nicht. Charles Mannheimer? Wie kam er auf ihn? Dann waren da noch Namen, die sich fremd und vertraut zugleich anfühlten. Arina Tschevtschenko, Severin Lucas, Ruth Baxter …

Gehörte dieses geheimnisvolle Gesicht zu einem dieser Menschen, von denen Markinson tief in seinem Inneren spürte, dass er sie kannte?

Dann erstarrte das Bild und der Nebel verpuffte. Das war Dimitri Sowa. Und in diesem Moment war alles wieder da. Dieses Gesicht war das letzte, das er gesehen hatte, bevor er diese Welt verlassen hatte. Was danach geschehen war, konnte er kaum in Worte fassen.

Doch nun war er wieder hier – ohne zu wissen, wie das zustande gekommen war.

Markinson sah noch einmal zur Uhr an der Wand: 9:20 Uhr. Das war ein Anhaltspunkt, etwas Handfestes, an das er sich halten konnte. Er zögerte, blickte zum Laptop, der unten rechts ebenfalls die Uhrzeit einblendete – darüber hinaus aber auch das Datum.

Dann traf es ihn wie ein Blitz: Das war zu verrückt! Das letzte Datum, an das er sich mit Mühe erinnern konnte, war der 20. September gewesen, doch der Laptop zeigte klar und deutlich, dass sie heute erst den 17. März hatten. Markinson rief eine Website auf, die Datum und Uhrzeit für die einzelnen Zeitzonen der Erde darstellte, und erlangte Gewissheit. Es war tatsächlich der 17. März!

Und dies bedeutete: Die katastrophalen Ereignisse, an die er sich nun immer klarer erinnerte, lagen mehr als ein halbes Jahr in der Zukunft. So unerklärlich es ihm in diesem Moment auch erschien, er wollte diesen Umstand allzu gern akzeptieren und schob alle professionelle Skepsis beiseite. Denn wenn dies wirklich stimmte, dann hieß das, er konnte noch etwas unternehmen – vielleicht alles zum Guten wenden.

Sofern ich nicht doch den Verstand verloren habe ...

Nein! Er fegte den Gedanken beiseite und wusste mit einem Mal genau, was er zu tun hatte.

***

Orel-8, Reaktor-Kontrollraum,
06:25 Uhr

Die leuchtenden Anzeigen der Konsolen spiegelten sich in der übergroßen Brille von Dr. Juri Saljewitsch, während er mit Anspannung die Ergebnisse der ersten Tests überprüfte. Schon nach wenigen Augenblicken wurde ihm klar, dass sie es geschafft hatten. Er spürte, wie sich seine Gesichtszüge zunächst entspannten und dann zu einem breiten Lächeln wurden. Er war mit einem Mal von geradezu kindlicher Freude erfüllt und spürte gleichzeitig einen inneren Stolz, der sein Gemüt erhellte.

„Stabil", hauchte er. „Perfekt stabil!" Er drehte sich zu Arina Tschevtschenko um, die ihn neugierig ansah. „Der erste Quantenkeim ohne Resonanzflackern – und die Eindämmung ist bei voller Stärke. Wir haben's geschafft", verkündete er.

Ein kurzer Anflug von Übermut überkam ihn – ein Prickeln wie Champagner, das sich in seiner Kehle ausbreitete. Doch er zwang sich zur Disziplin.

Kein voreiliger Triumph, mahnte er sich im Stillen. „Das wird die größte Entdeckung seit Jahrzehnten", sagte er stattdessen, so sachlich, wie es ihm möglich war. Er wusste: Das, was sie hier erschufen, würde eine neue Ära einleiten. Energie ohne Ende. Kontrolle über eine unbändige Kraft, die das Machtgefüge der Welt verändern konnte. Der letzte Teil bereitete ihm zwar immer wieder Bauchschmerzen, aber er verdrängte seine Abneigung gegen die politischen Aspekte des Projekts. Wie es auch kommen mochte, er würde hier Geschichte schreiben.

Nun hörte er das Zischen der Schleuse hinter sich und wusste, wer kommen würde. Sein Besuch war kurzfristig avisiert worden und Saljewitsch konnte nicht behaupten, dass es ihm sonderlich gefiel. Er hatte in dieser brenzligen Phase keine Zeit für sinnlose Sicherheitsüberprüfungen. Er drehte sich um und sah, wie Dimitri Sowa den Kontrollraum betrat – in einem faltenfreien grauen Mantel, knochiges Gesicht, eiskalter Blick.

FSB-Agent mit Sondervollmacht direkt vom Präsidenten, erinnerte sich Saljewitsch an die Mitteilung. Das passte zur Erscheinung. *Aber was will der eigentlich hier? Mich kontrollieren? Einschüchtern?*

Die zuvor noch so wohltuende Freude wich endgültig aus Saljewitschs Gemüt, ihm war, als ob jemand das Licht gedimmt und die Heizung abgeschaltet hätte. Jetzt war Zeit für die verhasste Politik.

Der Wissenschaftler zwang sich zur Gelassenheit, trat dem Agenten mit einem gespielten Lächeln entgegen und streckte die Hand aus.

„Agent Sowa. Ich hatte so früh noch nicht mit einem Besuch gerechnet, aber natürlich sind Sie willkommen. Der Zeitplan steht. Die Simulationen sind abgeschlossen. Alles läuft wie vorgesehen."

Sowa ließ seinen Blick über die Monitore schweifen. „Das höre ich gern. Und ich weiß, Sie sind sehr motiviert. Sie geben Ihr Bestes."

Mein Bestes? War das eine versteckte Beleidigung gewesen? Saljewitsch ließ sich seine Verstimmung nicht anmerken. „Motivation ist die Triebkraft jedes Fortschritts. Sie dürfen dem Präsidenten gern berichten, dass es keinen Grund zur Sorge gibt."

Sowa nickte langsam, und doch blieb seine Miene undurchdringlich. „Ich werde ihm alles berichten. Doch ich bin nicht hier, um an Ihnen und Ihren Bemühungen zu zweifeln. Ich möchte mir selbst ein Bild davon machen, ob alle Sicherheitsstandards eingehalten werden. Wir müssen verhindern, dass es unvorhergesehene Probleme gibt. Sie wissen ja, Sicherheit ist ein hohes Gut."

„Natürlich", sagte Saljewitsch mit steifer Freundlichkeit. „Wenn Sie wünschen, führen wir Sie in der Anlage herum. Die Tunnel sind sehr weitläufig."

„Gleich. Zuerst noch eine Frage." Sowa blickte sich im Raum um, so, als suche er etwas. „Die Amerikanerin. Wo ist sie? Kooperiert sie?"

„Garner ist unter Kontrolle. Sie wird rund um die Uhr überwacht und wir machen Fortschritte, sie zur uneingeschränkten Zusammenarbeit zu bewegen. Es besteht jedenfalls keinerlei Risiko einer Sabotage, falls Sie das befürchten."

Sowa sah ihn lange an, als wolle er die Worte Saljewitschs mit seinem Röntgenblick auf Wahrheitstreue durchleuchten. Dann sagte er ruhig und leise: „Ich werde mich nachher selbst von ihrem Zustand überzeugen. Aber jetzt möchte ich zum Reaktor."

„Wie Sie wünschen." Saljewitsch wandte sich zur Seite. „Arina, kommen Sie bitte mal!"

Dr. Arina Tschevtschenko, eine schmale Frau mit wachen Augen, drehte sich von einem Kontrollterminal weg und näherte sich den beiden.

„Führen Sie Agent Sowa in den unteren Komplex. Zeigen Sie ihm, was er sehen will.“

„Natürlich“, sagte sie knapp und ging direkt an Sowa vorbei. „Folgen Sie mir.“

Sie verließen gemeinsam den Kontrollraum und gingen einen lang gezogenen Gang entlang. Ihre Schritte hallten durch die mit Metallplatten ausgelegten und in großen Teilen leeren Korridore.

„Wie viele Personen sind aktuell hier stationiert?“, erkundigte sich Sowa. „Ich nehme an, es wurde bisher nicht das gesamte Personal versetzt, oder?“

Tschevtschenko zuckte mit den Schultern. „Ich kann nur schätzen. Eigentlich dachte ich, Sie wären vielleicht besser informiert. Denn, offen gestanden, könnten wir noch etwas Verstärkung brauchen, wenn der Zeitplan so eng bleiben soll. Aber um Ihre Frage zu beantworten: Wir sind derzeit 13 Wissenschaftler, Denise Garner eingeschlossen. Dazu etwa ein Dutzend Techniker und Arbeiter. Wie viele Soldaten hier sind, weiß ich nicht. Sicher mehr als 20.“

„Es sind 28 Militärangehörige“, erwiderte Sowa.

„Dann haben Sie ja nun alle Zahlen“, sagte Tschevtschenko in nüchternem Ton. Sie bestiegen den Aufzug am Ende des Korridors und Tschevtschenko fragte: „Wohin genau möchten Sie? Die wissenschaftlichen Sektionen erstrecken sich über drei Ebenen.“

„Bringen Sie mich zur Waffenebene. Unter dem Reaktor.“

Tschevtschenko zögerte. „Dort ist alles noch ... Baustelle. Nicht einmal Saljewitsch geht oft dorthin.“

„Umso besser ist es, wenn sich jemand den Fortschritt genau ansieht. Bitte, ich bestehe darauf.“

Sogleich drückte Tschevtschenko die entsprechende Taste am Bedienfeld und der Aufzug setzte sich in Bewegung.

Nach nur wenigen Sekunden Fahrt erreichten sie die Ebene mit dem geplanten Waffenlabor und gingen auf den Zugang zur geheimen Sektion zu. Eine dicke Stahlschleuse war in die Betonwände eingelassen, doch die Türflügel standen einen Spalt offen.

Sowa runzelte die Stirn wegen der laschen Sicherheit, doch er sagte nichts. Es spielte keine Rolle mehr, und angesichts dessen, was er vorhatte, war das hier eine Lappalie.

Tschevtschenko, die seinen kritischen Blick wohl bemerkt hatte, beeilte sich zu erklären: „Hier kommt noch ein biometrischer Scanner hin, zur Absicherung. Aber offenbar gibt es Lieferprobleme."

„Ist in Ordnung", sagte Sowa nur und öffnete die Tür.

Vor ihnen lag ein ziemliches Chaos aus Baumaterial, Werkzeug, Aggregaten und Geräten, Kabeltrommeln und Rohren.

„Hier muss noch einiges passieren", meinte Tschevtschenko. „Eigentlich gibt es nicht viel zu sehen. Eine Etage höher im Reaktor ..."

Sowa fiel ihr ins Wort. „Nein, ich finde das sehr interessant", sagte er und steuerte das Zentrum des Raumes an. Dort stand eine Leiter, die nach oben führte – direkt an die Decke und weiter in einen Schacht.

Als er so hinaufsah, blitzten weitere Erinnerungsfetzen auf. Es stimmte tatsächlich. Er war schon hier gewesen, das spürte er. Genau durch diesen Schacht war er geklettert. Oder würde er? Ein seltsames Gefühl befiel ihn, wie ein Déjà-vu, nur viel konkreter. Er wusste, dass er hier mit William Markinson stehen würde. Oder gestanden hatte – in einer anderen Version der Geschichte.

Er rief sich wieder ins Gedächtnis, was Markinson und Garner erklärt hatten, was er am eigenen Leib erlebt hatte. Die Singularität, die hier erschaffen wurde, verformte die Zeit. Sie dehnte sie, stauchte sie, ließ sie zurückschnellen wie einen Gummi. Und genau das war passiert. Es war die einzige logische Erklärung. Und die einzige, die sich richtig anfühlte.

Tschevtschenko räusperte sich neben ihm und er merkte, dass er wohl ziemlich geistesabwesend dagestanden hatte, um eine lange Aluminiumleiter anzustarren.

„Der Schacht führt direkt in den Reaktor", erklärte sie. „Aber es ist sicher bequemer, wenn wir den Aufzug nehmen."

„Danke, Tschevtschenko. Sie können gehen", antwortete Sowa. „Ich finde allein zurück."

Noch einen Moment zögerte die Wissenschaftlerin, dann nickte sie. „Natürlich. Ich muss ohnehin wieder in den Kontrollraum, Dr. Saljewitsch ist sehr ungeduldig."

„Sicher. Dann lassen Sie ihn nicht warten."

Noch einmal nickte sie und verschwand durch die Schleuse.

Sowa zog eine Taschenlampe aus der Manteltasche und kletterte dann die Leiter hinauf und weiter in den Schacht hinein, einen Meter nach dem anderen, immer tiefer ins Herz von Orel-8.

Am Ende des Schachtes erwarteten ihn nur Totenstille und Dunkelheit – anders als beim letzten Mal, als ohrenbetäubendes Wummern, eisige Kälte und verwirrende temporale Verzerrungen es beinahe unmöglich gemacht hatten, einen klaren Gedanken zu fassen. Und dann war er verschluckt worden. Von einem Phänomen, dessen wahre Natur ein menschlicher Verstand nicht begreifen konnte. Ein Phänomen, das auf diesem Planeten nicht existieren durfte. Deshalb war er hier, auch wenn es allem widersprach, was er sein Leben lang geglaubt hatte.

Sowa wischte die unproduktiven Gedanken beiseite und griff in seine rechte innere Manteltasche. Er zog einen kleinen Koffer heraus, in dem alles lag, was er jetzt benötigte: zwei in Form gepresste Plastiksprengladungen, grau-braun wie dreckige Knetmasse, dazu zwei Zündkapseln und ein Timer.

Der Agent wusste genau, wo und wie er sie zu platzieren hatte – direkt an der inneren Eindämmung.

Ein paar präzise Handgriffe und alles war bereit für den Showdown. Die Ziffern des Timers standen bei 30 Minuten. Das würde reichen, um das gesamte Personal unbeschadet hier herauszuschaffen und etwas Abstand zu gewinnen – und es war kurz genug, um eine Intervention unmöglich zu machen.

„Also schön“, murmelte Sowa und schüttelte noch einmal den Kopf, „Es gibt keine andere Lösung.“ Dann aktivierte er ohne weiteres Zögern den Countdown und begann den Abstieg.

33

US-Forschungsbasis, Nevada,
oberer Zugangspunkt Alpha,
19. März, kurz vor Sonnenuntergang

Staubiger Wind wehte über den flachen, immer noch glühend heißen Wüstenboden Nevadas. Ein paar ausgedörrte Kreosotbüsche klammerten sich ans Leben, während über dem Horizont bereits die Dämmerung schimmerte und eine kalte, sternenklare Nacht aufzog. Doch außer der endlosen Weite des Himmels und der kargen Schönheit der Wüste fand sich hier nichts – keine Gebäude, keine Zäune, keine Fahrzeuge und schon gar keine Menschen. Nur eine unscheinbare Straße, die genau hier endete.

Dr. William Markinson stand allein mitten in der leeren Landschaft, den Blick auf einen mattgrauen, gut drei Meter hohen und zwei Meter breiten Metallzylinder gerichtet, der wie ein Fremdkörper aus dem Boden ragte. Er sah aus wie eine übergroße, futuristische Telefonzelle ohne Fenster, doch Markinson wusste, dass sich hinter dem Panzerstahl ein Aufzugsschacht verbarg, der weit in die Tiefe führte. Oben auf dem Dach der stählernen Röhre blinkte eine Überwachungskamera, die ihn längst erfasst hatte. Wie er wusste, hatte die Kamera auch ein Mikrofon.

Er trat näher heran und erhob die Stimme. „Ich bin Dr. William Markinson und muss dringend mit Commander Raines sprechen, mit Anita Grey und

Professor Mannheimer ebenfalls. Und mit Severin Lucas, falls er hier sein sollte."

Sein Ton war sachlich, aber eindringlich. „Ich habe elementar wichtige Informationen – über das Forschungsprojekt, den Reaktor. Auch über die Aktivitäten der Russen."

Etwa 20 Sekunden vergingen, ohne dass Markinson eine Reaktion erhielt. Er wollte seine Botschaft gerade wiederholen, da knackte es aus einem unsichtbaren Lautsprecher. „Bleiben Sie genau dort stehen. Unternehmen Sie keine weiteren Schritte und leisten Sie keinen Widerstand."

Kurz darauf traten zwei mit Gewehren bewaffnete Soldaten aus den sich öffnenden Aufzugtüren und flankierten Markinson zu beiden Seiten. Eine dritte Gestalt – offenbar der wachhabende Offizier – trat hinzu und musterte Markinson misstrauisch. „Mr. Markinson. Sie sind nicht autorisiert, diesen Bereich zu betreten."

„Ja, ich weiß. Und ich sollte nicht einmal wissen, dass es hier eine geheime Forschungsbasis gibt, oder? Trotzdem bin ich hier. Machen Sie also Meldung an Commander Raines. Er wird mit mir sprechen wollen, glauben Sie mir."

„Sie haben recht, er will mit Ihnen sprechen.", bestätigte der Soldat. „Er will – um ihn wörtlich zu zitieren – verdammt noch mal wissen, wie Sie uns gefunden haben."

Sofort wurde er in Handschellen gelegt – eine Formalität, wie der Soldat anmerkte – und durch den getarnten Aufzug in die Tiefe gebracht. Sie stiegen auf der obersten der unterirdischen Ebenen aus, wo, wie Markinson sich erinnerte, die Büros und Besprechungsräume untergebracht waren. Der Korridor erstrahlte im gleichen kalten Licht wie beim letzten Mal, auch die Klimatisierung war unangenehm frostig eingestellt. Das alles bildete einen drastischen Kontrast zum Wüstenklima oben. Aber vermutlich war das so gewollt.

Commander Raines erwartete ihn bereits in einem sterilen Besprechungsraum, bei ihm waren Anita Grey und ein sichtlich erstaunter Professor Mannheimer.

„Na so was“, murmelte der alte Wissenschaftler. „Es ist tatsächlich mein einstiger Vorzeigestudent William!“

Markinson erwiderte den Blick gelassen. „Ich freue mich wirklich, Sie wiederzusehen, Professor. Es ist viel zu lange her. Und ich komme nicht mit leeren Händen.“

Nun schaltete sich Raines ein. „Dr. Markinson, wenn ich bitten dürfte, setzen Sie sich und erklären Sie uns, wie Sie darauf kommen, dass es hier einen Reaktor geben könnte.“

Markinson legte den Kopf schief und hob die immer noch gefesselten Hände. „Wären Sie so freundlich? Ich bin nicht bewaffnet und habe nicht vor, irgendjemanden anzugreifen.“

Raines nickte dem Soldaten an der Tür zu und der nahm Markinson die Handschellen ab. Der Commander winkte ihn hinaus. „Beziehen Sie Posten vor der Tür, Soldat!“ Dann wandte er sich wieder an Markinson. „Also?“

„Wie Sie sehen, bin ich freiwillig gekommen, bevor Sie mich dazu nötigen mussten.“ Markinson nahm Platz. „Ich habe Lösungen – für Ihr Reaktorproblem. Ich weiß von Denises Fortschritten mit den theoretischen Grundlagen und ich kenne die Schwächen in den Gleichungen. Ich habe sie behoben und kann den Reaktor zum Laufen bringen.“

Raines verschränkte die Arme vor der Brust und sah skeptisch von Markinson zu Charles Mannheimer hinüber. „Professor, ich muss wohl annehmen, dass Sie vertrauliche Informationen weitergegeben haben?“

„Ich ... nein“, stammelte Mannheimer. „Ich habe mit niemandem gesprochen. Jedenfalls nicht direkt.“

„Nicht direkt?“, knurrte Raines. „Was soll das bitte heißen? Haben Sie ...“ Er machte eine wegwischende Handbewegung. „Egal. Ich will das ausnahmsweise durchgehen lassen.“ Er drehte sich wieder zu Markinson. „Sie haben recht, wir wollten Sie ohnehin zum Projekt hinzuziehen, nur waren wir uns nicht sicher, ob Sie annehmen würden. Nun kommt es eben etwas früher dazu und ich denke, das kann uns weiterbringen. Es wäre erfreulich, wenn Sie sich tatsächlich als derart nützlich erweisen, wie man mir immer erzählt hat.“

Raines nahm eine schmale Aktentasche hoch und entnahm daraus einen Hefter, den er Markinson hinschob. „Eine Verschwiegenheitserklärung“, sagte er. „Unterschreiben Sie das, dann erfahren Sie mehr. Sie können danach auch den Reaktor sehen, aber nur unter Aufsicht.“ Der Commander warf vielsagende Blicke in Richtung Anita Grey und Charles Mannheimer.

Markinson öffnete den Hefter und tat so, als würde er die Erklärung, die er genau so bereits einmal gesehen hatte, überfliegen und setzte schwungvoll seine Unterschrift unter das Dokument. „Ich freue mich darauf, an diesem Projekt mitzuwirken.“

Raines nickte knapp. „Grey, Mannheimer – führen Sie ihn zur Forschungssektion. Ich bleibe hier oben und rufe Harper an, er wird sich sicher brennend für diese neue Entwicklung interessieren.“

Wenig später betraten sie acht Etagen tiefer die hochgeheime Forschungsabteilung. Anita Grey führte Markinson zur Hauptschleuse dieses abgetrennten Bereichs und öffnete mit ihrer Zutrittskarte und einem zusätzlichen Code den Zugang.

Markinson musste sich bemühen, alles hier neu und aufregend zu finden, obwohl er sich bereits bestens auskannte. Aber vermutlich tat die innerliche Anspannung, die immer weiter wuchs, ihr Übriges und sorgte für einen angemessenen Auftritt.

Die Luft in der Forschungssektion roch beinahe technologisch, ionisiert, aufgeladen, nach Kühlmittel und Chemie.

In der Mitte der Halle thronte PETE, der experimentelle Reaktor, eingefasst von Aggregaten und Steuerungselektronik, Messinstrumenten, Kühlmittelrohren und allerhand anderen Modulen. Auf der zentralen Kontrollkonsole blinkten nur vereinzelte LEDs und Anzeigen. Offensichtlich befand sich der Reaktor in einem Stand-by-Modus.

Grey begann sogleich damit, an der Konsole weitere Systeme betriebsbereit zu machen.

Charles Mannheimer wandte sich derweil an Markinson. „William, ich habe es vorhin im Beisein von Raines nicht erwähnen wollen, aber ich bin doch erstaunt. Natürlich freue ich mich, dich zu sehen – und dass du mit uns an diesem extrem spannenden Projekt arbeitest – aber …“ Er zögerte. „Nun, eigentlich dürftest du davon nicht das Geringste wissen. Diese Forschungseinrichtung unterliegt der höchsten Geheimhaltungsstufe. Wie ist das nur möglich?“

Markinson sah seinem alten Professor tief in die Augen und merkte, wie es Mannheimer fast unangenehm wurde. Er legte seine ganze Überzeugungskraft in die nächsten drei Worte. „Bitte vertrau mir“, sagte er knapp.

Mannheimer runzelte die Stirn, sagte eine ganze Weile lang nichts, nickte dann aber. „In Ordnung“, erwiderte er und Markinson sah in seinem Blick, dass er seine Bitte ernst nahm. „Später wirst du mir mehr sagen müssen“, ergänzte Mannheimer und deutete dann mit der ausgestreckten Hand auf den Reaktor. „Okay, womit wollen wir jetzt anfangen?“

„Mit dem Grundproblem“, sagte Grey. „PETE – das ist unser Spitzname für den Reaktor – liefert keine Leistung“, erklärte sie. „Er verschlingt mehr Energie, als er jemals geliefert hat, und außerdem können wir die erzeugte Singularität nicht länger als drei Sekunden stabil halten.“

„Das stimmt“, bekräftigte Mannheimer. „Er müsste den Berechnungen zufolge längst laufen, aber leider war alle Zuversicht verfrüht.“

„Das Prinzip ist völlig korrekt“, meinte Markinson. „Auch die Technologie, die Sie hier verbaut haben, sollte einen stabilen Betrieb ermöglichen, aber die Berechnungen sind verkehrt. Nun, vielleicht nicht völlig, aber doch reichlich fehlerhaft, wenn man bedenkt, welche Präzision erforderlich ist.“

„Und Sie haben die Präzision erreicht?“, hakte Grey nach.

„Oh ja“, sagte Markinson ruhig, und hielt einen USB-Stick in die Höhe. „Ich muss nur ein paar Änderungen machen. Die relevanten Daten habe ich hier.“

Grey zögerte. „Externe Datenträger sind untersagt.“

„Raines ist nicht da“, sagte Mannheimer. „Und es ist

alles doppelt und dreifach geschützt. Wenn Markinson recht hat, sollten wir uns unbedingt ansehen, was er mitgebracht hat."

Grey presste ihre Lippen zu einem blutleeren Strich zusammen und sah zwischen Mannheimer, Markinson und dem USB-Stick hin und her. Dann nickte sie widerwillig.

„Es ist alles geprüft und sicher", bekräftigte Markinson und ging zum Hauptterminal. Dort steckte er den Stick ein und wartete.

Mannheimer trat zu ihm und gab seinen persönlichen Zugriffscode ein. „Ich muss das autorisieren", erklärte er und warf Markinson einen zweideutigen Blick zu, der vermutlich bedeutete: *Hoffentlich bereue ich das nicht*.

Markinson setzte ein zuversichtliches Lächeln auf und wusste, dass ein automatisiertes Skript, das einer seiner besten Studenten geschrieben hatte, bereits dabei war, unbemerkt einen zeitverzögert arbeitenden, hochaggressiven Softwarevirus zu übertragen. Dieser würde in wenigen Minuten nicht nur sämtliche Steuerungscodes unbrauchbar machen, sondern auch alle Daten zerstören. Markinson musste nur warten, bis der Countdown ablief.

Parallel begann er, einige der Parameter im Kontrollpult zu modifizieren, neue Rechenmodelle zu implementieren, die nur er verstand – oder zumindest glaubte, zu verstehen.

Plötzlich sprangen alle Anzeigen der Reaktorsteuerung auf grün.

„Initiierung beginnt", meldete die Automatik. „Feldstärke stabilisiert."

„Was tun Sie denn da?!", fuhr Grey auf. „Sie

können doch nicht einfach den Reaktor hochfahren! Ich will erst eine vollständige Prüfung Ihrer Daten durchführen.“

„Ist in Ordnung“, unterbrach Mannheimer, den Blick voller Faszination auf die Anzeigen gerichtet. „William weiß, was er tut.“

Grey setzte zu einer Erwiderung an, schluckte diese aber hinunter, als sie merkte, dass die im Inneren erzeugte Singularität bereits seit mehr als sieben Sekunden stabil war. Mehr als doppelt so lange wie in jedem Testlauf zuvor. „Das ... ist ganz ... erstaunlich“, stammelte sie.

Die Reaktorhülle vibrierte nun spürbar, während der Energie-Output hochgefahren wurde. Einige Sekunden lang war alles perfekt. Keine Abweichungen, keine Fluktuationen, keine Anzeichen für Probleme.

„Er liefert Strom! Jede Menge sogar“, rief Mannheimer freudig aus. „William, das ist unfassbar!“

„Sie haben es tatsächlich geschafft!“, sagte Grey, noch immer ungläubig.

Markinson trat einen Schritt zurück. Lehnte sich gegen die Wand. Beobachtete ruhig, was geschah und war ein bisschen traurig, dass er den beiden Kollegen sogleich die Stimmung gehörig verderben würde. Er wusste, was nun kam – was kommen musste. Diese Technologie durfte nicht überleben. Er hatte erlebt, wohin es führte. Eine solche Macht sollte es nicht geben, zumindest nicht in einer Zeit, in der die Menschheit sofort alles zur Waffe umfunktionierte.

Ein schrilles Heulen, das direkt aus dem Reaktorkern kam, beendete die Euphorie von Charles Mannheimer.

Sofort sprang Anita Grey an die Konsole und

machte hektisch Anpassungen. „Was in aller Welt?! Das darf doch nicht wahr sein!“, fluchte sie.

Markinson wusste, dass ihre Bemühungen sinnlos waren. Der Reaktor überlud und war wegen der von ihm außer Kraft gesetzten Sicherheitsprotokolle auch nicht mehr kontrolliert herunterzufahren.

Die Lichter im Raum begannen zu flackern. Die Temperatur stieg. Die Kühlung arbeitete auf Anschlag.

„Was haben Sie getan?“, fragte Grey sichtlich alarmiert in Markinsons Richtung.

„Das sollte nicht ... das sollte nicht passieren!“, log Markinson mit gespielt besorgtem Blick. Er wusste, dass die im Inneren erzeugte Singularität in Kürze zerstrahlen würde. Sie war jedoch in diesem Stadium noch so klein, dass es zwar für einen veritablen Knall reichen würde, aber höchstwahrscheinlich nicht mehr als die unmittelbare Umgebung des Reaktors zerstört wurde.

Schrille Alarmtöne kamen nun aus der Konsole und die Anzeigen drohten die Skalen zu sprengen.

„Verdammt, ich kann nichts tun!“, rief Grey. „Wir müssen hier raus!“

„Okay, gehen wir“, sagte Mannheimer mit ernster Miene, und sie eilten gemeinsam los, während die ersten Aggregate bereits in Rauch aufgingen und die Eindämmung anfing, Funken zu sprühen.

Sie durchquerten die Schleuse, verriegelten diese hastig hinter sich und rannten am Aufzug vorbei zur Treppe, nur für den Fall, dass die Explosion einen Stromausfall herbeiführen würde.

Und dies geschah, noch während sie auf dem Weg in die oberste Ebene waren. Die Beleuchtung im Treppenhaus erlosch und ein mattes Notlicht ging an.

Dann gab es eine gewaltige Erschütterung. Sie mussten sich am Geländer festhalten, um nicht rückwärts die Stufen hinabzustürzen.

Die Detonation war heftiger gewesen, als Markinson erwartet hatte, aber offenbar nicht so stark, dass die Struktur der Basis ernsthaft in Gefahr war.

Von unten drang nun Rauch herauf und sie eilten weiter. Kaum waren sie aus dem Treppenhaus heraus, stürmte ihnen Commander Raines mit hochrotem Kopf entgegen. „Was zum Teufel ist hier los?! Die halbe Basis ist stromlos!“

Grey keuchte: „Markinson hat ... den Reaktor... gestartet – aber etwas stimmte nicht! Ich weiß auch nicht, warum ...“

Raines’ Augen verengten sich. „Sind Sie von allen guten Geistern verlassen? Was bilden Sie sich ein, verdammt?!“, fuhr er Markinson an.

„Es war ein Unfall“, sagte Mannheimer, doch es klang in Markinsons Ohren kaum überzeugend.

Raines fixierte den Professor mit eisigem Blick. „Sie wollen mich doch verarschen. Was geht hier vor?“

Markinson hob entschuldigend die Hände. „Ich ... konnte nicht ahnen, dass so etwas passiert. Die Gleichungen sahen gut aus ... aber ich gebe zu, ich habe mich wohl verrechnet.“

Raines zog die Augenbrauen hoch. „Verrechnet nennen Sie das? Das wird ein Nachspiel haben, verlassen Sie sich drauf!“, drohte der Commander und stürmte davon.

„Danke“, sagte Markinson in Mannheimers Richtung.

„Wofür?“, fragte der zurück. „Es war eine Fehlfunktion, so viel ist klar.“

Grey stand schweigend daneben und schüttelte nur den Kopf. Offenbar war sie anderer Meinung.

Aber Markinson war das herzlich egal. Er hatte erreicht, weswegen er gekommen war. Die Konsequenzen, die nun folgen mochten, konnten nicht annähernd so schlimm ausfallen wie die Alternative.

34

Denise Garner lag auf dem schmalen Bett in ihrer Zelle tief im Inneren der geheimen russischen Anlage und starrte an die Decke. Sie haderte mit sich und ihrer Situation; fand einfach nicht die Kraft, um aufzustehen und etwas zu tun. Doch was hätte sie auch unternehmen sollen? Widerstand war zwar mehr als angebracht, aber letztlich wohl sinnlos. Sie war den Russen komplett ausgeliefert.

Seit sie in dieser isolierten unterirdischen Basis angekommen war, bestand ihr Alltag aus drohenden bis psychologisch folternden Verhören, wissenschaftlichen Besprechungen und endloser Warterei in dieser Zelle. Sie hatte sich, so gut es irgendwie ging, gewehrt, an diesem Irrsinn mitzuwirken, aber ihr war klar, Saljewitsch und die anderen würden nicht mehr allzu lange brauchen, bis sie jedes Detail ihrer Arbeit entschlüsselt hatten. Und mithilfe ihrer Theorie würden sie eine unvergleichliche Macht entfesseln.

Und Denise wusste auch, wenn sie ihnen nicht gab, was sie wollten, würde sie für die Russen – vor allem diesen Mistkerl Borissow – entbehrlich werden. Und sie konnte sich sehr gut ausmalen, was das bedeuten dürfte.

Sollte sie also an der Fertigstellung des Reaktors mitwirken und so tun, als ob das Projekt nicht in einer alles vernichtenden Waffe enden würde? War sie zu solchem Selbstbetrug fähig? Und sei es nur, um zu überleben?

Schritte im Gang vor ihrer Zelle und das metallische Klacken der Verriegelung kündigten Besuch an. Wer mochte nun schon wieder etwas von ihr wollen? Zog man nun die Daumenschrauben an und begann sie jetzt zu foltern? Sie hoffte inständig, dass es nicht Borissow war, der nun die Tür öffnete.

Es war nicht der Kommandant.

Denise erblickte einen ihr völlig unbekannten Mann in einem grauen Mantel. Sie setzte sich auf dem Bett auf und sah ihn stirnrunzelnd an. „Wer …“, setzte sie an.

Doch der Mann legte ihr einen Finger auf die Lippen und bedeutete ihr, zu schweigen. Dann warf er ihr eine russische Militäruniform hin. „Anziehen, schnell“, sagte er leise.

Sie zweifelte und zögerte. *Ist das etwa ein Rettungsversuch?*

Der Mann im Mantel verlor die Geduld und raunte ihr zu: „Machen Sie! In ein paar Minuten wird hier die Hölle losbrechen. Und wenn Sie dann möglichst ungesehen verschwinden wollen, werden Sie eine Tarnung brauchen.“ Mehr sagte er nicht, sondern trat hinaus auf den Gang, den Rücken in Richtung Zelle gedreht.

Denise schnappte sich die Klamotten und schlüpfte hinein. Sie waren etwas zu groß, aber es würde gehen. Dann trat sie hinter den Mann und fragte: „Wer sind Sie? Ein Agent?“

„Das ist völlig irrelevant, ich bin Ihr Ticket hier raus. Ich glaube nämlich nicht, dass Sie noch länger hierbleiben wollen.“

„Das können Sie laut sagen“, meinte Denise.

Der Agent sah auf seine Armbanduhr. „Wir haben 20 Minuten. Und gleich wird es hier etwas hektisch werden. Bleiben Sie dann unbedingt hinter mir, zögern Sie nicht, gehen Sie einfach immer weiter. Oben wartet ein Jeep, der uns wegbringt. Verstanden?"

„Verstanden", bekräftigte Denise.

„Dann kommen Sie, und tun Sie so, als wären Sie eine Soldatin!" Damit schloss er die Zellentür und setzte sich in Bewegung.

Denise folgte dem Agenten den Gang entlang und durch eine Schleuse, welche die Sektion mit den Quartieren von den inneren Technikbereichen abtrennte. Der Agent orientierte sich kurz an einer Kreuzung, bog nach rechts ab und steuerte einen Lagerbereich an, in dem allerhand Verbrauchsmaterial und Ausrüstung verstaut war. Er sah sich kurz um und fand dann, was er suchte. An der Decke mittig im Raum waren diverse Geräte verbaut, nicht nur Rauch- und Gasmelder, sondern auch spezielle Sensoren, die überwachten, ob aus den gelagerten Containern möglicherweise giftige Substanzen freigesetzt wurden.

Denise ahnte, was der Mann vorhatte. Er wollte einen Alarm provozieren und Verwirrung stiften, damit sie unbemerkt fliehen konnten.

Nun holte er einen kleinen flachen Behälter hervor, kaum größer als ein Handy, und entnahm ein Metallröhrchen. Er stieg auf eine der Kisten, um möglichst nahe an die Sensoren heranzukommen, und schraubte den Deckel von der Röhre ab.

Den Inhalt konnte Denise nicht erkennen, aber sobald der Mann das Behältnis unter eines der Geräte an der Decke gehalten hatte, schrillte eine Sirene los. Eine Durchsage auf Russisch ertönte, die Denise nicht verstand, die aber äußerst alarmiert klang. „Was war in der Röhre?", fragte sie den Agenten.

„Cäsium-136“, sagte er knapp. „Nicht sonderlich gefährlich, aber für diesen Zweck extrem effektiv.“

„Immerhin ist es radioaktiv! Und das tragen Sie in Ihrer Manteltasche durch die Gegend?“, sagte Denise verdutzt.

„Das Leben ist voller Risiken, das dürfte Ihnen doch mittlerweile klar geworden sein, Miss Garner. Jetzt kommen Sie. Das Protokoll sieht vor, dass die gesamte Anlage bei radioaktiver Kontamination evakuiert werden muss. Wir werden einen der Nebenausgänge nehmen, damit wir niemandem in die Arme laufen, der Sie wiedererkennt.“

Der Agent sah noch einmal auf seine Armbanduhr.

Denise erkannte, dass ein Timer lief, der bei etwas mehr als 12 Minuten stand.

„Was passiert, wenn der Countdown bei null ist?“, wollte sie wissen.

„Sie fragen zu viel“, sagte der Mann nur und wandte sich ab. Er trat hinaus auf den Gang und prüfte, ob die Luft rein war. Dann winkte er Denise und sie liefen los in Richtung Ausgang.

***

Im Dorf der Ewenen am Rand der Tundra,
früher Morgen

Die Sonne stieg zögerlich über den Horizont und warf erste wärmende Strahlen auf das Dorf der Ewenen, das wie ein dunkler Fleck in der endlosen, verschneiten Weite Kamtschatkas lag.

Ein kalter Wind rauschte zwischen den Hütten und Zelten hindurch und brachte die frisch aufgespannten

Felle am zentralen Platz zum Flattern. Auch wenn es noch frostig war und vereinzelt Schneeflocken fielen, so würde doch bald der Frühling Einzug halten und die Natur zu neuem Leben erwecken.

Bhaku saß auf einem Baumstamm nahe dem Feuerplatz und schnitzte geistesabwesend an einem Stück Lärchenholz herum. Die Hände des Jungen führten das Messer sicher, fast zärtlich, als ob die Figur, die er erschuf, bereits im Holz verborgen sei und er sie nur befreien müsse.

Ein paar Meter entfernt prüfte sein Vater Nikan die Spannung seines Bogens. Er zog die Sehne lautlos nach hinten, spürte, wie viel Kraft nötig war, und beobachtete die Krümmung des dunklen Holzes, das er mit Ornamenten bemalt hatte.

Neben ihm lagen seine beiden Jagdmesser, frisch geschärft. Es war bald Zeit, aufzubrechen – viele Tiere würden in den nächsten Tagen die Hügelkette im Süden überqueren und gen Norden durch die Ebene ziehen.

Er sah zu seinem Sohn hinüber, erhob sich und trat schließlich mit bedächtigem Schritt näher.

„Du bist längst kein Kind mehr, Bhaku“, sagte er mit fester Stimme. „Ich denke, es wird Zeit, dass du deinen eigenen Bogen bekommst. Morgen wirst du mich als Mann mit zur Jagd begleiten.“

Bhaku sah auf und seine Augen leuchteten. „Wirklich?“

Nikan nickte. „Aber nur, wenn du nicht mehr mit dem Messer wie im Halbschlaf arbeitest. Was schnitzt du da überhaupt?“

Bhaku zeigte ihm die halbfertige Figur. Eine schlanke Gestalt mit gewundenem Rücken, einem zu großen Kopf, aufgerissenem Mund und tief liegenden

Augen. „Es ist der Erddämon. Aus den Geschichten von Humayun.“

Nikan verengte die Augen. Die Freude in seinem Blick wich einem Schatten. Er warf einen düsteren Blick zum Schamanen Humayun, der ein paar Schritte entfernt an einem kleinen Feuer stand, eingerahmt vom tanzenden Rauch, den Blick in die Ferne gerichtet, als lausche er Stimmen, die kein anderer hören konnte.

„Das ist nur Märchenkram“, knurrte Nikan. „Halte dich an das, was du siehst. Nicht an das, was ein alter Mann in den Wind flüstert.“

Doch ehe er weitersprechen konnte, erschütterte eine dumpfe Explosion den Boden unter ihren Füßen. Ein dröhnendes Grollen rollte über die Hänge, ein donnerndes Echo hallte von den Bergen wider.

Bhaku ließ die Figur fallen. „Der Dämon!“, hauchte er.

Nikan war sofort auf den Beinen, rannte über die gefrorene Erde zum hölzernen Beobachtungsturm am Rande des Dorfes. Mit geübten Griffen erklomm er die Leiter. Der Wind fuhr ihm ins Gesicht, als er den Blick nach Westen richtete – Rauchschwaden stiegen in den Himmel, düster und schwer, genau über dem russischen Sperrgebiet. Etwas weiter davon entfernt rasten kleine Punkte über die Schneepfade – Fahrzeuge, offenbar auf dem Rückzug.

„Was war denn das?“, rief Nikan aus. „Raketen von den verdammten Separatisten?“ Er sah sich in der Landschaft um, ob er erkennen konnte, was die Ursache gewesen war, doch es zeigte sich nirgends ein Anhaltspunkt.

Er beobachtete noch eine Weile die Rauchentwicklung und die sich nach Süden vorarbeitenden Fahrzeuge, dann wandte er sich ab und stieg wieder hinunter. Am Fuß des Turmes erwarteten ihn Bhaku und der Schamane.

Humayun lächelte wissend, während er einige alte Verse murmelte. „Das war der Todesschrei des Dämons“, sagte er ruhig. „Aber jetzt ..., jetzt ist alles gut.“

Nikan schüttelte heftig den Kopf. „Wieder der gleiche Blödsinn. Ihr alten Männer und eure Geister. Wir brauchen keine Legenden mehr. Also verschone meinen Sohn damit.“

Bhaku, der bereits wieder seine geschnitzte Figur in den Händen hatte, sah seinen Vater mit leicht traurigem Blick an. Er hob das Abbild des Dämons und betrachtete es einen Moment.

Humayun trat näher. Sein Blick fiel sanft auf den Jungen. Ohne ein Wort streckte er die Hand aus.

Bhaku zögerte – dann gab er ihm die Figur.

„Dein Vater hat recht. Das werden wir nicht mehr brauchen“, erklärte der Schamane und wandte sich ab. Er ging zu seinem Feuer, das immer noch vor sich hin qualmte, und warf die Holzfigur in die Flammen. Ein Zischen, ein Knacken – dann war sie nur noch Glut. „Auf eine bessere Zukunft“, sagte er leise.

35

Kensington Gardens, London,
3. Mai 2025, 09:00 Uhr

Die Sonne stand gerade hoch genug, um die zarten, hellgrünen Blätter der austreibenden Bäume in ein flimmerndes Licht zu tauchen. Der Park Kensington Gardens im Londoner Westen wirkte wie aus der Zeit gefallen – ein Ort, an dem der hektische Alltag der englischen Metropole sich verlor, ein stiller Rückzugsort für Erinnerungen und Neuanfänge.

William Markinson wartete mit den Händen in den Jackentaschen vor der Bronzestatue „Physical Energy“. Der muskulöse Reiter auf dem aufbäumenden Pferd ragte in den Himmel, als würde er sich gegen einen unsichtbaren Sturm stemmen. Markinson betrachtete die Skulptur aufmerksam.

Denise Garner hatte ihm schon eine Weile dabei zugesehen, wie er die Skulptur offenbar in all ihren Einzelheiten studierte und konnte seine Faszination beinahe körperlich mitfühlen. Das war immer so gewesen, William konnte andere begeistern, anstecken, inspirieren. Sie setzte ein Lächeln auf und näherte sich langsam.

Markinson hatte ihr Kommen bemerkt und wandte sich um. „Pünktlich wie eine Atomuhr“, sagte er und umarmte sie. „Es ist lange her.“ Er sah sie einen Moment ganz eigentümlich an, sodass es Denise fast unangenehm wurde.

„Jetzt schau nicht so theatralisch. Oder fängst du hier gleich an, eine Vorlesung halten?“, fragte sie schmunzelnd.

„Das würde zur Statue passen.“ Er nickte in Richtung des Reiters. „Physical Energy von George Frederic Watts. Eigentlich war er Maler, aber das hier sollte sein Denkmal für den ‚unbekannten Wert‘ sein. Ein Symbol für den unaufhörlichen Drang, das noch nicht Erreichte zu suchen.“

Denise trat näher, betrachtete das Kunstwerk. „In diesem Kontext ..., nach allem, was wir erlebt haben, bekommt das eine fast ironische Bedeutung.“

„Oder eine sehr ernste“, entgegnete Markinson.

Sie standen eine Weile schweigend da, bis eine unscheinbare Bewegung in Denises peripherem Sichtfeld sie ablenkte. Sie drehte sich um und erkannte zwischen Spaziergängern, Joggern und Kinderwagen eine Gestalt im grauen Mantel, die mit wohl bemessenen Schritten auf sie zukam. Denises Herz schlug schneller. „Ich werd’ verrückt ... Ist das nicht ...?“

„Ja, das ist er“, sagte Markinson.

Dimitri Sowa blieb ein paar Schritte entfernt stehen. Sein Gesicht wirkte schmal, gezeichnet. Aber der Blick war derselbe: kühl, wachsam – und doch irgendwie ... gelöster.

„Miss Garner. Dr. Markinson.“ Sein Gruß war knapp, aber nicht unfreundlich.

Markinson erwiderte ihn mit einem leichten Nicken. „Schon merkwürdig. Wir kennen uns ..., aber eigentlich dürften wir das nicht. Sind uns nie begegnet. Oder?“

Sowa zuckte kaum merklich mit den Schultern. „Aber es ist so.“

„Das war in einer anderen Realität.“ Markinsons Tonfall war eine seltsame Mischung aus wissenschaftlicher Nüchternheit und einer Spur Unglaube.

Denise blickte verwirrt zwischen ihnen hin und her. „Was soll das heißen? Eine andere Realität? Ich dachte ...“ Sie stutzte. „Was ... was ist eigentlich in Kamtschatka passiert?“

Die Antwort kam wie abgesprochen. „Nichts“, sagten Markinson und Sowa gleichzeitig.

„Und das ist verdammt gut so“, fügte Markinson hinzu. Er ließ den Blick über die Allee schweifen. „Haben Sie alles unternommen, was notwendig war?“

Sowa nickte. „Alle Daten sind zerstört. Jede Sicherung, jedes redundante Back-up. Bis ins kleinste Byte.“

Markinson wirkte erleichtert. „Ich hoffe, das hat niemanden das Leben gekostet.“

„Nein. Diese Zeiten sind vorbei“, sagte Sowa ruhig. Dann wandte er sich Denise zu. „Und Sie? Haben Sie hier im Institut alles gelöscht?“

Sie seufzte. „Ja. Es war ... ziemlich schwierig. Und vermutlich illegal. Aber ja – die Aufzeichnungen sind weg. Alles, woran ich jahrelang gearbeitet habe.“

Ein Moment des Schweigens breitete sich aus. Dann fragte sie: „Und was ist mit Ihnen, Agent Sowa? Was werden Sie jetzt tun?“

„Ich bin untergetaucht“, antwortete er ohne Umschweife. „Das russische Regime geht nicht allzu zimperlich mit Verrätern um. Aber ich bin zäh. Ich werde mich schon durchschlagen.“

„Davon bin ich überzeugt“, sagte Markinson. „Danke, dass Sie das Richtige getan haben.“

Sowa senkte den Blick nur für einen Moment. „Es gab keine Alternative. Glauben Sie mir – ich bin der Letzte, der so etwas leichtfertig anerkennt Aber ich war dabei, als die Welt aus den Fugen geriet. Ich war an einem Ort, den ein Mensch nicht begreifen kann. Und ich bin zurückgekommen, um den Lauf der Geschichte zu verändern."

Denise lächelte schwach. „Ich kann das alles noch nicht wirklich glauben. Aber es muss so gewesen sein – oder besser: Es hätte so kommen können." Sie sah zu Markinson. „Jetzt freuen wir uns, dass unser Planet noch eine Zukunft hat. Und suchen uns lieber ein Forschungsgebiet, das nicht für Waffentechnik zu missbrauchen ist."

„Philosophie", sagte Markinson sofort, und seine Stimme klang ungewohnt leicht. „Das hat mich immer gereizt. Und ehrlich gesagt – mit der Physik bin ich längst an einem Punkt, an dem ich nicht mehr erklären kann, wie unsere Welt im Innersten funktioniert. Wenn ich Glück habe, finde ich einen anderen Weg." Er zeigte auf die Statue. „Das ist vielleicht ein Wegweiser."

Sowa trat ein paar Schritte näher, sah sich kurz die Statue an, strich mit der Hand über die glatte Oberfläche der Bronze, dann zitierte er:

„Und ist die Zeit gekommen, wo die Welt, um sich zu erneuern, sich vertilgt, da wird sich dies alles durch seine eigenen Kräfte zunichtemachen; Gestirne werden gegen Gestirne prallen, und alles, was jetzt in bester Ordnung sein Licht ausstrahlt, wird bei dem allgemeinen Weltenbrande eine einzige Feuermasse bilden."

Markinson hob die Brauen. „Sie kennen Seneca?"

Sowa schmunzelte. „Das russische Bildungssystem

ist hervorragend – anders als in so manchen westlichen Ländern."

Denise lachte. „Ich hab auch ein Zitat. Oder eher einen Kalenderspruch, aber vielleicht passt er trotzdem: *Ein Weltuntergang am frühen Morgen kann einem den ganzen Tag versauen.*"

Sowa lächelte zum ersten Mal. „Auch irgendwie treffend."

„Mag sein", sagte Markinson. „Aber nicht heute."

Sowa nickte ihnen noch einmal zu – dann drehte er sich um und verschwand wortlos zwischen den Kastanien.

„Wollen wir?", fragte Denise.

Markinson lächelte und legte den Arm um Denises Schulter. „Ja, wir wollen."

Dann schlenderten die beiden davon, unter dem raschelnden Blätterdach der Bäume, begleitet vom Frühlingsgesang der Vögel – in eine neue Zeit.

ENDE

BISHER ERSCHIENEN (Auswahl):

• EISKEIM: Die fremde Saat •
E-Book, Hardcover und Taschenbuch
(ISBN 978-3758312618)

• IÐUNN: Das Erbe der Götter •
E-Book, Hörbuch, Hardcover und Taschenbuch
(ISBN 978-3757862114)

• NAGLFAR: Das Schiff der toten Götter •
E-Book, Hardcover, Hörbuch und Taschenbuch
(ISBN 978-3753498027)

• R/N/A: Tödliche Sequenz •
E-Book, Hörbuch, Taschenbuch, Hardcover
(ISBN 978-3746028231)

• AETERNA: Die schwarze Flamme •
E-Book, Hardcover und Taschenbuch
(ISBN 978-3755748403)

• REKURSION – Jenseits der Zeit •
E-Book, Hörbuch, Taschenbuch, Hardcover
(ISBN 978-3755780809)

• FRESSFEIND – Hausmanns krude Fälle 1 •
E-Book, Taschenbuch, Hardcover
(ISBN 978-3749449255)

• QUÄLGEIST – Hausmanns krude Fälle 2 •
E-Book, Hardcover und Taschenbuch
(ISBN 978-3754345320)

LESEPROBE: EISKEIM

US-Basis „Camp Century“, Grönland
2. August 1967

Paul Memphis‘ schwere Stiefel knirschten auf dem festgetretenen Eis des Tunnelbodens, während er den engen Schacht entlang eilte. Durch den strengen Frost war der Untergrund so hart, dass es bei jedem Schritt klang, als liefe er über groben Schotter. Noch dazu hallte das Geräusch unnatürlich laut von den glatten Wänden wider, die den Tunnel zu allen Seiten begrenzten: zwölf Meter Eis nach oben, ein paar Kilometer in die Tiefe und je nach Himmelsrichtung 80 bis 800 Kilometer zu den Seiten.

Vor seiner Stationierung auf Grönland hatte sich Memphis nie vorstellen können, wie unermesslich die Eismassen hier waren, wie gewaltig die Dimensionen des Gletschers – und wie riesig die Probleme, die das Eis hier unten in den Tunneln jeden Tag verursachte.

Die frostklirrende Luft brannte allmählich in Memphis‘ Lunge, sodass er die Geschwindigkeit etwas verlangsamen musste. Der Dampf seines Atems strömte ihm in dicken weißen Wolken aus dem Mund und kondensierte augenblicklich. Im Tunnel herrschten 25 Grad unter null, und damit war es hier nur unwesentlich wärmer als an der Oberfläche. Da er den Großteil des Weges gerannt war, schwitzte er sogar unter der dicken Polarausrüstung. Die Kälte kümmerte ihn nach so vielen Monaten ohnehin kaum noch.

Für einen Moment flackerte die Beleuchtung des Ganges und ging dann für eine knappe Sekunde komplett aus. Memphis stoppte abrupt und stellte sich mit wachsendem Unbehagen vor, was wohl wäre, wenn die Lampen für immer versagten. Er hasste den Gedanken! Undurchdringliche Dunkelheit traf auf unerbittliche Kälte, die ihm das Leben aussaugen wollte. Das Licht kehrte prompt zurück und Memphis rief sich zur Ordnung. Er musste weiter!

In das unablässige Knirschen seiner Stiefel mischte sich zunehmend Knacken und Dröhnen. Er wusste, dass über ihm an der Oberfläche Hochbetrieb herrschte. Dort oben wurden im Akkord die zahlreichen Raupenfahrzeuge beladen, die Equipment und Besatzung für immer von hier wegbringen sollten.

Das ging schon seit heute Morgen so, als er zusammen mit seinem dänischen Kollegen Erik Jansson eine erste Fuhre Ausrüstung an die Oberfläche gebracht hatte. Die ungewöhnliche Hektik der Soldaten war quasi von ganz oben angeordnet worden. Und auch Memphis selbst war klar: Sie mussten sich beeilen.

Am liebsten wäre er zusammen mit Jansson gefahren, der sicher schon auf halbem Weg in die Heimat war. Doch er hatte bleiben müssen, weil sich einige störrische Wissenschaftlerkollegen immer noch zierten, von diesem gigantischen Eisklotz am Rande der Zivilisation zu verschwinden. Dummerweise war einer dieser Wissenschaftler sein Boss, den ihn nun – kurz vor der Abreise und entgegen den Mahnungen des Commanders – noch ausgeschickt hatte, Proben zu sammeln. Ihm war schleierhaft, wozu. Ihnen blieb keine Zeit mehr, irgendetwas zu analysieren!

Am Ende des Tunnels tauchte eine der vielen isolierten Hütten auf, die das Militär während der letzten Jahre in die Schächte im Gletscher eingebaut hatte. Memphis stieg die wenigen Stufen hoch und betrat die Hütte, in der immer noch einige Grad unter null herrschten. Er platzte mitten in eine Auseinandersetzung zwischen seinem vorgesetzten Wissenschaftler Dr. Stirling und dem Stützpunktleiter Major Wurlitz hinein.

„Ich frage ein letztes Mal: Was machen Sie noch hier? Warum sind Sie nicht fertig?! Wir rücken ab!“, schrie Wurlitz gerade im Labor herum, in dem Dr. Frank Stirling ungerührt weiter Eisbohrkerne verpackte.

„Wir machen so schnell wir können“, erklärte er kühl.

„Lassen Sie diesen Krempel liegen“, sagte Wurlitz scharf.

„Und die ganzen Ergebnisse? Das Equipment, wir müssen ...“, setzte Dr. Stirling an und winkte dann ab.

Memphis ging derweil um den großen Experimentiertisch herum und stellte sich neben Stirling. Er platzierte den Koffer mit den von ihm gesammelten Proben auf dem Tisch.

„Sie haben mich wohl nicht richtig verstanden, Dr. Stirling!“, brüllte Wurlitz. „Wir werden abrücken, jetzt! Diese Basis ist Geschichte! Wir lassen alles hier, schütten dieses gottverdammte Loch zu und kommen nie mehr wieder, kapiert? Sie selbst haben gesagt, die Situation lässt sich nicht effektiv kontrollieren!“

„Bei allem nötigen Respekt, sehen Sie denn nicht die beispiellosen Möglichkeiten ...“, wollte Stirling widersprechen, doch Wurlitz schnitt ihm das Wort ab.

„Schluss! Packen Sie Ihre Sachen zusammen und nichts wie weg hier. Sie haben eine halbe Stunde, danach werden die letzten Zugänge dicht sein. Und so langsam ist es mir egal, ob Sie dann noch hier sind.“ Der Major machte kehrt und wandte sich an einen seiner

Soldaten, der bisher schweigend in einer Ecke gestanden hatte. „Sie sorgen dafür, dass diese Eierköpfe in spätestens 30 Minuten an der Oberfläche sind!"

„Verstanden, Sir! 30 Minuten bis zum Abrücken", meldete der Soldat und nickte.

Dann verließ Wurlitz den Raum mit zackigen Schritten.

„Du weißt, dass er recht hat", sagte Paul Memphis nun und warf Dr. Stirling einen besorgten Blick zu. „Wenn wir nicht verschwinden, wird uns das Eis verschlucken."

Stirling lächelte milde. „Hornochsen wie Wurlitz können erstklassig rumbrüllen, aber nicht besonders gut zuhören", kommentierte er und schaltete eine Reihe von Messgeräten auf dem Tisch ab.

„Ja, vielleicht ....", setzte Memphis an. „Aber wir können nicht bleiben. Sie verladen gerade den Reaktor, und in wenigen Stunden werden die Batterien schlappmachen. Dann sitzen wir im Dunkeln! Unter meterdickem Eis. Also, ich für meinen Teil ..."

„Ich hab es verstanden!", brauste Stirling auf, beruhigte sich aber sogleich wieder. „Ich will diese letzten Ergebnisse noch abwarten, es könnte von entscheidender Wichtigkeit sein, dass wir herausfinden, mit was wir es zu tun haben."

„Lassen wir es besser, die wissen schon, was sie tun", meinte Memphis.

„Die wissen überhaupt nichts! Die evakuieren und schütten alles zu in der Hoffnung, dass es für immer begraben bleibt. Aber was, wenn das nicht reicht? Wenn es einen Weg findet? Darauf sollten wir vorbereitet sein. Und das geht am besten, indem wir so viel wie möglich über dieses Phänomen herausfinden."

„Uns bleibt keine Zeit. Und selbst wenn, ich glaube nicht, dass wir etwas tun können“, sagte Memphis resigniert und schüttelte den Kopf. „Meinst du denn, die würden auch nur eine der Raketen hierlassen, wenn es die geringste Chance gäbe, die Lage zu retten?“

Stirling stieß einen gequälten Seufzer aus. „Nein. Du hast natürlich recht. Aber es wäre eine einmalige Chance.“

„Es ist das Risiko nicht wert. So ungern ich Wurlitz zustimme, aber nach den ganzen Zwischenfällen und der jüngsten Sache mit Benjamin Sattler kann ihm wohl niemand verübeln, dass er die Reißleine zieht.“

Einen Moment lang herrschte Schweigen im Raum, nur das dumpfe Rumpeln und Knacken von der Oberfläche verhinderte, dass eine gespenstische Stille einkehrte.

Dann ergriff Stirling wieder das Wort. „Diese Bohrkerne könnten uns trotzdem eines Tages den Nobelpreis einbringen“, sagte er ohne den geringsten Anflug von Bescheidenheit in der Stimme. Gleichzeitig schüttelte er den Kopf, so, als könne er seine eigenen Worte kaum glauben.

„Mag sein ... irgendwann. Aber nicht, wenn wir es nicht lebend von hier wegschaffen“, warf Memphis ein.

„Dann packen wir jetzt zu Ende und nehmen so viel mit, wie wir können.“

Die beiden Wissenschaftler machten sich daran, die gewonnenen Proben und Eisbohrkerne, so gut es in der Eile ging, transportsicher zu verpacken. Nach etwa 15 Minuten war das Wichtigste in Kisten und Koffern verstaut.

„Corporal!“, rief Stirling dem Soldaten zu, der mit einer Zigarette im Mundwinkel neben der Tür wartete.

„Helfen Sie uns mit dem Gepäck."

Der Soldat stieß ein unwilliges Grunzen aus, warf seinen Glimmstängel zu Boden und ergriff einige Koffer, um sie nach draußen zu tragen.

Auch Stirling und Memphis schnappten sich so viel, wie sie mit beiden Händen greifen konnten. Nach einem letzten Blick zurück, um zu prüfen, ob sie etwas Wichtiges vergessen hatten, verließen die beiden die Hütte, die in den vergangenen eineinhalb Jahren ihr Labor gewesen war.

„Es ist schon merkwürdig. Erst denkt man, dieser gottverlassene Ort könnte sich niemals heimisch anfühlen, und nun, da man ihn für immer verlassen muss, fühlt sich das ebenfalls nicht richtig an", kommentierte Memphis und stellte seine Koffer auf die Ladefläche eines Schneemobils, das neben der Hütte bereitstand.

Das Gefährt sowie der daran angehängte Lastschlitten waren schon bis zur Obergrenze beladen, doch auch Stirling quetschte noch zwei Kisten dazu. „Zerbrich dir nicht den Kopf darüber. Für Menschen wie uns ist der Ort, an dem wir arbeiten, nebensächlich. Wichtig ist, was wir erreichen", sagte er.

„Wir rücken jetzt ab!", unterbrach der Corporal das Gespräch und bestieg den Motorschlitten. „Die Herren Doktoren werden laufen müssen", ergänzte er und unterdrückte dabei nur halbherzig ein Grinsen. „Der Schlitten ist zu voll und es bleibt keine Zeit, zweimal zu fahren." Er zündete sich eine neue Zigarette an und startete den Motor.

„Fahren Sie los! Und wehe, Sie verlieren auch nur ein Gepäckstück", herrschte Stirling ihn an. „Wir sind gut zu Fuß."

Der Soldat zuckte mit den Schultern, gab Gas und ließ die beiden Wissenschaftler in dem Eistunnel allein.

„Keine Panik", sagte Stirling nun zu Memphis. „Wurlitz lässt uns schon nicht zurück. Diese Typen kalkulieren immer einen Puffer ein."

Sie setzten sich in Bewegung und gingen durch den menschenleeren Tunnel in Richtung Ausgang. Kaum zwei Minuten später hörten sie ein Poltern und einen dumpfen Schrei. Instinktiv blieben sie stehen.

„Was war denn das?", fragte Memphis.

Statt einer Antwort hörte er einen Schuss, dann einen zweiten, gefolgt von einem Kreischen.

„Das kommt von drüben aus dem Paralleltunnel!", rief Stirling und deutete auf einen schmalen Verbindungsgang, der hinüberführte.

Noch ein Schuss ertönte. Dann ein wütender Schrei, nur ein einzelnes Wort, ein Name. „Sattler!"

„Hast du das gehört?", hakte Memphis nach.

„Los, wir müssen nachsehen", meinte Stirling.

„Bist du verrückt? Das waren Schüsse!"

„Wenn es Sattler war, müssen wir uns um ihn kümmern, er ist schließlich einer unserer Leute. Die Militärs werden ihn abknallen."

„Und uns vielleicht gleich mit, wenn wir ihnen in die Quere kommen!", protestierte Memphis.

„Quatsch! So weit wird es sicher nicht kommen", wehrte Stirling ab und zog die Tür zum Verbindungsgang auf.

„Das ist die dümmste Idee seit Langem", kommentierte Memphis und folgte dann Stirling durch die Tür.

Sie rannten den engen Gang entlang zum zweiten großen Tunnel, der die unterirdische Basis der Länge nach durchzog. Hier lagen hauptsächlich die militärischen Versorgungsdepots, der Reaktorraum, die Krankenstation und ein Zugang zu einem separaten Bereich, in dem geheime Raketensilos untergebracht waren. Als Wissenschaftler eines halbzivilen Projekts hatten Memphis und Stirling lediglich Zugang zur Krankenstation und sollten im Grunde nicht einmal wissen, dass dort drüben Dutzende Raketen im Eis steckten. Aber es war eine kleine Basis und die Leute redeten.

Sie stießen die Tür zum Paralleltunnel auf und erblickten sofort eine dunkelrote Blutspur auf dem Eis. Hastig folgten sie ihr und fanden wenige Meter weiter einen Soldaten, der verwundet an der Wand lehnte und mit zitternden Händen sein Funkgerät vor den Mund hielt.

Als er die beiden erkannte, ließ er es sinken und erklärte: „Es ist Sattler, der Hurensohn. Irgendwie ist er aus der Krankenstation rausgekommen!"

„Aber wie kann das sein?", fragte Stirling ungläubig. „Er war bewusstlos, die Ärzte sagten mir, sie wollten bis zum letzten Moment warten, ob er überhaupt verlegungsfähig ist."

„Keine Ahnung!", presste der Soldat hervor und bekam dann einen Hustenanfall. Er spuckte Blut auf den Boden. „Er ist bewaffnet, ich konnte es nicht verhindern", keuchte er.

„Wo will er hin?", hakte Memphis nach.

In diesem Moment erklang ein greller Alarmton, der in dem glatten Tunnel widerhallte und sich in den Gehörgang bohrte.

„Was hat das zu bedeuten?", fragte Stirling und sah sich hektisch um.

„Das Raketensilo“, erwiderte der Soldat. „Sattler muss versucht haben, reinzukommen.“

Memphis spürte, wie ihm trotz der Kälte um ihn herum immer heißer unter seiner Jacke wurde. Was wollte Sattler nur im Raketensilo? Konnte es ihm überhaupt gelingen, dort hineinzukommen? Der Kerl war seit Tagen weggetreten gewesen, mit über 40 Grad Fieber. War er im Wahn abgehauen und machte nun irgendeinen fatalen Blödsinn?

„Wir müssen ihn aufhalten“, sagte Stirling bestimmt.

„Was?“, platzte es aus Memphis heraus. „Doch nicht etwa wir beide?“

„Ich habe per Funk bereits Verstärkung angefordert, sie sind auf dem Weg, aber es gibt nur einen offenen Zugang ganz am anderen Ende ...“ Wieder hustete der Soldat. „Wir sind allein hier unten.“

„Das dauert zu lange“, erklärte Stirling. „Wer weiß, was er vorhat!“

Die Tür zum Verbindungsgang, durch den Memphis und Stirling eben getreten waren, wurde aufgestoßen, und der Corporal, der mit dem Transport der Ausrüstung betraut war, kam zu ihnen gelaufen. „Was ist passiert?“

„Sattler! Er will ins Raketensilo“, sagte der verwundete Soldat knapp.

„Durchhalten, gleich kommt jemand, der dir hilft“, erklärte der Corporal und fuhr herum. Sogleich drückte er Memphis eine Pistole in die Hand und zückte eine zweite aus einem Holster am Gürtel. „Mitkommen!“, blaffte er ihn und Stirling an. „Jetzt erledigen wir den Verrückten! Sie können doch schießen?“

Noch bevor Memphis protestieren konnte, gab der

Corporal ihm einen Schubs in Richtung des hinteren Tunnelendes.

Sie rannten zu dritt durch den eisigen Gang und erreichten einen Schleusenbereich, hinter dem sich die geheimen Raketensilos verbargen. Für Memphis war dieser Teil des Stützpunktes bisher absolutes Sperrgebiet gewesen. Mindestens zwei schwer bewaffnete Wachen sicherten normalerweise den Zugang, doch nun stand das schwere Stahltor sperrangelweit offen. Kein Wachmann war weit und breit zu sehen.

„Verdammt noch mal, wie ist er da reingekommen? Das sollte alles längst verriegelt sein!“, sagte der Corporal und blieb direkt vor dem Tor stehen. Vorsichtig lugte er in den dunklen Gang, der dahinter lag.

Im nächsten Moment zerplatzte sein Kopf in einem Sturm aus Blut, Hirnmasse und Knochensplittern.

„Fuck!“, keuchte Memphis und warf sich zu Boden.

„Sattler! Nicht schießen, wir sind’s, Stirling und Memphis!“, brüllte Stirling in die Finsternis. „Können wir reinkommen und reden?“

„Bist du irre?“, hauchte Memphis atemlos. Er zitterte am ganzen Körper.

„Uns kennt er, uns vertraut er“, sagte Stirling ruhig.

„Das ist mir scheißegal!“, zischte Memphis. „Der Sattler, den ich kannte, schoss nicht einfach so einem Soldaten in den Kopf.“

„Richtig, deswegen müssen wir ihn zur Vernunft bringen. Du weißt, was dort unten lagert?“

„Ja, die verdammten Raketen“, erwiderte Memphis nun wieder etwas ruhiger.

„Ja, atomwaffenfähige Raketen. Mindestens ein Dutzend“, stellte Stirling klar (...)